Regine Brühl und Stephan Falk

KREIDEHERZ

Regine Brühl • Stephan Falk

KREIDEHERZ

ROMAN

EIFELER LITERATURVERLAG 2022

Impressum

 1. Auflage 2022
© Eifeler Literaturverlag
In der Verlagsgruppe Mainz

Alle Rechte vorbehalten
Printed in Germany

Eifeler Literaturverlag
Verlagsgruppe Mainz
Süsterfeldstraße 83
52072 Aachen
www.eifeler-literaturverlag.de

Gestaltung, Druck und Vertrieb:
Druck & Verlagshaus Mainz
Süsterfeldstraße 83
52072 Aachen
www.verlag-mainz.de

Umschlaggestaltung:
Dietrich Betcher

Lektorat:
Christoph Swiontek

Inhaltliche Beratung und Kommunikation:
Jeannette Fentroß

Abbildungsnachweis:
© Narin – stock.adobe.com

ISBN-10: 3-96123-049-8
ISBN-13: 978-3-96123-049-5

INHALTSVERZEICHNIS

PROLOG

Ti amo – Umberto Tozzi

Juli 1977 Bussana /Sanremo, Italien

Am Strand von Bussana, einem Urlaubsort in Ligurien, ist Hochsaison, die blauen Liegen sind alle belegt. Es ist einer dieser Tage, die sich für ein Kind in einen endlosen Sommer voller Freiheit und Glück einreihen. Die Sonne steht heiß am Himmel und erwärmt den Sand. Ein dunkelhaariges Mädchen mit Zöpfen hat sich ein Handtuch unter die nackten Beine gelegt, um ihre Haut zu schützen. Das Meer treibt seine Wellen in einem sanften Rhythmus an den Strand. Das Mädchen baut eine Sandburg und verziert sie mit Muscheln. Im dunklen Haar trägt es ein langes, rosafarbenes Band, das ihr über den Rücken fällt, und passend dazu einen rosa-weißgestreiften Badeanzug. Ein konzentrierter Gesichtsausdruck, die hübschen blassblauen Augen, die langen schwarzen Wimpern und die sanft geschwungenen Lippen lassen erahnen, wie wichtig dem Kind das Kunstwerk aus Sand ist. Immer wieder benetzt es mit einer orangenen Gießkanne den Bau, damit der Sand durch die Hitze nicht austrocknet und herabfällt. Ein sanfter Wind trägt den Geruch von Pizza und frittierten Sardellen durch die Luft. Nicht weit entfernt sitzen die Eltern in ihren für die Ferien angemieteten Strandliegen und trinken italienischen Kaffee.

Das Mädchen füllt seinen Eimer mit Meerwasser und flutet die Gänge des Burggrabens, bis der Bau vom Wasser umgeben ist. Dann läuft es zu seiner Mutter und setzt eine türkise Sonnenblende auf die Stirn.

Barfuß läuft die Achtjährige den Strandabschnitt entlang, weicht spielenden Kindern aus, bis sie an eine ruhigere Stelle kommt, an der keine Badegäste mehr zu finden sind. Hier macht sie die ersten Fußabdrücke im Sand, was ihr ein Glücksgefühl gibt. Ihr Blick schweift den weißen Schaumrand der Wellen vor ihr entlang und fällt auf einen großen hellen Gegenstand, der angespült wurde. In diesem Moment kommt ein etwa gleichaltriger Junge auf sie zu, er sprintet zum Treibgut und hockt sich hin, noch bevor das Mädchen die Stelle erreicht hat. Erst jetzt erkennt sie, dass er eine große Muschel in der Hand hält.

»Das ist meine. Ich hab sie zuerst gesehen«, verteidigt sie ihren Meeresfund. »Nein, ich habe sie aber zuerst in der Hand gehalten!«, feixt der Junge zurück. Ihre Blicke treffen sich. Der Junge schaut sie angriffslustig aus außergewöhnlich schönen braunen Augen an, in denen sich das Meereslicht spiegelt. Der schwarzhaarige Junge, der mit seiner gebräunten Haut aussieht wie ein Italiener, besitzt hübsche Züge, die schon erahnen lassen, wie er einmal als Mann aussehen wird. Er muss im Meer gebadet haben, denn seine langen Haare sind noch feucht. Sein Mund öffnet sich und er setzt an, etwas zu sagen. Dann überlegt er kurz und schweigt, während er die große Muschel in den Händen dreht und von allen Seiten anschaut. Dann hält er sie ans Ohr »Oh hör mal … das Meeresrauschen ist darin!« Er reicht ihr die Muschel, die sie andächtig an ihr Ohr hält. »Ja. Der Klang ist wunderschön. Ich höre Delfine und Wale, die singen. Und einen Sturm, der draußen tobt. Aber auch Möwen und eine Seeschlange.« Der Junge zieht die Stirn in Falten. »Unsinn, wie hört sich denn eine Seeschlange an?« »Sie schlägt mit dem Schwanz und macht Wellen im Wasser.«

»Lass mich nochmal!« Ungeduldig nimmt der Junge ihr die Muschel aus der Hand und horcht erneut. »Ich höre nur Rauschen.« »Tja, du hast halt auch keine Fantasie!« »Hab ich doch!«, antwortet er erbost. »Aber offensichtlich nicht viel. Oder die Muschel zeigt nur mir ihr Geheimnis, da sie bei mir bleiben will.«

Jetzt schnauft der Junge verächtlich. »Weißt du was? Ich habe eine Idee!« »Welche?«

»Wir vergraben die Muschel. Dann gehört sie uns beiden.« »Mmh … Wo denn?« »Komm mit.«

Die beiden laufen auf einen kleinen Kiefernhang zu, der Junge trägt die Muschel wie eine Trophäe in seinen Händen vor dem Körper. »Hier unter der höchsten Kiefer verbuddeln wir sie.« Mit bloßen Händen versuchen sie, den sandigen Boden aufzugraben, doch es gelingt ihnen nicht. »Ich hole meine Schaufel, warte.« Er läuft weg in Richtung der Liegestühle. Das Mädchen lehnt sich mit dem Rücken an den Baum und streckt die Beine aus. Im Schatten unter der Kiefer zu sitzen und die Muschel einmal allein zu besitzen und betrachten zu dürfen, ist ein schönes Gefühl. Nur leider dauern die Minuten der Ruhe nicht lange an, bis der Junge mit einer roten Strandschaufel zurückkommt. Schweißtropfen stehen ihm auf der Stirn, er ähnelt ein wenig Huckleberry Finn. Sofort beginnt er, ein Loch zu graben. Es riecht nach Kiefernnadeln und vom Kiosk her tönt aus der Ferne *Ti amo* von Umberto Tozzi, ein Lied, das gerade als Superhit in Italien ständig im Radio läuft. Die Muschel legen die beiden Kinder fast andächtig und schweigend in die Mulde und das Mädchen bedeckt sie mit Sand und Erde. Beide setzen sich noch eine Weile an den Baumstamm. »Wie lange bleibst du hier?«, möchte die Dunkelhaarige wissen.

»Leider nur noch heute. Morgen müssen wir heimfahren.« »Oh. Schade.« Er springt auf.

»Ich muss jetzt zurück zu meinen Eltern. Wir packen noch die Koffer und gehen zum Abschluss in die Pizzeria.« Er sieht ein wenig traurig aus.

»Na, dann … mach's gut.« Als er weg ist, überlegt das Mädchen, ob es die Muschel nicht doch wieder ausgraben und mit nach Hause nehmen soll.

KAPITEL I

Dein ist mein ganzes Herz – Heinz Rudolf Kun

Seltsamer Typ, Spießer oder so ähnlich, dachte ich, a *Dein ist mein ganzes Herz* von Heinz Rudolf Kunz aus der Lautsprecherbox meiner Plastik-Hi-Fi-Anlage dröhnte. Wie wenig mochte ich diese Billig-Kompaktanlagen. Alles in einem: Plattenspieler, Kassettenrekorder und Radioempfänger. Praktisch sollte das sein, aber es endete maximal in Mittelmäßigkeit. Mittelmaß war irgendwie nie mein Ding gewesen. Wahrscheinlich haben die Kompaktanlagenbesitzer von damals heute alle einen Kaffeevollautomaten in ihrer Einbauküche stehen. Gleiches Prinzip, nicht richtig schlecht, aber auch nicht richtig gut – eben Mittelmaß. Ich tröste mich damit, dass es ein Weihnachtsgeschenk meiner verzweifelten und leider komplett unmusikalischen Eltern gewesen ist. Was soll man dem Jungen denn auch sonst schenken? Schwamm drüber! Es war nett gemeint. »Nett gemeint«, auch so eine Floskel aus dem Feld der Mittelmäßigkeit.

Doch *Dein ist mein ganzes Herz* ist wie für eine Kompaktanlage gemacht. Passt bestens. Kein richtig schlechter Song, aber auch kein richtig guter. Es war der letzte Samstag im Mai 1986 und ich war nicht in der Situation, dass ich mein Herz hätte verschenken können. Da war einfach keine, die gut genug darauf aufgepasst hätte. Was machen große wie kleine Jungs, wenn sie niemandem ihr Herz schenken können? Richtig, sie schauen einfach Fußball. Und das passte an diesem Samstagabend hervorragend, denn in Mexiko begann die Fußball-Weltmeisterschaft und das Eröffnungsspiel meiner Lieblingsfußballmannschaft stand an. Die »Squadra Azzurra« trat als amtierender Weltmeis-

ter gegen das osteuropäische Team aus Bulgarien an. Also suchte ich mein Italien-Trikot im Kleiderschrank, es roch ein wenig nach Kneipenluft, ich streifte es mir trotzdem über, nur, um dann meine Jeansjacke mit den abgeschnittenen, verfransten Ärmeln und am Rücken mit einem Sticker vom Iron Maiden Plattencover überzuziehen. Meine Kutte, so nannte man das in dieser Zeit. Mit einem Blick von heute sah das wahrscheinlich eher »scheiße« aus, aber es war zumindest kein Mittelmaß. Es war frisch draußen für diese Jahreszeit und es hing ein typischer Eifelregen in der Luft. Die Fahrt auf meinem schwarzen Hercules Mofa in die Dorfkneipe war kurz, doch das Outfit musste auch für eine kurze Strecke korrekt sein. Ich wollte »fresh« aussehen, würden die Jugendlichen heute sagen. Denn wer weiß, auch wenn es höchst unwahrscheinlich war, vielleicht traf ich ja ein Mädel, dem ich mein Herz anvertrauen konnte. Spätestens da hätte mir schon klar sein sollen, welch unbelehrbarer Träumer ich gewesen bin. Wo sollte dieses Mädel denn herkommen?

Samstagabend in einer Dorfkneipe namens »De Mamm« mitten in der Eifel und die üblichen Verdächtigen an der Kneipentheke. Damals ein Sammelbecken von schrägen und weniger schrägen Typen. Weltverbesserer, die schon immer wussten wie alles besser geht, aber immer nur in ihren Erzählungen stecken geblieben sind – und natürlich abendfüllende Erklärungen dafür parat hatten, warum sie nichts von dem taten, worüber sie permanent sprachen. Wortkarge Kartenspieler und Menschen, die mit einem Würfelbecher so viel Lärm machen konnten, dass es heute wahrscheinlich verboten wäre, ohne Ohrstopfen mit ihnen im selben Raum zu sitzen. Und wie in jeder guten Dorfkneipe gab es diese Typen, die entweder noch bei der Mama wohnten oder nur deswegen alleine lebten, weil die Eltern bereits verstorben waren. Sie saßen meist am Ende der

Theke, ihr Bier bestellten sie mit einem kurzen Augenaufschlag. Einmal die Augenlider leicht anheben und einen kurzen Blick aufs leere Glas werfen. Die Übersetzung dazu war. »Mach noch eins!« Zack und das nächste Bier war gezapft. Warum viele Worte verlieren, wenn es auch so funktionierte? Mit ihren Ellenbogen hatten sie bereits seit Jahren zwei kleine Kuhlen in die Holztheke gestützt. Der eigene Aschenbecher stand links neben ihnen. Denn mit der linken Hand rauchen wirkt wesentlich cooler, außerdem hatte man die rechte Hand dann frei, um sich bei heiklen Themen am Bierglas festzuhalten oder einfach nur den Kopf zu stützen. Meistens waren solche Typen eher Zuhörer und sprachen wenige Worte oder besser gar nicht. Blicke reichten für gewöhnlich zur Verständigung aus. »Nonverbale Kommunikation« sagt man heute dazu. Ansprechen konnte man diese Figuren jedenfalls nicht. Denn sobald sie ihre Lippen weiter als zum Luft holen öffneten, erfasste den Gegenüber ein heftiger Atemschwall, manche sagen Mundgeruch dazu, was ich als eine sehr freundliche Beschreibung empfand. Denn was aus solch einem Schlund heraus wehte, das machte einem olfaktorisch sehr deutlich, dass der Verwesungsprozess in manchem Fällen bereits vor dem klinischen Tod eintreten kann. Nicht selten wurde diese Duftnote von einer vorher gegessenen Frikadelle entsprechend aromatisiert. Zwiebeln gehörten unverkennbar auch zu einem gebratenen Fleischklops und sorgten für eine ganz eigene Note. Bei uns hieß dieser Kneipenstammgast Wumms. Wumms war Kettenraucher und rauchte die Kult-Zigarettenmarke Africaine. Damals qualmten die Menschen wie selbstverständlich in den Gaststätten und keinen schien das zu stören. Nicht selten war der Gastraum so voller Zigarettenqualm, dass man nicht bis zur Eingangstür der Kneipe sehen konnte. Wumms war früher mal ein begnadeter Fußballspieler gewesen, womit sich dann auch sein Spitzname erklärte. Ich mochte den Typen, er wirkte wie ein unerkannter Intellektueller oder ein Philosoph der nie sprach aber auch nicht schrieb. Nicht nur seine Frisur machte ihn unvergesslich, und wenn es diese Dorfkneipe noch heute gäbe, ich würde wetten, Wumms säße immer noch an derselben Stelle – mit genau derselben Frisur.

Im Nebenraum der Kneipe, der sogenannten inoffiziellen Jugendzone, standen zwei Freunde am Kicker und spielten Tischfußball. Einen Flipper gab es auch, der klimperte und leuchtete vor sich hin und fand wie der flackernde Computer-Kasten keinen Interessierten für ein Spiel. In der hinteren Ecke gab es einen Fernseher für die Übertragung des Fußballspiels. Anpfiff. Bis auf Wumms, der von der Theke aus bis in die hinterste Ecke des Nebenraums einen gelangweilten Blick auf den Fernseher warf, war ich der Einzige, der Lust hatte, dieses Spiel wirklich anzuschauen. Beckenbauers Deutschland-Team spielte eben erst ein paar Tage später und für die italienische Nationalmannschaft interessierte sich hier kaum einer. Ich setzte mich alleine in die Nähe des Fernsehers und bejubelte den Treffer zum 1:0 von Alessandro Altobelli. Das Spiel endete 1:1 und war eher Mittelmaß. Je später der Abend, desto besser füllte sich die Kneipe, wie es sich für einen Samstag auf dem Dorf damals gehörte. Einige ältere Paare um die fünfzig oder sechzig kamen zum sonnabendlichen Kegeltreffen und verschwanden in Richtung Bahn im Keller. Die Theke war voller Männer, die über Politik wetterten. Im jugendlicheren Nebenraum fanden sich immer mehr Kumpels ein und auch das ein oder andere Mädel kam dazu. In der Kneipe vermischte sich der Zigarettenqualm der Raucher mit dem Geruch frisch gebratener Frikadellen aus der Küche hinter der Theke. Mir schwirrte noch immer die Schnulze von Kunze im Ohr, obwohl ich das überhaupt nicht wollte. Also ging ich rüber zur Musikbox, so eine Art Spotify in analog – nur mit weniger Auswahl. Für fünfzig Pfennig konnte man zwei Musiktitel aus hundert Songs auswählen. Ich entscheid mich für *We built this city* von Starship und Falco mit *Jeanny, Part I*, in der Hoffnung, diesen Kunze endlich aus meinem Kopf zu bekommen. Bei der Musik von Kunze denke ich heute an Familienväter, die im FC Bayern München-Trikot den Geburtstag ihrer Kinder in einem Burger-Restaurant feiern, während deren Frauen dabei hektisch mit ihrem Smartphone durch die Gegend laufen, um alles sofort auf den Social-Media-Kanälen von perfekten Mamas posten zu können. Unsere Geburtstagsfeiern als Kind, falls es überhaupt eine gab, waren mit Sackhüpfen, Eierlaufen und Topfschlagen um einiges entspannter.

Zwischenzeitlich war auch Bombe eingetroffen und stand wie üblich am Flipper. Bombe hieß eigentlich Sven, aber so nannte ihn keiner von uns. Bombe hatte nicht nur eine Figur wie eine Bombe, sondern meistens auch ein bombiges Outfit. Denn zu seinen geschätzten 110 Kilo Gewicht, die sich auf einer Körpergröße von maximal 1,70 Meter verteilten, kam auch noch ein kreisrunder, kugelförmiger Kopf. Trotzdem ließ er es sich nicht nehmen, mit weißem Netzhemd und braunen Cowboystiefeln durch die Gegend zu laufen – oder sollte man besser sagen: zu wackeln. Ob er wegen seines Aussehens oder wegen seiner permanenten Späße Bombe genannt wurde, keiner wusste es. Bombe war immer gut gelaunt und für jeden Unfug zu haben. Ich denke, das machte ihn einfach bei allen beliebt, egal ob Mädels oder Jungs. Da ich ihn besser kannte als alle anderen aus unserer Clique, wusste ich, dass es im Inneren dieser Spaßbombe anders aussah. Er war tiefgründiger als er sich zeigte und wenn er alleine war, dann war er oft sehr melancholisch. Einige Jahre später war Bombe verschwunden. Keiner wusste so genau, wo er steckte. Zu Hause ausgezogen und ohne ein Wort an seine Kumpels, war er für uns wie vom Erdboden verschluckt. Selbst mir hatte er vor seinem Verschwinden kein Sterbenswörtchen erzählt. Ab diesem Zeitpunkt war kein Gerücht abstrus genug, um Bombes Verschwinden zu erklären. Angeblich hat er sich in einen Typen von einer Travestie-Show, der in Köln lebte, verliebt und ist im Überschwang der Hormone Hals über Kopf abgehauen. Zumindest erzählt man sich das so im Dorf, was wiederum nichts bedeuten muss.

Jemand hatte Limahl mit *Never ending story* aus dem Angebot der Musikbox gewählt und ich wusste, dass an diesem Abend nicht mehr viel passieren würde. Hier war einfach nicht der richtige Platz, um sein Herz zu vergeben. An wen auch? Es waren ja nur zwei Mädels an diesem Abend in unserer Dorfkneipe und die waren einfach nicht mein Fall. Nett ja, aber nett war ja dann auch wieder Mittelmaß. Und für Mittelmaß war mein Herz damals noch zu unerfahren, die Not war nicht groß genug. Ein paar Runden am Flipper und einige Malzbier später hatte ich genug und fuhr mit meinem Mofa durch die Nacht nach Hause. Leider immer noch mit diesem Song *Dein ist mein ganzes Herz* im Kopf. Es war einfach kein Abend für Van Halens *Jump*. Solche Abende gab es zwar, aber heute war es eben anders.

KAPITEL 2

Home by the sea – Genesis

Es war der erste heiße Tag im Juni 86. Und schon wieder fiel die Bastmatte vom Gepäckträger meines silbernen Fahrrads und landete auf der Fahrbahn. Genervt hielt ich an, um sie aufzusammeln. Lachend überholten mich die Zwillinge aus unserem Dorf, die mit ihren Mofas an mir vorbeirasten. »Du hast da was verloren!« Die Zwillinge waren ziemlich eingebildet und beim Lachen blitzten die Drähte ihrer festen Klammern und ihre straßenköterblonden Locken fielen ihnen über ihre beigen Hornbrillen. Mit einem Schlenker fuhren sie demonstrativ an mir vorbei, so dass mir die Abgase in die Nase wehten.

»Blöde Schnepfen!«, verärgert hob ich die Bademette auf, die sich auf der Straße ausgerollt hatte, wickelte sie zusammen und band die Schleife wieder zu.

Dass man bei der Hitze, es waren immerhin über dreißig Grad Celsius, auch noch freiwillig die zwölf Kilometer mit dem Rad zum Freibad fuhr – immer bergauf – das grenzte überhaupt schon an Wahnsinn. Aber ein Mofa besaß ich nicht und in unserer ländlichen Eifelgegend fuhr am Nachmittag kein Bus. Nur morgens hin und abends einer zurück in die Stadt. Als ich das Nachbardorf erreichte, wartete meine Freundin Judith schon an der Kreuzung auf mich. An ihrem Lenker hing ein quietschgelber Korb aus Plastik, in dem sie ihre Badesachen verstaut hatte. Wir mussten noch einen steilen Berg hinauf, die Fahrräder konnten wir nur schieben. Dabei suchten wir den Schatten der Bäume, während der Gurt der umgehängten Adidastasche in unsere Schultern einschnitt. In ihr schleppte ich immer und überall meinen ITT Kassettenrekorder und eine

Menge selbst aufgenommener Kassetten mit. Denn Musik musste man immer dabeihaben. Phil Collins' Stimme begleitete uns mit *Mama* beim Strampeln.

Wir zahlten an der Freibadkasse eine Mark und fünfzig Pfennige für den Eintritt und machten uns auf die Suche nach unserer Clique. Andreas, Bianca, Simone, Thomas und Uli lagen direkt unter einem Baum, neben dem ein Mülleimer stand, auf ihren Handtüchern. Simone entdeckte uns als erste und rief uns zu: »Juuudith! Juliana!«

Simone rauchte, die anderen lagen Eis essend auf ihren Handtüchern. Ich zog meine rosa-weiß gestreiften Espadrilles aus, die schon fast die dünne Sohle verloren, und breitete mein Handtuch neben Andreas auf der ausgerollten Bastmatte aus, wobei ich vermied, sie auf vergammelte Zigarettenstummel zu legen.

Judith und ich liefen zu den Umkleidekabinen, wo ein paar Jungs Unsinn anstellten und Mädels hinterherspionierten. Beim Warten auf meine Freundin entdeckte ich, dass im Zaun hinter den Umkleiden ein Loch war. Interessant, dachte ich! Dann liefen wir zum Schwimmbecken und sprangen ins Wasser. Es war saukalt. Da wir Mädels es selbst bei den heißen Temperaturen nicht lange im kühlen Nass aushalten konnten, wärmten wir uns am Beckenrand auf den Steinfliesen, die von der Sonne aufgeheizt waren. »Thomas und Simone gehen miteinander!«, klärte mich Judith auf. Mit einem Blick in unsere Liegeecke sah ich, dass sie knutschten. »Seit wann?«, wollte ich wissen. »Seit eben, glaub ich!« Wir lachten.

»Komm, lass uns Pommes holen!« Am Kiosk stand eine riesige Schlange, doch wir hatten Hunger.

Auf meinem Kassettenrecorder lief gerade *Home by the sea*, als wir uns aufs Handtuch fallen ließen. Flott aßen uns Simone und Bianka unsere Fritten weg. Andreas schaute mich von der Seite an. »Soll ich dir den Rücken eincremen?« Er nahm die Delial Sonnenmilch und begann etwas ungeschickt mit dem Auftragen der Emulsion. »Damit du nicht rot wirst.« Die Berührungen auf der nackten Haut des Ausschnittes meines blauen Adidas Badeanzugs waren überraschend angenehm, so dass ich verschwieg, dass ich an dieser Stelle nur selten Sonnenbrand bekam. Ich schloss genießend die Augen und nahm den Geruch wahr, ein Mix aus Sonnencreme, Bastmatte, Andreas' Aftershave, Biankas My Melody-Parfum, dem Chlorwasser und dem Frittenfett aus dem Kiosk. Unter hunderten Gerüchen würde ich garantiert diesen mit geschlossenen Augen als Freibadgeruch identifizieren können. Die Sonne trocknete die Wassertropfen auf meiner Haut. Das frischverliebte Paar unterhielt sich über Frank Zander.

Als Andreas jeden Zentimeter meines Rückens mehrmals eingesalbt hatte, bat ich ihn: »Die Beine nicht vergessen!« Leicht errötend begann er ungefähr in meinen Kniekehlen und massierte die Milch bis zu den Füßen ein, weiter oben traute er sich offensichtlich nicht. Nur noch Phil Collins und die Stimmen der Badenden nahm ich wahr und wurde schläfrig. Ich fühlte einen wohligen Schauer und glitt sorglos in einen leichten Schlaf. Als ich erwachte lag Andreas ganz nahe neben mir und schaute mich an. Ich blinzelte ihn an und lächelte.

»Du siehst schön aus, wenn du schläfst«, sagte er grinsend zu mir. »Nur, wenn ich schlafe?« »Nein, auch sonst manchmal.« Er lachte.

»Hast du Lust, mal was Verrücktes anzustellen?«, wagte ich ihn zu fragen. Andreas war ganz Ohr. »Ja, kommt drauf an, was denn?«

»Ein Vollmondbad hier ganz allein?« Andreas schaute mich mit seinen braunen Augen ziemlich überrascht an. »Wie willst du das schaffen?«

»Lass dich überraschen. Bist du nun dabei oder nicht?«, fragte ich ihn herausfordernd und wusste bereits die Antwort.

»Klar. Und wie machen wir das, ohne dass unsere Eltern was merken?« Manchmal war Andreas recht fantasielos. »Na, du tust so, als legst du dich schlafen, schließt die Zimmertür ab und kletterst den Balkon runter. An der Regenrinne. Das Moped schiebst du bis zur Kreuzung.« Schweigen. »Ja, okay.«

»Und ich schleiche mich leise zur Kellertüre raus, die kann ich offenlassen.« Andreas besaß eine Fantic, auf der wir in der Nacht herfahren konnten.

Bevor wir an diesem Abend das Schwimmbad verließen, steckten Andreas und Thomas noch Papierstreifen in die Zündkerzenstecker der Mofas der Zwillinge, so dass diese nicht mehr ansprangen. »Die werden wohl abgeholt werden müssen!« Lachend fuhren wir nach Hause, ich mit meinem ersten Sonnenbrand an den Oberschenkeln, den ich zu Hause erfolglos versuchte, meinen Eltern zu erklären.

Zwei Wochen später war die Vollmondnacht. Verabredet hatten wir uns für 23.30 Uhr, Andreas wartete mit seiner Fantic am alten Apfelbaum auf mich. Er gab mir seinen Helm und half mir beim Schließen des Halsgurtes, er selbst fuhr ohne. Ich nahm hinter ihm Platz und er sagte, ich sollte mich gut an seinem Bauch festhalten. Als er losfuhr, legte ich meine Wange an seinen Rücken, spürte seinen muskulösen Körper. Es kribbelte ganz doll in meinem Magen als er zum ersten Mal beschleunigte, da ich das Mitfahren nicht gewohnt war. Die Luft war lau, ein schöner, trockener Sommerabend, die Felder waren frisch gemäht und dufteten nach Heu. Das Mondlicht beleuchtete die Landschaft. Wir hielten auf dem leeren Parkplatz des Freibads. Ich nahm Andreas an der Hand und führte ihn mit Herzklopfen zu der Stelle hinter den Umkleidekabinen.

Als ich auf das Loch im Zaun deutete, pfiff Andreas überrascht. »Psst, sei leise, wer weiß, ob noch wer hier ist!«, warnte ich ihn. Wir warfen die Handtücher durch die kleine Öffnung und kletterten hinterher. Das Wasser spiegelte den Mond und glitzerte silbern. Es war niemand hier außer uns, nur die Grillen zirpten. Hand in Hand näherten wir uns dem Wasser.

»Die Umkleidekabinen sind abgeschlossen«, lachte Andreas. Er begann langsam, seine Jeans auszuziehen, unter der er seine Badehose trug, und zog sein Oberteil aus. Ich hatte so weit nicht vorausgedacht, gab ihm das Handtuch zum Vorhalten und zog mich dahinter um. Wir lachten. Dann lief ich los, sprang mit einem Kopfsprung ins Becken. Es war unglaublich kalt, aber wunderbar. Andreas ließ sich hinter mir ins Wasser gleiten. Wir ließen uns auf dem Rücken treiben und blickten in den Sternenhimmel, der sich als Glanzgefunkel im Wasser spiegelte. Ein unglaubliches Glücksgefühl durchströmte mich. Es war eine magische Nacht. Leise plätscherte das Wasser. Wir fassten uns an den Händen und schwebten auf der Wasseroberfläche. Liebestrunken trieben wir in der Nachtstille. Ich fühlte ein unbändiges Gefühl der Freiheit und des Einsseins mit dem Universum.

Auf dem Heimweg leuchteten uns Glühwürmchen den Weg. Bevor wir aufs Moped stiegen, strich Andreas eine Strähne aus meinem Pony und küsste mich. Auf dem Heimweg durch die Sommersternennacht sang ich *Follow you, follow me …* ich hielt mich an Andreas fest und heute weiß ich, dass dieser Augenblick zu einem der glücklichsten Momente in meinem Leben zählte.

KAPITEL 3

Ohne Dich schlaf ich heut Nacht nicht ein –
Münchener Freiheit

Es war ein Samstag im Juni 86. Draußen war es bereits ungewöhnlich warm für diese Jahreszeit in der Eifel. Somit bot es sich an, diesen Tag im Freibad zu verbringen. Im Radio lief *Liebe auf den ersten Blick* von der Münchener Freiheit und die Zeile ›Diesen Zauber aus purem Glück‹ verfolgte mich für den Rest des Tages. Keine Chance, sie zu vergessen. Ohrwurm hieß das schon damals.

Was heute Social-Media-Kanäle und Messenger-Dienste sind, war damals das Wartehäuschen der Bushaltestelle direkt neben der Kirche. Hier erfuhr man alle relevanten Neuigkeiten. Zudem wurden die Aktivitäten der näheren Zukunft an der »Busse«, so lautete die liebevolle Abkürzung für unser Bus-Häuschen, geplant. Also bin ich mit meinem Mofa rüber zur Haltestelle. Es war um die Mittagszeit und irgendjemand war immer dort – heute würde man »online« sagen. Sebastian, der bei allen nur als Semmel bekannt war, wohnte direkt neben der Busse und verbrachte seine Zeit fast ausschließlich an unserem Treffpunkt. Semmel war somit ein analoger Vorreiter von Facebook, Instagram und Snapchat in Menschengestalt. Vielleicht ist er später im Silicon Valley gelandet und hat WhatsApp oder einen anderen Messenger-Dienst erfunden. Wer weiß das schon?

Semmel war auch einer von denen, die wie Bombe irgendwann einfach weg waren und nicht mehr zurückkamen. Er wusste genau, was angesagt war, wer wo war, wer wann kommt und geht. Wer mit wem und wann und lauter solche Sachen. Natürlich war er dadurch auch in der exklusiven Situation, diese Informationen für sich zu nutzen und zu entscheiden, wem er und vor allem wann er etwas weiterverbreitete. Selten hat Semmel selbst etwas mitgemacht, wie auch, er musste ja vor Ort Präsenz zeigen und Informationen sortieren und gezielt verteilen. Als eines der wenigen Scheidungskinder zu dieser Zeit wohnte er allein mit seiner Mutter. Die wiederum war so eine Art Virenscanner für die Busse und hatte stets ein Auge auf Semmel und das, was an dort passierte. Am Wochenende stand meist ein sogenanntes Rähmchen an der Busse, so bezeichneten wir einen Kasten Bier mit 0,33 Liter Flaschen. Weiterer Antriebsstoff für Geselligkeit und argwöhnisch geduldet vom mütterlichen Virenprogramm. Wie diese Rähmchen immer wieder dort hinkamen, ist mir bis heute ein Rätsel geblieben.

Es war, wie es sein sollte. Semmel saß an der Busse und neben ihm Nicki. Die beiden rauchten eine selbst gedrehte Zigarette aus Samsontabak. Gemeinsam eine, denn Semmel zog jeweils nur kurz an der Zigarette und gab diese direkt an Nicki zurück. Schließlich saß seine Mutter vornehmlich auf dem kleinen Balkon ihrer Wohnung und behielt alles im Blick. Entspannt eine Zigarette rauchen war somit für Semmel nicht möglich. Ich genoß Mama Semmels Wohlwollen, wahrscheinlich mochte sie mich sogar. Das hatte wohl mit meiner Vergangenheit als Messdiener zu tun. Anders konnte ich mir das nicht erklären.

Nicki begrüßte mich mit einem Schwall Rauch, den sie mir direkt ins Gesicht hauchte. Sie war ein Schatz und ich habe sie wirklich sehr gerne gehabt. Nicht so wie man in dem Alter vielleicht ein Mädchen gerne gehabt hätte, sondern eher wie ein prima Kumpel, der einfach nur kein Typ war. Nicki hing lieber mit uns Jungs als mit ihren gleichaltrigen Klassenkameradinnen rum. Bei Nicki weiß ich bis heute nicht, ob sie in mich verliebt war. Wir haben uns in all den Jahren nicht einmal geküsst, trotzdem gab es ein unsichtbares Band zwischen uns und wir konnten uns wirklich alles erzählen. Einfach wunderbar, eine echte Freundin. Semmel erzählte, dass einige aus unserer Gruppe sowie zwei, drei Klassenkameraden von mir, die auch er kannte, bereits im Freibad waren. Nicki wusste nicht so recht, ob sie Lust hatte mitzukommen, Semmel wollte lieber an der Busse bleiben. Wir tauschten uns kurz über die 0:2-Niederlage im Weltmeisterschaftsspiel Deutschland gegen Dänemark am Vorabend aus, bevor ich noch mal nach Hause bin und meine Sachen fürs Schwimmbad eingepackt habe.

Einen kompletten Tag im Freibad mit Freunden und Klassenkameraden war wie eine kurze Reise ans Meer. Sonne, blechern klirrende Kassettenrekorder, billige Sonnenbrillen, der Geruch von Tiroler Nussöl und Chlor, kitschig-bunte Badetücher im Patchwork-Muster aneinandergelegt, fettige Kartoffelchips, Flips und literweise Billig-Cola von einem bekannten Discounter. Freibad-Saison. Was auf keinen Fall fehlen durfte: Sonnenmilch von Delial. Sie war der, wie man heute sagen würde, Door-Opener für einen Hautkontakt zu den Mädels. Die Mädchen, die etwas von sich hielten und ihren Körper pflegten, hatten ihre eigene Delial-Flasche in der Badetasche. Und wir Jungs hatten somit das Legitimationsmittel, um gleichaltrige Mädels zart und vor allem hautnah zu berühren. Denn irgendjemand musste den Mädchen ja den Rücken eincremen. Einerseits eine charmante Geste, andererseits eine gute Übungseinheit für später, dachte ich mir. Schon kam mir eine weitere Textzeile von einem Song der Münchener Freiheit in den Sinn: ›Und ich gebe offen zu, das, was ich will, bist du.‹ Ohrwurm halt.

Meine Augen strahlten, als ich schon aus der Ferne sah, dass Kerstin auch da war. Und Gott sei Dank lagen die zickigen Hoffmann-Zwillinge nicht direkt neben ihr und den anderen. Da ich die beiden Mofas der Zwillinge am Eingang stehen sah, befürchtete ich Schlimmeres – Glück gehabt. In der Hoffnung, Kerstin eincremen zu dürfen, schlurfte ich voller Vorfreude in Richtung meiner Klassenkameraden, legte mein orange blau-gestreiftes Badetuch auf die frisch gemähte Wiese vom Freibad und hörte aus Achims Kassettenrekorder *Summer of 69* von Bryan Adams. Super, Kerstin war noch nicht eingecremt, meine Chance. Allerdings war ich an diesem Tag doch nicht schnell genug und Ralf nutzte den kleinen Vorsprung, den er hatte. Sehnsüchtig schaute ich den beiden zu. Wie gerne hätte ich an diesem Tag Kerstin den Rücken und vielleicht auch die Beinrückseiten eingecremt.

Cornelia war ebenfalls da. Sie wartete auf Daniel, der eine Viertelstunde später kam. Cornelia ließ sich nur von Daniel eincremen, an ihre pickelige Haut durften zu dieser Zeit nur Daniels Hände. Das war für die anderen Jungs mehr Glück als Pech. Es war sogar erleichternd, denn Cornelias weiblichen Reize waren weder auf den ersten noch auf den zweiten Blick zu entdecken und das lag nicht an den billigen Sonnenbrillen für zehn Mark, die unseren Blick verdunkelt hatten. Wahrscheinlich hätten auch ein dritter Blick und eine andere Sonnenbrille daran nichts geändert. Ganz ehrlich, in diesem Alter waren für uns innere Werte so interessant wie Synchronschwimmen bei den Olympischen Spielen. Weiser wird man schließlich erst mit steigendem Lebensalter – aber nur, wenn man Glück hat. Denn auch dafür gab es keine Garantie. Cornelia und Daniel dagegen passten bestens zusammen. Beide überzeugten rein äußerlich eher auf den zweiten Blick, wenn überhaupt. Daniel fiel wegen seiner 1,90 Metern Körpergröße und einer schon mit siebzehn Jahren einsetzenden Glatze auf. Sein Brillenmodell steigerte dabei nicht gerade die Attraktivität, passte dafür umso besser zum Gestell von Cornelias Brille. Optiker schienen damals gewusst zu haben, wer zu wem passt. Für uns waren die beiden zu dieser Zeit eher ein abschreckendes Beispiel junger Verliebtheit, peinlich war den beiden nichts. Zum Beispiel konnte man das Schmatzen ihrer Zungenküsse auch noch zwei Meter weiter hören. Zugucken wollten dabei aber keiner und über den Rest schweige ich mich lieber aus. Notfalls blieb einem nur der Sprung ins Wasser oder die Alternative, den Walkman rauszuholen und sich Musik auf die Ohren zu setzen. Nur Bombe hatte eine auffällige Angewohnheit im Freibad. Meist verschwand er mehrmals an einem Nachmittag in den Umkleidekabinen, obwohl er längst umgezogen war, und kam auch immer wieder in derselben Badehose zurück, manchmal freudestrahlend, manchmal leicht verstört. Ich fand das bereits seit längerer Zeit sehr rätselhaft. Und es war endlich an der Zeit, dieser Sache nachzugehen. Somit ging ich Bombe unauffällig hinterher.

Im großen gemischten Umkleideraum mit den Einzelkabinen roch es nach Hygienemittel gegen Fußpilz. Drei von diesen Fußstrahlern hingen an der gegenüberliegenden Wand. Die orangefarbenen Kabinentüren schlugen ständig auf und zu. Kinder kreischten und liefen ihren Eltern voraus ins Babybecken. Ältere Damen besetzten die an der Wand hängenden Haartrockner und manch einer saß auf einer Kabinenbank und knipste sich die Zehennägel. Mal kam jemand in Badesachen heraus, mal ein anderer, der sich nach dem Schwimmen wieder angezogen hatte.

Ich bin im unsichtbaren Abstand zu Bombe geblieben. Er ging nicht direkt in eine der Kabinen, sondern sondierte zuvor die Lage und beobachte, wer wo hineinging. Als ein Mittdreißiger, ich glaube, es war jemand vom örtlichen Schwimmverein kam, um sich in einer der Kabinen umzuziehen, spurtete Bombe mit seinen kurzen Beinen und dem kugelförmigen Körper in die freistehende Nebenkabine. Erst ein paar Minuten später, nachdem der Kabinennachbar bereits fertig umgezogen und gegangen war, kam er wieder aus der Kabine heraus. Sichtlich guter Dinge marschierte Bombe, der mich nicht entdeckte, aus der Umkleide zu den anderen. Aber was hatte er bloß in der Kabine gemacht? Nachdem Bombe aus dem Blickfeld war, ging ich in die Kabine, in der er scheinbar eine gute Zeit gehabt hatte. Im ersten Moment hatte ich da nichts Auffälliges gesehen. Doch dann fiel mir ein weißer Punkt auf etwa ein Meter Höhe an der orangefarbenen Wand ins Auge. Dieser Punkt bestand aus einem Stückchen Papiertaschentuch und hatte die Funktion einer Lochfüllung. In der Kabinenwand war ein fünf Millimeter großes Loch – ein Guckloch. Hatte Bombe hier etwa jungen Männern heimlich beim Umziehen zugeschaut? Er hatte! In diesem Moment klackte die Kabinentür neben mir und jemand kam zum Umziehen. Ich musste kurz durchatmen, wartete einen kleinen Moment, bis ein nasses Badeteil in der Nachbarkabine auf den Fliesenboden klatschte. Eine richtige Recherche verlangte danach, dass ich dieses Guckloch genau inspizieren musste und einen Blick hindurch warf. Für eine Sekunde sah ich einen schwabbeligen Frauenhintern und genau in diesem Moment wurde das Guckloch von der anderen Seite bemerkt. Ein kurzes »Blöder Spanner!« hallte zu mir hinüber und im selben Moment wurde das Loch von der Gegenseite zugestopft. Bloß weg, dachte ich mir. Leise öffnete ich den Drehriegel der Kabinentür und ging eilenden Schrittes und mit leicht rotem Kopf aus der Umkleidekabine. Bis heute weiß ich nicht, wer genau in der Nachbarkabine gestanden hat, aber die Stimme erinnerte mich irgendwie an die Frau von Franz Hagente, dem örtlichen Autohausbesitzer. Auf jeden Fall musste ich später immer an diesen dicken, schwabbeligen Frauenhintern denken, wenn ich an dem Autohaus in unserem Dorf vorbeifuhr. Kein schöner Gedanke. Bombe lag gut gelaunt auf seinem Handtuch, drehte den Kassettenrekorder lauter und *Words* von F.R. Davids tönte aus den Lautsprechern.

Cornelia hingegen war nicht »Too shy« um sich vor unser aller Augen Daniels intensiver Körper- und Hautpflege hinzugeben. Bereits das Bearbeiten von kleineren Mitessern war ekelerregend. Doch der Höhepunkt des Ekels wurde erreicht, als Cornelia einen erbsengroßen Eiterpickel auf Daniels Rücken ins Visier nahm und augenscheinlich ausdrücken wollte. Das Ding war eine Gefahr für die nähere Umgebung. Als in diesem Moment dann auch noch *Ohne Dich schlaf ich heut Nacht nicht ein* von der Münchener Freiheit losdudelte, sprang ich wie von einer Wespe gestochen auf und rannte zum Schwimmbecken. Bloß weg, dachte ich nur.

KAPITEL 4

Do kanns zaubere – BAP

Es war ein Freitagnachmittag, als wir uns mit unserer Clique in Ulis schwarzem VW-Bus auf die Fahrt ins Wochenende machten. Zwei der Jungs, Andreas und Uli, waren gerade achtzehn geworden, was total gut war, denn so waren wir mobil. Im Radio lief The Cure mit *Close to me*. Und »close to me« saß Andreas, denn da wir zu siebt waren, mussten wir uns ziemlich eng zusammenquetschen. Es war heiß, wir trugen Shorts. Es gab keine Klimaanlage, nur ein Gebläse, das laut brummte, und ich fühlte mich während der Fahrt wie in einer fünfunddreißig Grad warmen Sardinenbüchse. Ich erinnere mich gut, dass wir Richtung belgischer Grenze an einer Tankstelle hielten und Geld zusammenlegten, um noch einmal volltanken zu können. Danach ging es in den Lidl, um für das Wochenende einzukaufen. Es gab natürlich nur praktische Mahlzeiten, sprich Dosenfutter, das schnell zuzubereiten war und das möglichst satt machte. Wir hatten zwei Einkaufswagen voll, deren Inhalte dann fast nicht mehr in den Kofferraum des Bullis passten, denn die Mädels hatten natürlich so viele Klamotten mit, als ginge es auf eine Kreuzfahrt. Allein Judith hatte vier Paar Schuhe für drei Tage eingepackt. Die Jungs waren da einfacher gestrickt, sie hatten neben dem, was sie auf der Haut trugen, nur noch einmal Wechselklamotten dabei und vielleicht noch eine Zahnbürste. Dann wieder ins überhitzte Auto, weiter ging es mit *Friday I'm in love* immer noch von The Cure, die Stimmung wurde immer ausgelassener. Alle Fenster waren heruntergekurbelt und es zog von links nach rechts und wieder zurück. Meine langen Haare flogen durch Andreas' und mein

Gesicht. Er schaute mich verliebt an und es kribbelte in meinem Bauch. Er nahm unauffällig meine Hand, so dass es keiner der anderen mitbekam. »It's Friday – I'm in love« sangen wir mit, mehr von dem Text konnten wir nicht auswendig.

Durchgeschwitzt kamen wir in dem kleinen Ort an der belgischen Grenze an, in dem unser Pastor ein Blockhaus besaß, das er an Jugendgruppen zu einem erschwinglichen Preis vermietete. Wir räumten die Vorräte ins Haus und bezogen die Zimmer. Die Jungs ins rechte Schlafzimmer, die Mädels ins linke. Es gab Betten auf zwei Etagen mit weichen, etwas durchgelegenen Matratzen. Ich packte neben Judith meinen Schlafsack aus und wir guckten uns im Haus um, das sehr schön und rustikal eingerichtet war. Oben gab es einen großen Raum mit einer runden Bank, auf der man im Kreis quatschen, singen, spielen konnte – was auch immer. Daneben waren die Küche und das Esszimmer, vom Holztisch mit Sitzecke blickte man durch die Terrassentür in Richtung Belgien – denn das lag nicht weit entfernt. Eigentlich sah man nur ins Grüne. Meinen Walkman auf den Ohren zog ich die Adidas Tennis Special, die gerade angesagtesten Sportschuhe, aus, und lief barfuß auf die Wiese. Laut hörte ich *Just like Heaven* von The Cure und tanzte dabei, ich hätte die ganze Welt umarmen können. Die Sonne schien und Uli und Thomas suchten trockenes Holz für ein Lagerfeuer. Andreas nahm mir die Kopfhörer ab und flüsterte: »Du, ich mag dich!« Dann setzte er mir die Hörer schmunzelnd wieder auf, ich tanzte weiter und nickte und mich überkam der Impuls, ihn einfach zu umarmen und ausgelassen mit ihm über die Wiese zu tanzen.

Erst zögerlich machte er mit, aber das nicht ohne sich zu schämen. Die anderen lachten zwar über uns, wie wir da herumsprangen, aber es war uns egal. Als die Sonne unterging, wurde der Himmel rosa-rot, ein mega

Spektakel am Himmel. Wir grillten die mitgebrachten Würstchen direkt über dem Lagerfeuer. Ich hatte die Gitarre mitgenommen und meine mit der Schreibmaschine abgetippten Liedtexte der aktuellen und legendären Pop- und Rocksongs. Mit der Hand hatte ich die Akkorde drübergeschrieben. Die Texte nahm man aus TOP Heften oder vom Plattencover. Im Licht des Feuers sangen bis auf wenige Ausnahmen alle mit. Von Reinhard Meys *Über den Wolken* über *Nights in white satin* von Moody Blues bis zu *Scarborough Fair* von Simon and Garfunkel war alles dabei. Die meisten Texte konnte man nach den ersten alkoholischen Getränken auswendig. Die Jungs tranken Bitburger, die Mädels lieber Blue Curacao mit Apfelsaft gemischt oder Baileys. Uli kam auf die Idee, Flaschendrehen zu spielen, das war ein super Vorschlag. Bianca lief sofort los, um eine leere Sprudelflasche zu holen. Wir setzen uns auf die Terrasse aus Holz und begannen reihum, die Flasche zu drehen. Bianca startete als Erste, sie meinte, das wäre ihr Privileg, da sie schließlich die Flasche besorgt hatte. Gespannt setzte ich mich bequem in den Schneidersitz hin. Sie musste nicht lange nachdenken und stellte die erste Frage: »In wen aus der Runde könntest du dich am ehesten verlieben?« Sie drehte und der Flaschenhals zeigte auf Thomas, der prompt rot anlief.

»Äh, ich … weiß nicht.« »Na, los – jetzt drucks nicht rum!«, forderte Bianca ihn auf. »Die Frage ist doch echt noch harmlos!« »Na, ich würde sagen … Judith. Aber nur am ehesten! Und auch nur, wenn es keine anderen Menschen mehr auf diesem Planeten gäbe!«, verteidigte sich der Jüngste der Jungen.

»Hey, was soll das denn heißen!«, empörte sich Judith und wir anderen prusteten laut los! »Jetzt du, denk dir was aus, Thomas!« »Ja … Was würdest du gerne mal ausprobieren, traust dich aber nicht?« Thomas drehte die Flasche, deren Hals bei Andreas stoppte. Er schnaufte: »Das erzähl ich auch ausgerechnet euch! Keine Ahnung. Ich würde gern mal eine ganze Nacht mit Ulis VW-Bus rumfahren, so ohne Führerschein.«

»Nie im Leben!« Uli war da anderer Meinung.

»Worauf achtest du bei einem Mann oder einer Frau zuerst?«, ging die nächste Frage an Bianca »Also ganz klar, auf den Hintern und die Augen!«

»Was war der größte Fehler deines Lebens?« Die Frage bekam ich. Ausgerechnet. Da ich auf keinen Fall mit irgendwelchen Sachen von früher rausrücken wollte, antwortete ich: »Na, mit euch hierhin zu fahren!«

»Ich find's so zu langweilig, lasst uns Aufgaben erfinden, die der erfüllen muss, auf den der Flaschenhals zeigt, das bringt mehr Bock!«, schlug Simone vor.

»Okay, der auf den die Flasche zeigt, muss Andreas einen Kuss geben!«

Ich hielt die Luft an. Die Flasche drehte sich langsamer und hielt bei Bianca. Ausgerechnet die, dachte ich, na super! Als Bianca lachend aufsprang, um zu Andreas zu laufen, reagierte er blitzschnell und lief weg. Großes Gegröle folgte. Bianca rannte hinter ihm her, Andreas war schneller und verschwand in der Dunkelheit. Ich war ehrlich gesagt fast erleichtert. Seine Verfolgerin kam außer Atem zurück. »Das holen wir nach, ich schwör's!«, kicherte sie.

»Der, auf den die Flasche zeigt, muss zu den Nachbarn klingeln gehen und nach Duschzeug fragen.«

Die Flasche drehte sich. Thomas war dran. »Au Mann, die lynchen mich, wenn ich jetzt irgendwo klingeln geh und mitten in der Nacht nach sowas frag!« Zweifelnd machte er sich auf den Weg.

Wo mochte Andreas nur stecken?

Als die Kirchenuhr Mitternacht schlug, kam Judith auf die Idee, eine Gruselgeschichte zu erzählen.

Sie war so furchtbar, dass ich nachher echt unter meinem Bett nachsah, ob da ein abgehackter Finger lag oder ein anderes Körperteil. Auch Andreas war wieder aufgetaucht, als wir schlafen gingen. Er zwinkerte mir zu, so als wollte er sagen: »Ich lass mich doch nicht von jeder küssen!«, wünschte mir eine gute Nacht und kletterte in sein Bett im Jungenzimmer.

Durch den Alkohol fiel ich schnell in einen tiefen Schlaf. Jedoch wurde ich am frühen Morgen wach, es war noch dunkel und jemand schnarchte sehr laut. Es war mir unmöglich, wieder einzuschlafen. Ich nahm leise meinen Schlafsack und mein Kopfkissen und schlich nach oben unters Dach. Dort waren noch zwei Betten aufgestellt und es roch gut nach frischem Holz. Ich legte mich hin und schlief nochmal bis gegen sieben. Da die Sonne schon hell schien, stand ich auf, nahm unten im Wohnraum meine Gitarre und begann, leise BAP *Do kanns zaubere* zu zupfen. Das BAP Zupfmuster hatte ich gerade verstanden und spielte es schon etwas flüssiger und ganz leise.

Plötzlich regte sich unten im Schlafraum etwas und Bianca schrie laut, dass ich zusammenzuckte:

»Mensch, Juliana!! Mach nicht so einen Lärm, Du weckst ja das ganze Haus auf. Hier wollen noch welche schlafen!«

Daraufhin waren dann wirklich alle wach und krochen aus ihren Betten.

»Das war jetzt aber völlig überflüssig!«, maulte Uli. Ich legte die Gitarre weg und lief die Treppe hinab, stellte das Radio an, wo die schmachtende Stimme des Sängers von Duran Duran mit *Save a prayer* lief. »Okay, wer fährt mit Brötchen holen?«, fragte ich. Andreas bot sich an und zwar so schnell, dass kein anderer sich noch anschließen konnte. Auf dem Weg in Ulis heiligem VW-Bus zum Bäcker im nächsten Ort waren wir ausgelassen und alberten herum, Andreas tuckerte mit fünfzig durch die schöne Eifellandschaft. Ich vermutete, dass er absichtlich so langsam fuhr, um etwas mehr

Zeit mit mir allein verbringen zu können. Beim Bäcker sprang ich flott aus dem Auto und kaufte zwanzig Brötchen ein. Sollten ja alle satt werden. Auf dem Rückweg hörten wir *Bette Davis' Eyes* von Kim Carnes, als wir auf eine Kreuzung zufuhren. Von rechts kam ein Audifahrer den Berg herab auf uns zu. Erst dachte ich, er würde stoppen, doch sein Auto rollte weiter auf uns zu. Entsetzt lehnte ich mich nach links zu Andreas, ich sah nur das Gesicht des älteren Herren, wie er mit vor Schreck geweiteten Augen im letzten Moment versuchte abzubremsen. Es krachte laut, als sein Auto in unsere Beifahrerseite hineinfuhr und mir schwarz vor Augen wurde! Als ich erwachte, umringten mich zwei Polizisten, ein Sanitäter und Andreas und hievten mich aus dem Autositz. Das war gar nicht so einfach, denn die Beifahrertür ging nicht mehr auf, so dass ich über Andreas' Sitz gerettet wurde. Ich sagte sofort, es wäre nicht so schlimm, mir tat auch gar nichts weh. Bis einige Minuten vergangen waren und ich zur Ruhe kam, da begann ich zu zittern wie Espenlaub. »Das ist der Schock«, meinte der Sanitäter zu mir, der mir gleich einen Becher mit einer Flüssigkeit zu trinken gab. Man wickelte mich in eine warme Decke ein, dabei waren es sicher schon fast dreißig Grad. Die Polizisten vernahmen die beiden Verkehrsteilnehmer und machten sich Notizen.

Erst dann besah ich mir den VW-Bus, der völlig verbeult war. Andreas hielt mich im Arm. »Geht es dir wieder besser?« »Ja, nur Ulis Auto ist futsch. Au Mann!« Der ältere Herr kam zu mir und tätschelte mir den Arm. »Es tut mir leid, mein Mädchen, ich habe euch zu spät gesehen, ich werde für den Schaden aufkommen. Zum Glück ist euch nichts passiert!« Er selbst hatte eine Beule am Kopf.

»Ist schon gut!«, sagte ich. Meine Beine ließen sich bewegen, meine Schulter schmerzte etwas, aber ich blutete nicht und auch Andreas hatte sich nichts getan. Im Krankenwagen mussten wir also nicht abtransportiert werden, das wäre auch schade ums Wochenende gewesen. Nachdem man mich eine Zeitlang beobachtet hatte und ich offensichtlich in Ordnung war, wurde über Funk ein Abschleppwagen gerufen, denn der VW musste erstmal in die Werkstatt. »Au Mann, Uli wird uns lynchen!«, stöhnte Andreas. »Du konntest nichts dafür, wir waren auf der Vorfahrtsstraße!«, tröstete ich ihn.

Die Polizisten luden uns in ihren Streifenwagen ein und fragten, wo wir herkämen. Sie brachten uns zurück ins Blockhaus. Als die Streife vorfuhr, kamen unsere Freunde aus dem Haus. Der erste, der was herausbrachte, war Uli: »WO IST MEIN BUS?! Was ist passiert?«

Wir berichteten kleinlaut. »Und wo sind die Brötchen?«, wollte Bianca wissen.

»Die haben wir wohl im Auto vergessen!«

Es gab gebackenen Camembert mit ekligen Preiselbeeren zum Frühstück, Uli war der Hunger vergangen, Andreas und ich hatten auch nicht sonderlich viel Appetit. Wenigstens hatten wir uns den Namen der Werkstatt notiert, in die sein Auto gebracht werden sollte. Da es im Haus kein Telefon gab, machten sich Uli und Andreas auf die Suche nach einer Telefonzelle, der einzigen im ganzen Dorf, um die Werkstatt anzurufen und nachzufragen, wann wir wieder ein Auto haben würden.

Sie kamen nach einer Viertelstunde zurück.

»Ein paar Tage muss der Bus in der Werkstatt bleiben, es fehlen Ersatzteile. Wir werden uns von unseren Eltern abholen lassen müssen.« Unsere Eltern waren alles andere als begeistert.

KAPITEL 5

Hounds of love – Kate Bush

Irgendein Tag im August 86. Die Sommerferien waren noch nicht zu Ende und die Zeit dehnte sich in einem unvorstellbaren Maße in die Länge. Damals hatten wir tatsächlich noch Zeit. Obwohl es diese ganzen angeblichen Zeitsparer wie Handys, E-Mails und kontaktlos bezahlen noch gar nicht gab. Wir hatten auf jeden Fall oft zu viel von der Ressource Zeit. Heute unvorstellbar. Ich wollte endlich achtzehn werden. Die Zeit bis dahin konnte einfach nicht schnell genug vorübergehen. Gähnend lange Tage gehörten damals zu einem Eifelsommer. Dorftristesse an den Wochentagen, allenfalls mit dem abendlichen Höhepunkt, dem Treff an der Busse, und am Wochenende dann irgendeine Party. Irgendwo in einem miefigen Jugendkeller vom Pfarrhaus oder in einer Dorf-Disco im Zelt oder im Rahmen eines Sportfests.

Die Fußball-WM war seit ein paar Wochen vorbei, Argentinien war nach einem 3:2 gegen Deutschland und mit dem Capitano Maradona Weltmeister geworden. Das Fernsehprogramm glich sich der Langeweile an und lediglich die wöchentliche Folge von »Ein Colt für alle Fälle« mit Colt Seavers sorgte für angemessene Fernsehunterhaltung. Wir Jungs schauten die Serie nur wegen des coolen Stuntman Colt Seavers, das erzählten wir uns zumindest. Heimlich waren wir aber alle in die süße Heather Thomas alias Jody Banks verknallt, nur waren wir zu cool, um das zuzugeben. Mädels waren ein heikles Thema. Es gab ein paar Jungs, die bereits eine feste Freundin hatten und überall nur noch im Doppelpack auftauchten. Cornelia und Daniel waren solch ein Paar.

Dann gab es die Kategorie Pickelgesicht in Kombination mit einer käsigen Gesichtsfarbe. Das waren die, die lieber stundenlang vor ihrem Atari und Sinclair-Computer saßen und irgendwelche ellenlangen Codes eintippten oder heimlich die Dr. Sommer-Seiten aus der BRAVO unter dem Kopfkissen versteckten. Es gab die, die einfach keine Chance hatten bei den Mädels. Warum auch immer. Und es gab den Typus »Eifel-James Dean«: Cool, lässig und unerreichbar für die meisten Mädels. Und irgendwie verliebten sich die begehrtesten Mädels meistens in die unerreichbaren Jungs. Oder es gab vereinzelt auch mal Typen wie Bombe. Die wollten einfach keine Mädels, waren aber, wenn es um Liebeskummer ging, stets gut ausgebuchte Gesprächspartner. Blöde verliefen solche Liebeskummer-Gespräche für Bombe nur dann, wenn das Mädel in den gleichen Typen verknallt war wie er selbst.

Ich war mit Uli verabredet. Uli war ein wenig älter als ich und hatte seit ein paar Wochen den Auto-Führerschein. Er bekam einen alten VW-Bus von seinem am Niederrhein lebenden Onkel Karl geschenkt. Den Bus hatte er bereits Monate vor seinem achtzehnten Geburtstag liebevoll zurechtgemacht und viel Zeit hineingesteckt. Das praktische Fahrzeug sollte auch das neue Partymobil für unsere Clique werden. Blöd nur, dass Uli mit dem Bus direkt am zweiten Wochenende, an dem er ihn hatte, mit ein paar Mädels und Jungs einen Wochenendausflug an die belgische Grenze gemacht hatte. Und sein Kumpel Andreas mit seiner Angebeteten namens Juliana einen Autounfall mit dem VW-Bus hatte. Andreas kannte ich nur vom Sehen, ich konnte nichts über ihn sagen, außer dass man tuschelte, dass er mega in Juliana verschossen war. Ich kannte Juliana zu diesem Zeitpunkt noch nicht. Sie wohnte einige Dörfer weiter, in einem anderen Teil der Eifel. Dadurch war sie auf einer anderen Schule. Aber Andreas und Juliana waren mir in diesem Moment egal. Vielmehr interessierte mich Ulis Bus, schließlich wollten wir so einige Touren mit ihm machen. Das sollte angenehmer sein als mit einer Horde Mofas Samstagnacht von einer Dorfkirmes zur nächsten Party zu knattern.

Uli und ich waren verabredet, um den Bus in einer Werkstatt, nahe der belgischen Grenze, abzuholen. Wir wussten nicht, wie wir dort hinkommen sollten. Es war bereits später Nachmittag und genau die Zeit, in der Wumms von der Arbeit nach Hause kam. Wir trafen uns an der Busse, weil Wumms dort aussteigen würde und uns direkt in die Arme fiel oder umgekehrt. Ganz wie man es sehen möchte, keine Viertelstunde später hielt der Linienbus vor uns und öffnete seine Falttüren. Hinten und vorne gleichermaßen. Was allerdings überflüssig war. Denn hinten stieg nie einer aus, wenn überhaupt ein weiterer Fahrgast außer Wumms ausstieg, dann war das bereits eine kleine Sensation. Er saß nämlich in der Regel alleine in dem großen Bus.

Wumms stolperte gedankenversunken aus der Tür und sah uns im ersten Moment gar nicht.

»Hey Wumms, alles okay?«, rief Uli, während der Bus seine Türen schon wieder geschlossen hatte und laut aufbrausend weiterfuhr.

»Ach Jungs, was macht ihr denn jetzt schon hier? Immer noch Ferien?«, seufzte er.

»Na klar, noch ganze zwei Wochen!«, sagte ich.

»Wumms, kannst du uns helfen? Du hast doch das alte Auto von deiner Mutter und wir müssen dringend meinen VW-Bus in einer Werkstatt an der belgischen Grenze abholen. Kannst du uns dort hinbringen?«, fragte Uli ohne Umschweife.

»Jungs, was ist mit euren Eltern, haben die keine Zeit?«

»Heute nicht, aber wir brauchen den Bus heute Abend und da dachten wir …«

»Oh, immer dieser Stress!«, unterbrach er uns.

»Ey, Wumms, wir fahren auf dem Rückweg über Echternach tanken und bringen dir auch eine Stange Zigaretten mit. Zum Sonderpreis selbstverständlich. Okay?«

»Oh Jungs, der Wumms macht das schon. Aber erst muss ich mal nach Hause und eine Stulle essen. In einer halben Stunde komme ich euch hier abholen.«

»Klasse, Wumms«, kam es gleichzeitig von Uli und mir.

Wumms fuhr uns also in die Westeifel ans Länderdreieck mit Belgien und Luxemburg. Denn die Werkstatt musste der Versicherung wegen in der Nähe der Unfallstelle sein. Die Autofahrt mit Wumms war im Nachhinein eines meiner größten Jugend-Abenteuer. Nicht, weil er etwa atemberaubend schnell gefahren wäre, gewiss nicht, denn sogar der ein oder andere Traktor überholte uns. Nein, weil er weder Fahrbahnmarkierungen wie einen Randstreifen oder Mittelstreifen, noch den Gegenverkehr beachtete. Wumms bewegte den grasgrünen und etwas mehr als zehn Jahre alten Audi 80 nämlich in etwa so über die kurvenreichen Landstraßen, wie er an der Kneipentheke saß. Vollkommen ungelenk, begleitet von der gleichen Attitüde wie er sein Bier bei »De Mamm« bestellte. Immer wieder grummelte Wumms ein »Verdammt, die anderen sollen einfach nicht so rennen!« Uli saß zunehmend blass auf dem Beifahrersitz. Die Hälfte der Fahrt musste ich meine Augen schließen und entschloss mich irgendwann dazu, die Kopfhörer vom Walkman überzuziehen. Ich hörte passend zur Fahrt *Highway to hell* von AC/DC. Im heutigen Rückblick war das ein großes Abenteuer. Mit Wumms und Uli im mehr als 100 PS starken Audi 80 auf dem Highway durch die Eifel – mega!

Der VW-Bus stand abholbereit auf dem Hof der Werkstatt. Die Beule war hervorragend repariert und der Bus sah fast wie neu aus. Ein »Danke und Tschüss« riefen wir Wumms noch zu und sprangen schnell aus dem Auto. Ich bekreuzigte mich dreimal wie ein südamerikanischer Fußballer, der das Spielfeld betritt. Ich war einfach nur glücklich, diese Autofahrt hinter mich gebracht zu haben.

Tanken in Luxemburg war in diesen Zeiten eine beliebte Freizeitbeschäftigung, denn das Antriebsgold gab es im Ländchen nebenan zu taschengeldschonenden Preisen und von der Preisdifferenz konnten wir uns locker ein Rähmchen Stubbis oder eine Palette Dosenbier vom Discounter leisten. Auf dem Weg von der Autowerkstatt zur Tankstelle waren wir bester Laune. Im Radio lief Samantha Fox mit *Touch me (I want your Body)*. Wir sangen lauthals mit und grinsten uns gegenseitig an. Wenn wir irgendwelche Menschen auf unserer Fahrt durch die Eifeldörfer sahen, die auf einem Dorfplatz saßen, so hupten wir und winkten den uns unbekannten und fragend aufblickenden Gesichtern zu. Somit hinterließen wir hier und da ein paar Fragezeichen und sorgten einen kurzen Moment für ein wenig Dorfgeplauder. Ich kramte eine Mix-Kassette, die ich standardmäßig in meiner Jeansjacke mit mir trug, hervor und steckte sie ins Autokassettendeck. Für den Rest der Fahrt begleitete uns der Sound von Van Halen.

An der Tankstelle in Echternach tankten wir den Bus voll und besorgten die versprochene Reval-Zigarettenstange für Wumms, der in der Zwischenzeit sicherlich wieder auf seinem Platz bei »De Mamm« saß, dachten wir. Die Rückfahrt gingen wir entspannt an.

Das dämmernde Abendlicht eines Sommertages ließ uns bei der Musik von INXS und dem legendären Album »Listen like thieves« gemütlich nach Hause tuckern. Uli erzählte mir von dem Ferienhauswochenende mit seiner Clique und von Juliana und Andreas. Auf einmal sah ich auf einem Feldweg den grünen Audi 80 von Wumms stehen und schrie nur: »Halt an! Da steht Wumms.«

Uli machte eine Vollbremsung, ohne auf das Auto hinter uns zu achten. Das bekam gerade noch so die Kurve und wir sahen, wie der Fahrer fluchend davon rauschte. Wir parkten den Bus am Straßenrand und liefen aufgeregt zum grünen Audi. Darin saß Wumms auf einem leicht zurückgestellten Beifahrersitz, rauchte eine selbstgedrehte Zigarette und hatte eine Dose Bier zwischen die Beine geklemmt. Mit großen Augen sah er uns erschrocken an.

»Oh Jungs, was macht ihr denn hier? Kann man denn nirgendwo seine Ruhe haben?«, fragte er uns.

Verdutzt schauten Uli und ich uns an. »Ist alles in Ordnung mit dir?«, fragte ich Wumms, der wiederum mit dieser Frage absolut nichts anfangen konnte.

»Hier ist alles in Ordnung, außer, dass mein Bier gleich leer ist. Lasst mal gut sein und fahrt weiter!«, wies er uns an.

Das taten wir dann und entschieden uns, direkt in unsere Dorfkneipe zu fahren, um Wumms dort zu entschuldigen. Ein Abend ohne ihn an der Theke wirkte damals vollkommen surreal. »De Mamm« schaute uns mit großen Augen an, als wir ihr erzählten, dass Wumms alleine im Auto saß, rauchte und Bier trank. Dann kam von ihr ein kurzer Seufzer und ein »Och, hat der Kerl sich wieder in Gabriele verguckt. Die war gestern Abend hier gewesen.« Wumms und eine Frau? Jetzt schauten wir vollkommen verstört. »Was schaut ihr so, Jungs, Wumms war mal tierisch verknallt in

Gabriele, aber da ist nie etwas draus geworden. Gabriele ist damals mit Wumms' bestem Kumpel zusammenkommen und jetzt taucht die blöde Kuh einfach nach Jahren hier wieder auf, als wäre nichts gewesen und macht Wumms schöne Augen. Kein Wunder, dass der Gute nun vollkommen durch den Wind ist«, schimpfte die Wirtin. Der Abend endete für uns bei Frikadellen, Chips und ein paar Cola am Tischfußball im Nebenraum. Uli fuhr alleine mit dem Bus nach Hause, ich hatte es vorgezogen, zu Fuß zu gehen. In Gedanken bei Wumms, Mädchen generell und dem Thema »Verliebtsein«. Für einen Moment dachte ich auch an Andreas und Juliana. Die waren verliebt, dachte ich mir. Schien alles nicht so einfach zu sein, mit dem Verliebtsein und der Liebe. Ich zog meine Kopfhörer über, drückte die Play-Taste meines Walkmans und hörte *Hounds of love* von Kate Bush.

KAPITEL 6

Celebrate Youth – Rick Springfield

Eine öde Woche ohne Highlights stand an. Es war Montagnachmittag, noch vier lange Schultage lagen vor mir, aus lauter Langeweile hatte ich die Möbel in meinem Zimmer umgestellt und jede Menge Starschnitt-Poster von Nena und Limahl aus der BRAVO an die Wände gepinnt. Ich schrieb täglich in mein Tagebuch, das ich ganz hinten in der Schublade vor unerwünschten Lesern versteckte. Das Radio meiner Stereoanlage lief und das Kassettendeck war auf Aufnahme und Pause gestellt, denn ich wartete gespannt darauf, dass der Sender Celebrate Youth spielte. Man musste ultraschnell sein und die Songs möglichst nach ein oder zwei Sekunden am Anfang erkennen, um zur Anlage zu laufen und die Aufnahme zu starten. Das Ärgerlichste war, wenn mitten im Song eine Unterbrechung durch eine Verkehrsdurchsage kam oder ein dämlicher Radiosprecher am Ende des Liedes zu früh reinquatschte. Die neue Kassette mit meinen Lieblingssongs nahm ich gerade für Andreas auf. Um das Cover besonders schön zu gestalten, hatte ich mir im Reisebüro Prospekte vom Urlaub unter Palmen mitgenommen. Die schönsten Bilder schnitt ich aus und klebte sie auf die Hülle. Außerdem musste ich die Songs mit meiner besten Handschrift auf das Cover schreiben. Madonna, Chris de Burgh, Marillion, Bruce Springsteen – sechzig Minuten Nonstop Pop und Rock im Mix.

Am Morgen des Tages hatte es mächtig Ärger in der Schule gegeben. Ich musste immer eine Dreiviertelstunde mit dem Bus zur Schule in die nächste Stadt fahren. Vor dem Unterricht schrieb ich noch Mathe von meiner Freundin ab und sie von mir Chemie – das war eine tolle

Arbeitsteilung. An diesem Montag hatte niemand Bock auf Schule. Erste Stunde Mathe, so unbarmherzig konnte das Leben sein. Es musste ein Plan her, um den Unterricht ausfallen zu lassen. Das Mädchenklo war die Rettung. Diesmal nicht nur für eine, sondern für alle Mädels – wir waren achtundzwanzig. Der Vorraum des WCs war recht groß, doch um mit so vielen Leuten Platz zu finden, mussten wir eng zusammenrücken. Nach einiger Zeit flüsterte Sarah, die direkt am Eingang saß und den Flur durch einen Türspalt im Blick hatte, dass unser Mathelehrer gerade Richtung Klasse gelaufen sei. Wir hielten die Luft an und kicherten leise. Der wird toben, dachte ich, und rechnete mir aus, was er uns aufbrummen würde, wenn er uns fände. Sarah zischte, wir sollten die Klappe halten, der Müller lief wieder in die Gegenrichtung.

Da es Marta in dem stickigen Raum nun langsam zu heiß wurde, stand sie vom Boden auf und öffnete eins der Fenster, die man aufschieben und mit einem Hebel feststellen konnte. Sie stolperte über eine andere Mitschülerin und das Fenster fiel zu, leider hatte sie die Hand dazwischen und schrie auf. Astrid sprang auf und half ihr, das Fenster wieder zu öffnen, doch ihr Handgelenk sah nicht gut aus. Es schwoll an und vor Schmerz liefen Marta ein paar Tränen über die Wangen. Sie kühlte die Hand unter kaltem Wasser. Es dauerte nicht lange, die Tür der Schultoilette öffnete sich und unsere Erdkundelehrerin kam herein. »Was fällt euch denn ein? Euer Lehrer rennt hier auf und ab und sucht euch! RAUS!«

Nun war klar, dass uns dicker Ärger bevorstehen würde. In unserem Klassenraum stand unser sonst so friedlicher Mathelehrer stinksauer an der Tafel. Er sagte nichts außer: »Schulranzen mitten auf die Tische! Block und Stift und Taschenrechner raus! Wir schreiben einen Mathetest!«

Alle stöhnten! Eine unangekündigte Mathe-Hausaufgabenüberprüfung würde bedeuten, dass es viele miese Noten hagelte. Aber da half nun auch nicht Martas Gejammere, die auf ihrem Platz wie ein Häufchen Elend saß und ihre Hand hielt. Unser Lehrer dachte, sie jammerte wegen der HÜ. Die Aufgaben, die er an die Tafel schrieb, waren sauschwer. Viele meiner Mitschüler und auch ich wussten nicht einmal, was die Fragestellungen bedeuten sollten. Nach einiger Zeit wurden die Blätter eingesammelt, auf denen nur bei den allerwenigsten ein paar Ergebnisse standen. Mir war klar, das wird bestenfalls eine 5.

Marta war jetzt ziemlich blass und unser Lehrer schaute sich endlich ihr Handgelenk genauer an. »Das ist ja ganz dick, warum sagst du nichts? Was ist denn passiert?« »Ich hab mir meine Hand am Fenster gequetscht.«

»Na, dann komm mal mit.« Er gab ihr ein feuchtes Handtuch zum Kühlen und versuchte im Lehrerzimmer, Martas Mutter zu Hause zu erreichen, doch ohne Erfolg.

Daraufhin fuhr er sie persönlich ins Krankenhaus, wodurch wir immerhin früher in die Pause gehen konnten. In der nächsten Stunde hatten wir Physik – wieder beim Müller. Als er zurück in die Klasse kam, sagte er: »Das war ganz und gar keine gute Idee, euch im Klo einzuschließen. Eure Mitschülerin hat sich das Handgelenk gebrochen.« Ab da hatten wir alle ein schlechtes Gewissen und gaben uns besondere Mühe, dem neuen Thema zu folgen, Herr Müller erklärte uns die Funktion eines Motors.

Als ich nach Hause kam, gab es zum Glück ein leckeres Essen. Mama kochte immer sehr gut, sie war Köchin, was bedeutete, dass ich nie Dosenessen vorgesetzt bekam. Sie arbeitete nur halbtags und war immer zu Hause, wenn ich aus der Schule heimkam. Einen Haustürschlüssel brauchte ich nicht. Mittags beim Essen musste ich mich doch erstmal einer Art Verhör unterziehen. »Was gab es denn heute in der Schule?« Ich schluckte, wollte ich doch nicht von dem Streich auf dem Klo und Martas Unfall sprechen. Und auch nichts vom Mathe-Test sagen, denn von der schlechten Note würde sie schon früh genug erfahren. Ganz entgegen meines ansonsten guten Appetits aß ich wenig und antwortete eher einsilbig und ausweichend. »Nichts Besonderes«, log ich, um einer Moralpredigt meiner Mutter zu entgehen. »Wir haben ziemlich viele Hausaufgaben auf. Und Englischvokabeln.« Ich verzog mich also in mein Zimmer. Kurze Zeit später klingelte das Telefon und meine Mutter rief mich. Meine Klassenkameradin Sonja war dran und ich nahm das Telefon am langen Kabel mit ins Nebenzimmer, wo ich ungestört quatschen konnte. Nach einer Stunde fragte meine Mutter: »Ihr habt euch doch bis vorhin gesehen, was gab es denn jetzt schon wieder zu erzählen?« Ich reagierte mit einem Schulterzucken. Es gab immer was zu erzählen. Und heute planten wir, was wir unserem Lehrer schenken konnten, um uns bei ihm zu entschuldigen. Da wir gerade Geometrie durchnahmen und wir ihn oft mit unserem Unverständnis in den Wahnsinn trieben, beschlossen wir, eine riesige Kaugummipackung Wrigley's Spearmint aus Pappe zu basteln, sie mit dem Original-Schriftzug zu verschönern und dieses Paket mit leckeren Süßigkeiten zu füllen. Sonja fand die Idee gut, so dass wir am nächsten Tag den Klassenkameradinnen davon erzählen wollten. Kaum war ich in meinem Zimmer, klingelte es wieder, diesmal an der Haustür. Judith und Bianca fragten, ob ich Lust hätte, mit zur Autobahnraststätte zu gehen. »Klar!«, sagte ich. Das war eine super Idee, denn die Raststätte hatte immer offen und es gab dort für eine Mark Kaffee, so viel man wollte, außerdem ein paar erschwingliche Snacks. Wir bekamen nur recht wenig Taschengeld, womit man haushalten musste, um bis zum nächsten Sonntag über die Runden zu kommen. Ich musste mit nur zehn Mark die Woche auskommen, was schon allein bei einem einzigen Kinobesuch draufging. Aber für einen Kaffee reichte es meistens doch noch oder einer der Freunde gab einen aus. Uli und Andreas, bei denen wir klingelten, kamen auch noch mit. Wir hingen gerne da rum, auch wenn es nicht viel zu sehen gab. Öfter trafen wir einige andere aus dem Dorf und es wurde manchmal ein spontaner schöner Abend.

Mario, ein Bekannter aus dem Nachbarort, kam zu uns an den Tisch. »Hey, Jungs und Mädels, wir brauchen dringend Verstärkung. Morgen startet der Tanzkurs und wir haben viel zu wenige Jungs – Frauenüberschuss eben. Habt ihr keine Lust mitzumachen?«

Andreas und Uli waren offensichtlich nicht begeistert, aber wir Mädels. Ein Tanzkurs, das wäre klasse. »Wo denn?«, wollte ich sofort wissen. »Na, bei der Tanzschule Sauerwein.« »Oh Gott, das ist doch so ein spießiger Schuppen?« »Ja, das schon, aber wir wollten nicht noch vierzig Kilometer weit fahren, deshalb haben wir uns für die entschieden. Jeden Dienstagabend um acht. Also – habt ihr Lust?«

Wir Mädels waren gleich dabei, überredeten unsere Jungs und mussten zu Hause nur noch unsere Eltern überzeugen. Meine waren sogar ganz begeistert.

Die Raumgestaltung der Tanzschule schien aus den 1960er Jahren zu stammen. Wenn man heute hinginge, sähe es dort garantiert noch immer genauso aus. Es gab einen großen Tanzsaal mit einer Bar und auf der anderen Seite Tische mit Holzstühlen und grün-roten Sitzkissen sowie ebensolchen Tischdecken. Das Ambiente war unheimlich spießig und als der Tanzlehrer gemeinsam mit seiner Frau erschien, wunderten wir uns nicht mehr über die Ausstattung. Die beiden stammten ganz sicher nicht aus unserer Zeit, sondern waren irgendwann in den Sechzigern hängengeblieben. Ich musste sofort an den Film »Zurück in die Zukunft« denken … Es ging los.

Zunächst hieß es, sich einen möglichst hübschen Tanzpartner zu suchen. Doch leider waren zuerst die Jungs an der Reihe, sich ihre Partnerinnen auszusuchen. War ja mal wieder klar – wir Frauen mussten uns unserem Schicksal fügen. Ein großer Typ, Marke Bud Spencer in Blond, der sicher Schuhgröße 48 trug, hatte mich im Blick. Hektisch sprang er vom Stuhl auf und rannte auf mich zu. Ich guckte hilfesuchend und panisch zu Andreas, doch der war gerade anderweitig beschäftigt und forderte eine Blondine mit pinken Pumps, dazu passendem pink-weißen Stirnband und weißem Petticoat-Röckchen auf. Noch hoffend, dass Bud Spencer Kurs auf meine Nachbarin nahm, blieb er jedoch vor mir stehen, die ich betreten zu Boden schaute, und er sagte mit lauter Stimme: »Darf ich bitten?« »Ohhh Goooooottt«, dachte ich, lass mich einfach hier im Erdboden versinken, doch nichts dergleichen passierte. Bud Spencer gab mir die Hand und zog mich auf die Tanzfläche. Dort wurde ich zunächst einmal genau unter die Lupe genommen, dann stellte er sich vor und gab mir tatsächlich die Hand. »Ich bin Boris!« Seine feuchte Hand war kalt und glibberig, ich zog meine schnell wieder zurück und putzte sie unbemerkt an meiner Jeans ab. Wir erhielten ein paar Anweisungen, mit welchem Tanz wir nun beginnen würden und was zu tun war, und begannen mit den ersten Schritten, die der Tanzlehrer Sauerwein uns mit seiner Gattin vorführte.

Wir begannen mit dem Discofox Eins, zwei, Tapp … Eins, zwei, Tapp. Erst einmal auf der Stelle. Mein Partner hatte nicht nur Probleme, sich auf den Rhythmus der Musik einzulassen, sondern verwechselte offensichtlich auch rechts und links. Außerdem zählte er laut mit. Dann sollten wir uns die Hand reichen und der Junge seinen Arm auf meinen Rücken legen. »Nun bewegt sich die Dame nach hinten, der Herr nach vorne!«, kam die nächste Anweisung der Tanzlehrer. Die Musik startete, es war *You're my heart, you're my soul* von Modern Talking. Boris begann mit links und trat mir auf den Fuß. Es schmerzte höllisch. Er wog sicherlich doppelt so viel wie ich und trug schwarze Lederschuhe mit harten Absätzen, ich dagegen Ballerinas. Ich fluchte und schnauzte: »Anderer Fuß!«

»Tschuldigung!« Ich versuchte nun, Boris etwas auf Abstand zu halten, da er auch allmählich begann, höllisch zu schwitzen. Schließlich bewegten wir uns ja schon ganze fünf Minuten. Da er führte, machte das die Sache nicht einfacher. Thomas Anders trällerte in nicht enden wollenden Takten sein Lied, Boris schritt zu schnell, schob mich von einer Ecke in die andere, während ich versuchte, meine Füße vor dem nächsten Fehltritt zu retten.

Ich war erleichtert, als das Lied zu Ende war und das nicht nur, weil ich es nicht mochte! Es folgte eine Pause, in der sich mein Tanzpartner die Nase schnäuzte, um sich dann mit dem Taschentuch den Schweiß von der Stirn abzuwischen. »Meine Damen und Herren, wenn Sie diesen Grundschritt nun beherrschen, dann können Sie jede Figur im Discofox tanzen.« Denkt vielleicht die! Die nächste Stufe des Discofox wurde erklärt, der Push and Pull. Hierbei entfernten wir uns kurz voneinander und kamen dann wieder aufeinander zu. Dabei trat mir zumindest niemand auf die Füße.

Da der überwiegende Teil der Tanzpaare sich ganz gut anstellte, erklärte nun die Frau Sauerwein, wie das Damensolo funktionierte. Ich sollte mich beim Partner eindrehen, leider war auch das nicht so einfach, wir verhaspelten uns völlig. Andreas kam mal tanzend in unsere Nähe und grinste breit, bei ihm schien es gut zu laufen, obwohl offensichtlich war, dass nicht er führte, sondern seine pinkfarbene Ballerina. Ich überstand das Tanzen bis zur Pause. Es gab Getränke an der Bar, wo ich wieder auf meine Clique traf. Die Mädels waren gut drauf, die Jungs weniger begeistert. Mario kam zu uns und meinte, das wäre ja hier echt eine Scheiß-Musik. Wir lachten. Ich setzte mich auf einen Barhocker und rieb meinen Fuß, auf dem sich der Abdruck von Boris' Sohle abzeichnete. »Nächstes Mal komm ich in Sicherheitsschuhen!«, kündigte ich an. Die anderen lachten, die hatten mein Fiasko mit dem tanzenden Bud schon bemerkt.

Nachdem wir ein paar Erdnüsse und Salzstangen gegessen hatten, läutete ein Gong das Ende der Pause ein. »Nehmen Sie bitte wieder auf den Stühlen Platz!«, forderte Frau Sauerwein auf.

»Nach der Pause ist bei uns immer Damenwahl! Ich darf Sie nun bitten, meine Damen, sich einen geeigneten Tanzpartner zu suchen.« Das war die Chance, ich lief los und wählte Uli. »Darf ich bitten, der Herr?!«, sagte ich lachend und verneigte mich vor ihm. Die zweite Hälfte der Stunde verlief ganz passabel. Auch wenn Uli wie immer Cowboystiefel trug, führte er gut und trampelte mir nicht auf die Füße wie sein Vorgänger.

Nach der Tanzstunde fuhren wir noch in den McDonald's, einen Burger essen. Simone und Bianca gingen zusammen aufs Klo, wie das bei Mädels immer der Fall war. Man ging immer mindestens zu zweit. Als sie zurückkamen, schwärmte Simone ganz aufgeregt: »Hey, geht mal gucken, da läuft MUSIK auf dem KLO!« Das glaubte keiner von uns, doch wir überzeugten uns der Reihe nach selbst davon. Als wir nach dem dritten Burger noch immer nicht satt waren, vermutlich steckten da Geschmacksverstärker drin, teilten wir uns auf die zwei Autos auf und fuhren heim. Ich wählte den VW-Bus von Uli, obwohl Andreas auch gefahren war, auf den war ich immer noch sauer, da er mich so hängen gelassen hatte. Zu Hause lag ich noch so lange wach, bis auf dem kleinen Schwarzweiß-Fernseher in meinem Zimmer das Test-Bild flimmerte.

KAPITEL 7

Jump – Van Halen

Es ging Richtung Sommerende und die Ferien waren längst vorbei Das letzte Schuljahr vor dem Abitur war bereits ein paar Wochen alt. Einige ehemalige Mitschüler hatten zwischenzeitlich eine Ausbildung begonnen, weil sie keine Lust mehr auf die Schule hatten und lieber Geld verdienen wollten. Andere wie zum Beispiel Frank, das käsige Pickelgesicht, hatten wiederum nur noch die Schule und die Abiturzeugnisse im Kopf. Wer Medizin studieren wollte, musste schließlich richtig pauken. Der Rest von uns wusste noch nicht wirklich, auf welche der Möglichkeiten sie Lust hatten, und ließen einfach mal alles auf sich zukommen. Ich gehörte eher zum Rest.

Unsere Band war ein willkommener Ausgleich zum Schulbankdrücken. Bei den Auftritten spielten wir bekannte Songs und bekamen immer mehr Lust auf eigene Lieder. Seit Monaten sprachen wir darüber und Semmel komponierte einen neuen Song nach dem anderen. Die Initialzündung dazu hatten wir Modern Talking zu verdanken. Denn seitdem *Cheri cheri Lady* im Radio rauf- und runtergespielt wurde, wurde bei uns der Wunsch, gute Musik zu hören, immer größer. Für uns war Modern Talking nicht auszuhalten und wer hätte damals gedacht, dass uns einer von beiden medial bis heute verfolgt? Wir waren überzeugt, wir mussten diesem Gedudel unbedingt etwas entgegensetzen. Wir, das waren übrigens Nicki an der Bassgitarre, Semmel als Gitarrist und Kopf der Band, Max am Schlagzeug und ich als Sänger an der zweiten Gitarre. Mit Nicki hatten wir ein Mädel in der Band und mit Max jemanden, mit dem ich weiter nicht viel zu tun hatte. Er kam aus einem Nachbarort und in circa zwei Jahren Bandgeschichte habe ich vielleicht zehn Sätze mit ihm gesprochen. Nicht, weil ich Max nicht mochte. Nein, Max war einfach ein sehr ruhiger und introvertierter Geselle. Absolut zuverlässig und dazu ein begnadeter Schlagzeuger. Sonst wusste ich nichts über diesen blonden Lockenkopf. Er kam über Semmel zu uns und war viel zu talentiert für eine Combo wie die unsere. Natürlich wollten wir nicht Modern Talking oder andere Joghurtbecher-Musik oder Popper-Musik, so nannten wir das damals, covern. Wir suchten unser eigenes Genre und das lag zwischen *Punks not dead* von The Exploited und *Sehnsucht* von Purple Schulz.

Musik zu machen und Mitglied in einer Band zu sein, das war in dieser Zeit ein Garant dafür, hübsche Mädels kennenzulernen. Daher wollte auch Bombe bei uns mitmachen, er teilte jedoch weder unseren Musikgeschmack, noch konnte er irgendein Instrument spielen. Aber er war ein hervorragender Kommunikator und kam schnell mit jedem ins Gespräch. Bombe sorgte überall für Unterhaltung und hatte seinen Namen nicht nur wegen seiner Figur. Somit lag es auf der Hand, dass wir bis heute wahrscheinlich die einzige Punkrock-Pop-Band der Eifel mit einem eigenen Manager waren. Bombe war wie gemacht für die Aufgabe und besorgte uns etliche Auftritte. Wenn da auch so manche dabei waren, die überhaupt nicht passten. Wie beispielsweise der Auftritt beim Senioren-Kaffee im katholischen Pfarrheim der Kreisstadt. Sechzig Senioren mit wässrig-lauwarmem Filterkaffee aus Drückkannen, die garniert mit Miniatur-Kondensmilch-Döschen aus Plastik auf Tischen platziert standen. Dazu Riemchen-Hefekuchen mit viel zu süßem Pflaumen- oder Apfelmus. Bereits im Eingangsbereich kam uns ein stickig süßlicher Geruch, den ältere Menschen gerne ausströmen, entgegen. Ein Gemisch von gekochtem Kohlgemüse,

4711-Parfüm und Mottenkugeln. Dazu waren im Raum selbstredend alle Fenster geschlossen. Mir war schon übel allein von der Raumluft. Wer schon einmal zu Besuch in einem Altenheim gewesen ist, nachdem es dort hausgemachte Frikadellen mit Sauerkraut zum Mittagessen gegeben hat, der kann annähernd nachvollziehen, welches Geruchsdebakel in diesem Saal herrschte. Im Programm vor uns ein etwa achtzig Jahre alter, ehemaliger Deutschlehrer, der in solch einem Tempo aus einem Heimatbuch vorlas, dass an manchen Tischen der ein oder andere leicht einnickte. Die ganze Atmosphäre schnürte mir den Hals zu und ich wusste wirklich nicht, was wir dort sollten. Am liebsten wäre ich mit Nicki, die sich offensichtlich ganz ähnlich fühlte, abgehauen. Doch Bombe redete unaufhörlich auf uns ein und sprach von einem Redakteur der Tageszeitung, der extra unseretwegen gekommen sei und einen Artikel über uns schreiben wollte. Und wenn Bombe jemanden überzeugen wollte, dann gab es keinerlei Entkommen. Er hatte von Geburt an sprachliche Manipulationstechniken, denen die meisten bis heute nicht gewachsen wären. Der klassische Typ, der einem Veganer ein Rindersteak verkauft und es dann auch noch schafft, dass dieser das ohne schlechtes Gewissen isst.

Wir spielten drei Stücke, die ruhigsten aus unserem Repertoire, und ein paar von den Alten klatschten am Ende tatsächlich. Ob es an den damals noch schlechten Hörgeräten lag oder ob sie einfach nur nett sein wollten, blieb ungeklärt. Dass am Ende von diesem schrägen Auftritt tatsächlich ein großartiger Artikel in der Tageszeitung heraussprang, war für uns natürlich klasse. In diesen Zeiten war der Stellenwert von Zeitungen noch groß, denn Tageszeitungen waren damals Leitmedien. Fast jeder Haushalt hatte ein Abonnement des lokalen Blattes. Somit gelang es uns, mit einem Auftritt bei einer Seniorenveranstaltung Beachtung zu finden.

Damals wussten wir allerdings noch nicht, dass dieser Auftritt der mediale Höhepunkt der Bandgeschichte gewesen sein sollte.

Am darauffolgenden Wochenende stand kein Auftritt auf dem Programm, aber dafür war eine der größten Rolling-Disco-Shows in der Umgebung angesagt. Jeden ersten Samstag im Oktober kamen mehr als tausend Besucher aus der ganzen Eifel in einen zwölf Kilometer von uns entfernten Ort, um in einem Gemeindesaal mit zusätzlich aufgebautem Festzelt die Nacht zum Tage zu machen. Wir alle freuten uns darauf und trafen uns, wie meistens an einem frühen Samstagabend, an der Busse.

Semmel, Bombe, Uli und Nicki saßen bereits mit ein paar Flaschen Bier zusammen. Daneben unterhielten Dirk und Erik sich rauchend. Die beiden gehörten damals zu den sogenannten Großen. Die »Großen« hatten fast alle ein eigenes Auto und waren oft schon fertig mit ihrer Ausbildung. Einige von ihnen hatten bereits länger eine feste Freundin. Nicht so Dirk und Erik. Vielleicht saßen sie deshalb immer wieder mit uns Jüngeren zusammen. Auch sie wollten zur Disco fahren, konnten uns aber nicht mitnehmen, denn im VW-Käfer von Erik war für uns alle nicht ausreichend Platz. Wir ließen die beiden fahren und beschlossen, nun gemeinsam, also zu fünft, zu fahren. Aber wie, das war die Frage?

Trampen zu fünft war nicht möglich, kein Auto würde anhalten und fünf Jugendliche mitnehmen. Erst recht nicht an einem Samstagabend. Doch Bombe hatte eine brillante Idee, die dann auch in den weiteren Monaten immer wieder praktiziert wurde, wenn es um unsere Gruppen-Mobilität ging. Er nannte sie die »5 gewinnt«-Methode. Während wir runter zur Bundesstraße trotteten, wies Bombe uns in seine Idee ein. Die

»5 gewinnt«-Methode war beeindruckend simpel und erfolgreich zugleich. Nicki, das einzige Mädel, stellte sich an den Straßenrand, machte ein freundliches Gesicht und hielt ihren Daumen nach oben, so wie man damals halt getrampt hat. Sie wurde zum Lockvogel. Der Rest von uns versteckte sich hinter einer naheliegenden Gartenmauer, sodass uns heranfahrende Autos nicht sehen konnten. Es dauerte keine fünf Minuten und das erste Auto hielt bereits. Der Fahrer öffnete die Beifahrertür für Nicki und in diesem Moment sprinteten wir hinter der Mauer los und sprangen direkt auf die Rückbank des haltenden Autos. In diesem Fall ein Ford Fiesta. Dies alles ging so schnell, dass der Fahrer weder ohne uns losfahren noch einen Einwand loswerden konnte. Nicki als attraktiver Lockvogel durfte vorne auf dem Beifahrersitz sitzen und wir zwängten uns zu viert auf die Rücksitze. Mit einem mulmigen Gefühl nahm uns der etwa vierzig Jahre alte Fiesta-Fahrer die zwölf Kilometer bis zu unserem Wunschziel mit. Um seine Verunsicherung nicht noch größer werden zu lassen, verhielten wir uns ruhig und Bombe verwickelte ihn in ein belangloses Gespräch. Wir waren beeindruckt, wie einfach das ging. Nur eine Viertelstunde später kamen wir an und der Fahrer fuhr uns sogar noch bis vor den Gemeindesaal mitten im Ort.

Mittlerweile war es kurz vor 22 Uhr und die Musik schallte bis nach draußen. Als wir am Eingang standen, lief *Don't you Forget about me* von den Simple Minds. Drinnen grölten bereits einige lautstark den Refrain mit. Wir zahlten den damals üblichen Heiermann, was heute 2,50 Euro wären, und ließen uns einen Eintrittsstempel auf die Hand geben. Der Stempel wurde gerne auch noch Tage später als Zeichen für »Ich war dabei« getragen und folglich nicht direkt abgewaschen. Der Saal war bereits gut gefüllt und viele bekannte Gesichter kamen uns schon beim Hereingehen entgegen. Ein kurzes »Hi« und ein längeres »Ey, was machst du denn hier« reihten sich aneinander. In unserer Fünfer-Clique zogen wir durch den vollen Saal Richtung Boxen und DJ-Pult. Wir mochten es so richtig laut und standen am besten direkt neben den Boxen. Nicki quatschte mit einem Typen, der dunkelbraune Cowboystiefel und eine Bilderbuch-Vokuhila-Frisur trug. Ich kannte ihn nicht. Bombe war bereits unterwegs in der Menge und quatschte mit fast jedem, der ihm entgegenkam. Semmel, Uli und ich standen für die nächsten zwei Stunden neben den Boxen, beobachteten das Geschehen und wippten bei dem ein oder anderen Song mit.

»Da kommen Andreas und Juliana«, sagte Uli auf einmal und winkte den beiden zu. Das war sie also, die sagenumwobene Juliana. Händchenhaltend kamen die beiden zu uns rüber. Andreas kannte ich vom Sehen und von Uli wusste ich, dass er ein ziemlicher Langweiler und Streber war. So wirkte er auch in der kurzen Begegnung auf mich. Im selben Augenblick schoss mir die Frage durch den Kopf »Was findet so ein Mädel an solch einem Typen?« Zur gleichen Zeit schallte *What's love got to do with it* von Tina Turner aus den Boxen. Es war das erste Mal, dass ich Juliana sah. Wir sagten kein einziges Wort und doch sprachen in diesem kurzen Moment unsere Augen intensiv miteinander. Unsere Blicke sahen unsere Zukunft voraus. In diesem Moment hatte ich keinen Anlass dazu, aber ich wusste, wir würden uns wiedersehen, um dann eine Nacht und einen Tag ohne Pause miteinander zu quatschen. Bei dieser ersten Begegnung aber blieb es beim Blickkontakt. Juliana und Andreas gingen nach kurzem Small-Talk mit Uli weiter. Ich glaube bis heute, dass Andreas damals schon wusste, dass er solch einen Schuss wie Juliana danach nie mehr an seiner Seite haben würde.

Vielleicht auch, dass er sie bereits verloren hatte, bevor sie überhaupt jemals richtig zusammenkamen.

Der DJ kündigte Van Halen und *Jump* an. Der halbe Saal drängelte sich bei diesem Kultsong auf die Tanzfläche. Ich war voller Glücksgefühle durch die kurze Begegnung mit Juliana, sprang bei jedem *Jump* im Refrain so hoch ich konnte und hörte auch danach nicht auf zu tanzen. Irgendwann lief *Everbody wants to rule the world* von Tears for Fears und ich ging durchgeschwitzt Richtung Theke. Juliana sah ich an diesem Abend nicht mehr.

KAPITEL 8

Your eyes – Peter Gabriel

Wir lebten von Wochenende zu Wochenende und begannen montags schon rückwärts zu zählen, wann die fünf Schultage überstanden waren. Ich besuchte eine Schule, auf die nur Mädchen gingen. Allein die Busfahrt dahin war vielversprechend, denn dabei sah man die Jungs aus den anderen Schulen.

Aber nun war endlich wieder Samstag und ich hatte mich schon die ganze Woche auf die Disco in einem weiter entfernten Ort gefreut, denn da war immer mega viel los.

Diese Disco war legendär, wir nahmen sogar eine Dreiviertelstunde Fahrt auf uns, um hin zu kommen. Uli hatte heute keinen Bock, mit dem VW-Bus zu fahren, er wollte mit anderen Freunden hintrampen, um auch mal was trinken zu können. Also mussten wir uns aufteilen. Andreas bot mir an, mich mit seiner Fantic abzuholen und mich mitzunehmen. Die anderen aus der Clique schlossen sich Bekannten aus dem Dorf an. Die Fahrt war total schön, ich genoss den Wind und die Nähe zu Andreas. Er hatte extra für mich den Helm seines Bruders mitgebracht. Ich war gespannt, was mich in dieser großen Disco erwarten würde.

Als wir am Gemeindesaal ankamen, stand dort eine unvorstellbar große Menge an Autos. »Heut sind mehr Discobesucher hier als Einwohner im Ort!«, feixte Andreas. Als wir ausstiegen, zog ich meine hellgelben Vanilia-Jeans erstmal zurecht und hängte mir meine Jeansjacke cool über die Schultern, denn es war noch recht warm. Ich trug ein hellblaues T-Shirt mit Netzshirt darüber. Kurz zuvor hatte ich mir beim Friseur einen Nena-Schnitt verpassen lassen. Meine neuen

Adidas Tennis-Special-Turnschuhe hatten die Fahrt nicht ohne Blessuren überstanden, etwas ölverschmiert sahen sie nun aus. Ein Höllenlärm drang bereits aus dem Eingangsbereich, wo wir den Eintritt bezahlten und unsere Stempel bekamen. Ich nahm mir insgeheim vor, meine Handoberfläche die nächsten Tage nicht zu waschen, damit der Abdruck als Erinnerung erhalten bliebe. Wir steuerten auf die Seite gegenüber den Boxen zu, wo es nicht so laut war und wo man sich noch unterhalten konnte. Bianca zog ein Päckchen Marlboros aus ihrer Jacke und bot uns Kippen an. Die anderen, auch die, die sonst nicht rauchten, zogen sich eine aus der Schachtel und begannen zu qualmen. Ich hatte mal vor einiger Zeit meinem Vater etwas Tabak von Samson und ein Blättchen geklaut und mir eine selbst gedreht. Als ich zwei oder drei Züge gepafft hatte, fand ich, dass das ein Riesenblödsinn war und dieser Geschmack absolut nicht lohnte, um sich damit die Lunge kaputt zu machen. So drückte ich die Kippe aus und klebte sie mit Tesa in mein Tagebuch, wo sie heute noch drinsteckt. Seit diesem Tag hatte ich nie mehr das Bedürfnis zu rauchen.

So stand ich da und hielt mich an meiner Cola fest, betrachtete die Leute ringsum. »You spin me right round, Baby, right round« dröhnte es aus den Boxen, sonst passierte nicht allzu viel. Thomas und Simone tuschelten eng umschlungen miteinander. Thomas lehnte an der Wand und strich seine blonden Haare von Zeit zu Zeit cool aus den Augen, während er Simone über den Rücken streichelte. Simone war ein lebenslustiges Mädchen, man konnte mit ihr Pferde stehlen. Sie trug eine poppige Kurzhaarfrisur und färbte ihre Haare blond. Da ihre große Schwester in Köln wohnte und dort studierte, kam Simone oft in die Großstadt. Sie war von uns allen am modischsten gekleidet und gab eine Menge Geld für Schmuck, Schminke und Schuhe aus. Trotzdem war sie nicht oberflächlich, sondern las sehr gern und konnte super zuhören, wenn man mal ein Problem hatte. Thomas, der eher ruhig war, aus einer Bauernfamilie stammte und Tiere sowie das Traktorfahren liebte, machte eine Ausbildung als Landmaschinenmechaniker. Sein Hobby war es, Bienen zu halten und Honig herzustellen, er konnte Kaninchen schlachten und ihnen das Fell abziehen, aber auch einen Braten zubereiten, der seinesgleichen suchte.

Mein Blick schweifte weiter zu Bianca, die sich angeregt mit Judith unterhielt. Bianca war die Temperamentvollste von uns, sie sagte immer geradeheraus, was sie dachte, was ihr manchmal etwas Trouble bescherte. Doch man wusste bei ihr immer, woran man war. Sie hatte die hellbraunen Locken in einer asymmetrischen Frisur gebändigt. Auf der einen Seite trug sie einen Kurzhaarschnitt, auf der anderen waren die Haare kinnlang. Judith hatte kurze mittelblonde Haare, sie war ein sportlicher Typ, verbrachte ihre Freizeit am liebsten mit Joggen und Tanzen. So viele Leute hatte ich seit langem nicht mehr in einer Disco gesehen. Andreas wollte tanzen, doch es lief ein lahmes Lied von Elton John – die Musik mochte ich überhaupt nicht. Und tanzen ging darauf auch nicht, ich lehnte ab.

Richtig unterhalten konnte man sich nicht, da die Musik zu laut aufgedreht war. Auf der anderen Seite des Raumes stand Uli mit seinen Jungs, die ich nicht kannte. Ich gab Andreas ein Zeichen und zeigte auf Uli, wir gingen Hand in Hand zu unserem Freund. Einer seiner Kumpels fiel mir sofort ins Auge. Er hatte so was Cooles, Unbezähmbares an sich, dunkelbraune, leicht gewellte, lange Haare und sehr besondere braune Augen. In dem Moment, als sich unsere Blicke trafen, dachte ich, in diesen zu versinken. Ganz schnell guckte ich weg, um mich dem Sog zu entziehen, ich musste schlucken. Insgeheim wusste ich, dass sein intensiver

Blick immer noch auf mir ruhte, ich hob nochmals den Blick. Dann setzte der Song *In Your Eyes* von Peter Gabriel ein. Ein Gänsehautmoment. Der Zauber war vorbei, als Andreas mich an der Hand schüttelte und mich energisch fragte: »Du auch?« Ich wusste gar nicht, worum es ging, nickte aber leicht benommen. Mir entging nicht, dass der Typ versuchte, sein Grinsen zu unterdrücken und sich leicht abwandte, um es zu verbergen. Das machte mich ein wenig wütend. Ich fragte mich noch, warum er so eine Wirkung auf mich hatte und warum ich mich so über seine Reaktion ärgerte, schließlich kannte ich ihn doch gar nicht. Uli machte unterdessen keine Anstalten, uns seine Freunde vorzustellen, die alle schon um die achtzehn sein mussten und daher härtere Sachen tranken. Ich kam mir ein bisschen wie ein Mauerblümchen vor.

Plötzlich ertönten die ersten Töne von Van Halens *Jump*! Ein Zucken ging durch die Menge und viele liefen zur Tanzfläche, um abzurocken. Ich war gerade nicht in der Stimmung mitzumachen, betrachtete lieber die Tanzenden. Als der Refrain kam, brüllten alle *Jump* mit und einige sprangen in die Luft. Der, der am höchsten sprang und mit seiner Energie sein Umfeld ansteckte, war Mr. X. Tanzen konnte er auch, sein schlanker durchtrainierter Körper machte coole Moves. Ich blickte ihm eine Zeitlang zu, er tanzte einen Song nach dem anderen. Erst nachdem ein ruhigerer Titel aufgelegt wurde, kam er völlig verschwitzt von der Tanzfläche und ich war fast etwas enttäuscht, als er sich von mir entfernte und in der Menge verschwand.

Der restliche Abend war eher langweilig. Später tanzte ich auch noch etwas, aber die richtige Stimmung kam nicht mehr auf. Zwei der Mädels unserer Clique hatten es mit dem Blue Curacao übertrieben, so dass Andreas gegen 1 Uhr vorschlug, mit mir heimzufahren. Ich war ziemlich müde und gleich einverstanden.

Beim Rausgehen blickte ich mich um, in der Hoffnung, Mr. X noch einmal zu sehen, doch er war wie vom Erdboden verschluckt.

Als ich nach der Fahrt auf Andreas' Fantic zu Hause abgesetzt wurde, gab ich den Helm zurück und dankte ihm fürs Mitnehmen. Er zog seinen Helm ebenfalls ab und gab mir einen flüchtigen Kuss auf die Wange. »Ciao, mach's gut!«, flüsterte er. Ich blickte nach oben zum Schlafzimmer meiner Eltern, es brannte kein Licht mehr, so dass ich leise die Haustür aufschloss und die Treppe hinaufschlich. Meine Eltern wollte ich nicht auf den Plan rufen. Ich zählte die Stufen und überschritt geschickt die einzige knarrende Holzstiege.

Leider hatte ich das Gehör meiner Mutter unterschätzt. Sie wurde vermutlich vom Rascheln meiner Jacke wach und rief: »Juliana, wo warst du denn so lange? Ich dachte schon, es wäre was passiert?!«

Genervt und etwas unbeherrscht antwortete ich knapp: »Es ist alles in Ordnung.« Ich schwor mir, wenn ich jemals eine Tochter oder einen Sohn hätte, würde ich sie mit nächtlichen Ansagen verschonen.

Schnell huschte ich ins Bad, um mir Schlafklamotten anzuziehen. Als ich raus kam wieder: »Wie war es denn?« »Erzähl ich morgen, Mama, es ist halb 2!!«

Heute verzichtete ich aufs Zähneputzen und schlüpfte in mein Bett, umgeben von zwei Limahl-Postern an den Wänden. Als ich die Augen schloss, war mein letzter Gedanke jedoch bei diesem Typen mit den braunen Augen.

KAPITEL 9

The number of the beast – Iron Maiden

Irgendwann an einem Freitagabend im November saß ich bei Nicki zu Hause. Die Wände in ihrem Zimmer waren tapeziert mit BRAVO »Starschnitt-Postern« von Prince, Alison Moyet, Duran Duran, Iron Maiden und The Cure. Eine eigenartige Mischung – ganz so wie Nicki selbst. Wir hatten fast alle Voraussetzungen gehabt, um ein tolles Paar zu sein. Ich wusste nicht, was es war, doch irgendetwas fehlte, waren wir doch mehr wie Geschwister oder gar Zwillinge. Ich habe nie erfahren, ob Nicki jemals mehr von mir wollte, wir sprachen nie darüber. Heute weiß ich nicht mal, wo sie geblieben ist. Bei ihr konnte ich mir vieles vorstellen, nur nicht, dass sie in einem Einfamilienhaus in irgendeinem Neubaugebiet am Dorfrand gelandet wäre. Darauf würde ich auch heute noch eine Wette abschließen. Dafür war Nicki zu unkonventionell. Sie war nicht der Typ junge Frau, die davon träumte, Kinder zu haben und das Bühnenstück von der Traumfamilie zu geben. Sie wäre auch der Schreck für jede Ehefrauen- und Mütter-Kaffeerunde gewesen. Förmchen und Schaufel der Sprösslinge auf dem Dorfspielplatz zu verteidigen und sich mit anderen Müttern über die Flatulenzen des Nachwuchses zu unterhalten, hätte sie wahlweise in den Wahnsinn oder in die Depression getrieben. Zu unserer Zeit war Nicki wirklich ein Schuss, also ein attraktives Mädchen. Doch für viele Jungs war sie zu selbstbewusst, frech und wild. Die kurzen geschorenen blonden Haare taten den Rest, um nicht in das klassische Mädels-Bild dieser Zeit zu passen. Wir beide konnten wirklich über alles miteinander reden und hatten auch keine Geheimnisse voreinander.

An diesem Abend waren wir beide nicht besonders gut gelaunt. Nicki war eine Klassenstufe unter mir und hatte noch anderthalb Jahre Schule bis zur Abiturprüfung vor sich, doch sie war kurz davor, alles hinzuschmeißen. »Prima«, dachte ich, »gerade ich soll sie nun davon abhalten.« Da hatte sie den Bock zum Gärtner gemacht. Aber Nicki war mir wichtig genug, um mich bei diesem Thema von meiner vernünftigen Seite zu zeigen. Somit redete ich auf sie ein, zumindest bis zum nächsten Sommer mit Schule durchzuhalten. Dabei hörten wir The Cure und unseren absoluten Lieblingssong *A forest*. Der Song lief an diesem Abend unzählige Male hintereinander. *Boys don't cry* sollte erst einige Zeit später die Charts erobern und unseren vielgehörten Cure-Hit ablösen. An diesem Tag hatte ich auch meinen Musterungsbescheid für den Bundeswehrdienst bekommen und zeigte Nicki den Brief. Nicki musste lachen und stellte sich vor, wie ich in Uniform stramm vor ihr stand. Ich fand das überhaupt nicht lustig, alleine die Vorstellung bereitete mir großes Unbehagen. Bundeswehr kam für mich absolut nicht in Frage. Der Musterung konnte man allerdings nicht entgehen, aber verweigern und den zeitlich längeren Zivildienst, den konnte man machen. Nicki erzählte mir von einem Jörg, das war der Typ mit den Cowboystiefeln und der Vokuhila-Frisur, der seinen Zivildienst in einer Jugendherberge ganz in der Nähe machte. Ich fragte sie endlos dazu aus, denn die Sache mit der Jugendherberge hörte sich wirklich gut an. Schließlich war man dann dort mit jungen Menschen, somit auch Mädchen, zusammen. Nicki versprach mir, mit Jörg zu sprechen, um mir einen Termin bei der Jugendherbergsleitung zu besorgen. Sollte Jörg in ein paar Monaten mit dem Zivildienst fertig sein, würden die sicherlich einen neuen Zivildienstleistenden suchen.

Nach geschätzt zwei Litern Bergamotte-Tee kamen wir auf die Idee, Bombe zu besuchen. Nicki wusste, dass er alleine zu Hause war. Seine Eltern waren am Wochenende auf einem Kongress in Hamburg. Bis zu Bombes Haus lagen rund fünfzehn Minuten Fußweg vor uns. Draußen war es neblig, feucht und kühl – so wie ein richtiger Novemberabend sein sollte. Auf dem Weg zu Bombe erzählte ich Nicki von der wortlosen Begegnung mit Juliana. Wegen der Dunkelheit konnte ich ihren Gesichtsausdruck nicht erkennen, Nicki war allerdings sehr wortkarg und fragte nicht weiter nach. Im Nachhinein hätte ich mir dabei etwas denken sollen, denn diese Wortlosigkeit war bei ihr schon besonders auffällig. Vielleicht hatte sie Angst, mich als besten Kumpel zu verlieren. Denn in meiner Erzählung konnte sie die starke Begeisterung für Juliana heraushören. Ich habe Nicki schon oft von anderen Mädels erzählt, aber dieses Mal war die Energie meiner Worte offensichtlich eine andere. Nicki ahnte sofort, dass mein Interesse an Juliana stärker war als die sonst üblichen Schwärmereien für andere Mädels.

Das Haus von Bombes Eltern lag auf einer Anhöhe, von der man runter auf die Hauptstraße und weitere Straßen vom Dorf schauen konnte. In allen Zimmern brannte Licht, wir waren noch ein paar Schritte entfernt, konnten aber bereits Musik hören. *Why* von Bronski Beat schallte bis nach draußen und im Hintergrund hörte man Bombe lautstark mitsingen. Wir klingelten mehrmals und es dauerte einige Zeit, bis Bombe uns die Türe öffnete. In bester Laune stand er vor uns. Verschwitzt vom Tanzen zum Sound von Bronski Beat und bekleidet mit einem weißen Netzshirt schauten feuchte Haarbüschel unter seinen Achseln hervor. Seine Tennissocken hatten bereits dunkle Verfärbungen und Schweißränder um die Zehenpartien. Das ganze Outfit rundete er ab, indem er seine Moonwashed-Jeans als

»Maurer-Dekolleté«, also auf Höhe der mittleren Po-backen, trug. Bombe halt.

»Kommt rein!«, schrie er uns gegen die Lautstärke der Musik zu.

»Ich habe Toast, Ananas, Schinken und Käse gekauft. Wir können Toast Hawaii machen. Ich habe Hunger!«, setzte er direkt nach.

»Ey cool, ich liebe Toast Hawaii«, antwortete Nicki, und es waren ihre ersten Worte nach unserem kurzen Gespräch über Juliana.

»Bin dabei! Wir haben noch eine Flasche Blue Cura-cao mitgebracht«, sagte ich.

Wir veranstalteten ein Wettessen und die simple Auf-gabe bestand darin, wer wohl die meisten Toasts Ha-waii essen konnte. Der Gewinner stand natürlich schon vorher fest. Egal, wir machten mit. Alleine schon, weil Bombe großen Spaß daran hatte und wir ihm eine Freude machen wollten. Nicki stieg bei Nummer sechs aus, ich schaffte noch die Nummer neun und Bombe gewann mit großem Abstand und futterte tatsächlich fünfzehn Toasts. Die Flasche Blue Curacao und eine Fla-sche Sekt aus dem Vorratsschrank von Bombes Eltern begleiteten den Wettkampf und sorgten für Flüssigkeit. Wasser wäre ratsamer gewesen, dachten wir danach.

Voll gefuttert und alkoholisiert saßen wir zu dritt auf Bombes Bett. Von seinem Zimmer hatten wir eine fantastische Aussicht. Fast unser komplettes Dorf konn-ten wir von diesem Platz aus sehen. Diese Konstellation brachte uns auf eine Idee, die wir nachher »Gabi calling« in Anlehnung an den Song *London calling* von The Clash nannten. Gabi war die Inhaberin eines kleinen Taxiunternehmens mit drei Fahrzeugen im Nachbarort. Im Hausflur stand ein dunkelgrünes Telefon mit Schnur, um das Gehäuse war eine goldfarbene Bordüre. Was heute die Handyhülle ist, war damals die Einfassung für das Wahlscheibentelefon. Die Telefonschnur reichte gerade bis in Bombes Zimmer. Im ersten Moment wussten Nicki und ich nicht, was er vorhatte, als er grinsend mit dem Telefon ins Zimmer kam. *666 – the number of the beast* stand bei uns damals stellvertretend für die Telefonnummer von Gabis Taxizentrale. Hatte sie zwar nicht direkt die 666, so aber die schöne Telefonnummer 665. Gabi verstand keinen Spaß und Freundlichkeit schien sie für ein Schimpfwort oder einen gefährlichen Virus zu halten. Sie war damals Mitte fünfzig und raunzte den Fahrgästen entweder am Telefon, wenn sie selbst in der Zentrale saß, oder beim Einsteigen ins Taxi an.

»Wohin?« und »Macht acht Mark!«, waren die einzigen Worte, die Gabi einem Fahrgast zukommen ließ. Letztlich die D-Mark-Zahl änderte sich entsprechend dem jeweiligen Fahrtziel, der Rest der Kommunikation blieb unverändert und möglichst kurz. Kein Wort zu viel. Ganz nach einem alten Eifeler Glauben, der besagt, man kommt auf die Welt mit einer bestimmten Anzahl an Worten, die einem zur Verfügung stehen. Wenn diese aufgebraucht seien, würde man sterben. Bedeutete, dass man sorgfältig mit der Verwendung von Worten umgehen sollte, um möglichst lange zu leben. Ich hielt das natürlich für ein Ammenmärchen, aber Gabi schien daran zu glauben. Nun gut, mehr war ja auch nicht nötig, um jemanden von einem Ort zum anderen zu bringen. In Anbetracht des kaum vorhandenen Wettbewerbs konnte Gabi sich diese raue Art ihren Fahrgästen gegenüber auch erlauben. Ein anderes Verhalten wäre für Gabi auch nicht möglich gewesen. Somit ein Markenzeichen von *666 – the number of the beast.*

Bombe nahm ein hellblaues gebügeltes Stofftaschentuch aus seiner Nachttischschublade und wickelte dieses um die Sprechmuschel. Dann wählte er die 665. Wir schauten gespannt zu, wussten bis dahin noch nicht, was passieren würde.

»Wohin?«, raunzte es aus der Hörmuschel, Gabi saß also am Telefon.

»Manfred Weißhaupt hier«, sagte Bombe mit verstellter und tiefer Stimme. »Können Sie mich bitte ›Beim Jupp‹ abholen. Ich muss heute Abend noch nach Köln.«

»Macht 120 D-Mark!«

»Danke«, sagte Bombe mit ernster Stimme.

Die Gaststätte »Beim Jupp« war zwar bei uns im Dorf, aber niemand von uns ging dahin. Selbst wenn »De Mamm« Ruhetag hatte, kam das nicht infrage. Der Gastraum »Beim Jupp« war ausgesprochen klein und Spielgeräte oder eine Musikbox gab es auch nicht. Hier spielten die Alten in der Regel Karten miteinander oder schimpften über die Jugend. Somit war »Beim Jupp« kein gastfreundliches Ambiente für uns. Doch von Bombes Zimmer aus konnten wir die Straße, in der die Gaststätte lag, genau einsehen.

Bombe legte auf und wir fingen tosend an zu lachen.

»Wie geil ist das denn?«, prustete Nicki.

»Mega. ›Gabi calling‹ halt«, meinte Bombe und gab mir das Telefon rüber.

»Jetzt du! Gabi hat drei Taxen, lass uns alle drei zum ›Jupp‹ schicken.«

»Okay!«, antwortete ich nur.

Also bestellte ich ein zweites Taxi zur Gaststätte und danach war Nicki dran. Schließlich sollten alle drei Taxen vorfahren und jeweils keines davon einen Fahrgast vorfinden. Wie auch? Bei Nickis Anruf konnten wir unser Lachen kaum noch zurückhalten. Als sie auflegte, liefen wir direkt zum Fenster. Es dauerte keine fünf Minuten bis das erste Taxi ankam und vor der Tür wartete, ein paar Minuten später kam das zweite, immer noch kein Fahrgast draußen, wie auch. Und dann das dritte Taxi. Die Fahrer stiegen aus und diskutierten lautstark miteinander. Einer wedelte mit den Händen und schien sich fürchterlich aufzuregen. Auf einmal kam Jupp, der Inhaber der Gaststätte, mit zwei oder drei Gästen vor die Türe und alle fingen an, miteinander zu diskutieren. Wir waren viel zu weit weg, um etwas zu verstehen, aber scheinbar stritten sich auf einmal alle miteinander. Bis nach einer Viertelstunde die drei Taxen wieder abdampften. Wir hatten einen Riesenspaß und hörten uns zum Abschluss des Abends *666 – the number of the beast* von Iron Maiden in voller Lautstärke an. Bombe spielte Luftgitarre dazu.

KAPITEL 10

What a feeling – Irene Cara

Samstagabend, ich lag mit meiner neuen Levis 501 Jeans in der Badewanne, damit sie so richtig schön einlief und hauteng anlag. Dazu musste ich etwa zwanzig Minuten in der heißen Badewanne aushalten. Ein Glas Rotwein trug zur Entspannung bei. Ich liebte es, in dem fast unerträglich heißen Badewasser zu liegen, unter Schaumbergen zu verschwinden und Wein zu trinken. Manchmal tat's auch Bier, je nach Laune, und ich hing meinen Gedanken nach. Simone hatte die Sache mit den Stonewashed Jeans auch mal ausprobiert, so wie es der smarte dunkelhaarige Typ in der Levis-Werbung im Waschsalon tat. Die grauen Steine, die sie vor der Haustüre gesammelt und mit ihrer Bluejeans in die Waschmaschine geworfen hatte, um sie zusammen zu waschen, zeigten Wirkung, zwar nicht auf das Kleidungsstück, aber auf die Waschmaschine. Der Waschmaschinenmonteur rückte Montagmorgen um 8.30 Uhr an, nachdem Simones Mutter nach drei Schweigetagen das erste Mal wieder mit ihrer Tochter ein Wort wechselte. Der Effekt war übrigens, dass ihre Hose danach so aussah wie vorher – jedenfalls ohne ausgewaschene Stellen.

Meine Jeans lag nun richtig eng an. Ich erhob mich langsam, ließ das Wasser möglichst lange von mir abtropfen, ehe ich einen Schritt über den Wannenrand machte, auf den glatten Fliesen ausrutschte und mir ganz schön den Ellenbogen prellte. Den kühlte ich mir fluchend unter kaltem Wasser. Nun kam das Langweiligste von allem. Ich musste die Jeans anlassen, bis sie getrocknet war. Eigentlich sollte man die ganze Prozedur in den Sommer legen und die zweite Haut in der

Sonne trocknen lassen, aber es war nun mal Herbst und regnete. Also musste ich mich nach dem Abtrocknen vor unserem elektrischen Heizofen drehen und wenden wie ein Brathähnchen. Das dauerte … Um das Ganze zu beschleunigen, nahm ich noch meinen Föhn dazu und föhnte die rechte Seite, mit der linken stellte ich mich direkt vor den Ofen. Nach einer halben Ewigkeit war die Jeans trocken. Sie fühlte sich innen aber immer noch klamm an, so dass ich sie vorsichtig auszog – auf meinem Bett liegend ging es mit Ach und Krach. So muss sich eine Schlange fühlen, wenn sie sich häutet, dachte ich. Für heute Abend sprang ich in eine andere Jeans, zog T-Shirt und Pulli über und föhnte die Haare, die ich mir zuletzt so hatte schneiden lassen, wie Nena sie trug. Oben stoppelig, hinten lang, Pony bis über die Augen. Ein wenig Wimperntusche und Kajal, mehr Schminke war nicht nötig.

Unten im Wohnzimmer lief der Fernseher und eine mir bekannte Titelmelodie. Meine Eltern sahen sich Hans Rosenthals »Dalli Dalli« an. Einen Moment setzte ich mich dazu auf die Sessellehne, war aber mit meinen Gedanken ganz woanders. Rosenthal sprang gerade in die Höhe und rief »Sie sind der Meinung – das war spitze«, doch meine Gedanken schweiften ab zu Andreas.

Ich guckte auf die Uhr und sprang auf: »Ich geh jetzt auf die Party von Samson. Kann spät werden!«

»Aber nicht zu spät!«, mahnte meine Mutter. Ich zog meine Jeansjacke über und lief los zu Andreas. Da Samsons Party in der neuen Scheune seines Vaters am Dorfausgang stattfand, konnten wir zu Fuß hingehen. Andreas lachte mich an, als er mir die Haustüre öffnete, er zog sich noch seine Jacke über und wir gingen gleich los. Auf dem Hinweg über den Feldweg legte er seinen Arm um meine Schultern. Schon von weitem tönte uns Nik Kershaw mit *Wouldn't it be good* entgegen. Das Gebäude war riesig groß und hatte ein Scheunentor, um das herum jede Menge Heuballen drapiert waren, damit man sich auch draußen hinsetzen konnte. Die Discokugel an der Decke und die von Heuballen umrahmte Tanzfläche sorgten für die typische Samstagabend-Dorfdisco-Atmosphäre. Aus riesigen Boxen wummerte der Bass. Die Fete war schon in vollem Gange, sicher vierzig oder fünfzig Leute waren schon beim Tanzen oder standen an der Bar rum, um auf den richtigen Alkoholpegel zu kommen. Die Mädels ließen sich Cocktails mixen und machten dem schick geföhnten Barkeeper namens Alfons schöne Augen. Der Geruch hängt mir noch heute in der Nase – ein Mix aus frisch geernteten Heu- und Strohballen und der süßliche Davidoff Cool-Water Duft mischten sich mit dem der Grünen Banane und dem Blue Curacao und dem noch süßeren My Melody-Parfum der Mädels. Es herrschte ein von Samsons Vater auferlegtes Rauchverbot an dem Abend, das war die Voraussetzung dafür gewesen, dass Samson die Halle nutzen durfte.

Er wurde achtzehn. Unsere Clique hatte zusammengelegt und ihm ein paar Hosenträgergurte von Schroth geschenkt. Die brachte Uli mit, der sie auch besorgt und verpackt hatte. Er kam gerade mit den anderen herein. Wir begrüßten uns und steuerten auf unsren Gastgeber zu, um ihm zu gratulieren. Der ließ es sich nicht nehmen, erst mal alle Mädels unheimlich lange in den Arm zu nehmen und zu knuddeln, dann forderte er uns auf, uns an den Getränken zu bedienen. Auf ein paar gestapelte Heuballen hatte man ein langes Brett gelegt, was die Theke darstellte, auf dem alles, wirklich alles an alkoholischen Getränken zu finden war – Bier aus dem Fass, Batida de Coco, Jack Daniel's, Grüne Banane, Blue Curacao, Gin, Wodka und sämtliche Liköre. Gerade waren bei uns Bacardi Cola und Blue Curacao mit Apfelsaft die »In-Getränke«. Samson hatte zwei seiner

Kumpel gebeten, sich um den Ausschank und das Cocktailmixen zu kümmern. Jogi machte den DJ und legte wirklich gute Musik auf, eine Mischung aus Rock und Pop und immer mal wieder richtig fetzige Tanzsongs. Bianca und Simone hatten sich ziemlich herausgeputzt, die Haare toupiert, mit Haarlack fixiert und sich stark geschminkt. Das wirkte hier im Heustall schon ein bisschen overdressed. Wir ließen uns in einer Ecke auf die Ballen fallen und Judith fing prompt an zu niesen. »Ich … bin … allergisch … gegen Heu«, brachte sie mühsam hervor und rieb sich die roten Augen. »Na toll, da bist du ja hier genau richtig!« Uli verdrehte die Augen, gab ihr aber ein Tempo. Andreas rückte näher an mich heran und legte seine Hand auf mein Bein. Mir klopfte das Herz. Ob er sich jetzt trauen würde?

Gerade wurde *Maniac* aufgelegt und alle Mädels sprangen zum Tanzen auf. Andreas legte nun seinen Arm um mich, dann drehte er mit seinem Finger mein Kinn zu sich und küsste mich. Es war ein zarter, ruhiger Kuss, der mir angenehm war, doch der Moment ging schnell vorüber. Danach hatte ich so ein leises Kribbeln im Bauch, ich lächelte ihn an. »Komm, lass uns tanzen!«, schlug ich vor, als die ersten Töne von *What a feeling* aus Flashdance aus den Boxen kamen, und zog Andreas hoch. Der kam eher zögernd hinter mir her. Natürlich waren wir weit davon entfernt, so zu tanzen wie Irene Cara, aber wir hatten einen Riesenspaß. Die meisten von uns hatten den Film Flashdance gesehen und alle wollten so tanzen können wie Jennifer Beals, die in ihrer Rolle als Schweißerin arbeitete, aber grandios tanzen konnte. Fast alle waren jetzt auf der Tanzfläche inmitten der Strohballen, ich fühlte mich so, als könnte ich Bäume ausreißen und die Welt umarmen. Auch Andreas legte allmählich seine schüchterne Art ab. Als ich nach ein paar Songs nassgeschwitzt zur Strohbar ging, sah ich in einer Ecke den Typen von zu-

letzt sitzen, der mit einer gelockten Schönheit knutsch-
te. Ich blieb einen Moment stehen und trank mit Strohhalm meine Bacardi Cola, bis die beiden sich lösten und
ich einen Blick auf ihre Gesichter werfen wollte. Es war
jedoch zu dunkel, um die Gesichtszüge erkennen zu
können. Ich ging unauffällig weiter und wollte nicht
dabei entdeckt werden, wie ich die beiden anstarrte.
Plötzlich kippte jemand in der Menge um. Ein Kreis
bildete sich und ich erhaschte einen Blick durch die
Stehenden hindurch. Goldfisch, so war sein Spitzname,
lag am Boden und kam offensichtlich nicht mehr auf
die Beine. Franz, einer der Älteren, kniete sich neben
ihn und fühlte seinen Puls. Er war beim Roten Kreuz
und kannte sich gut aus. Einer gab dem DJ ein Zeichen,
die Musik auszustellen. Nun wurde uns klar, dass irgendetwas Gravierendes passiert sein musste. »Was ist
mit ihm los?«, fragte ich Andreas, der in der Nähe von
Goldfisch gestanden hatte. »Ich denke, der hat zu viel
Alkohol getrunken.« Franz rief: »Wer wohnt hier in
der Nähe? Lauft nach Hause und ruft einen Krankenwagen!« Mario aus dem Oberdorf lief los. In Zeiten, in
denen es noch kein Handy gab und man ein Stück vom
Dorf entfernt in der Einöde feierte, war das ein logisti-
sches Problem, denn keiner von den Partygästen konnte mehr Auto fahren. Goldfisch lag apathisch am Boden, man legte ihm eine Decke über. Die Stimmung war
im Keller, nur die Discokugel warf ihr Licht noch in den
Raum, was völlig absurd wirkte. Eine gefühlte Ewigkeit
später hörten wir den Krankenwagen ankommen. Die
Rettungssanitäter liefen in die Halle und kümmerten
sich um die »Alkoholleiche«. Nach kurzer Zeit stand
fest, dass Goldfisch ins Krankenhaus musste, und er
wurde auf die Trage gehoben und abtransportiert. Wir
waren ziemlich schockiert. Der DJ legte Musik auf, und
nach einiger Zeit war die Party wieder in vollem Gange,
wenn auch nicht mehr so ganz ausgelassen wie vorher.

Es kamen nun erstmal die Schmusesongs, *Dreams are my reality* aus »La Boum – Die Fete«, und so ganz ruhige Stücke. Andreas wich den ganzen Abend nicht mehr von meiner Seite. Punkt 12 lief immer *Black Betty*, worauf jedes Mal die gleichen Typen ausflippten und auf den Knien liegend Luftgitarre spielten. Dem führenden Dorf-Luftgitarristen Goldfisch wurde jetzt vermutlich der Magen ausgepumpt. Jetzt konnten sich endlich seine Konkurrenten Heinz und Klaus aus seinem Schatten herausarbeiten und stellten sich ins Rampenlicht. Bianca und Simone gingen raus, eine rauchen, und ich begleitete sie. Aus der Ferne näherte sich ein flackernder Scheinwerfer. Ein Traktor hielt an und Samsons Vater und sein Fußballkollege sprangen ab. Sie wollten mal die Lage checken, gerieten an die Bar und tranken ein paar Bier. Alfons' Überredungskunst, mal etwas Neues zu probieren, führte dazu, dass die alten Herren auch Jack Daniel's und Grüne Banane probierten. Nach dem zehnten Bananenlikör verloren Samsons Vater Paul und sein Kollege die Standfestigkeit und ließen sich in die Heuballen fallen. Die beiden fanden es klasse, den jungen Mädels beim Tanzen zuzugucken. Zum guten Anblick und guten Ton gehörte nun auch eine gute Zigarillo, welche Paul aufgrund des Alkoholkonsums und der unglaublich schlechten Lichtverhältnisse umständlich aus der Blechdose fummelte. Mit ungeheuerlicher Konzentration und dem notwendigen Fünkchen Glück gelang es Paul nach nur fünf Streichhölzern beide Glimmstengel anzuzünden. Zu dem Zeitpunkt ahnte er noch nicht, dass dies möglicherweise sein letzter Zigarillo in Freiheit gewesen sein könnte, wenn es schlecht liefe.

In dem Moment ging ein Raunen durch die Halle, mein Blick fiel auf ein helles Licht in der Nähe der beiden Ordnungshüter. Pauls Sitzgelegenheit schien in Flammen aufzugehen. Erst war es ein kleines Feuer, dann ging es ganz schnell. Alle drängten ins Freie, einige Jungs versuchten, das Feuer auszutreten, doch mehrere Ballen standen bereits in Flammen. Jemand rief: »Hier stehen Wassereimer! Los!« Der Rauch schnürte meine Kehle zu, doch zum Glück war ich schnell an der frischen Luft und atmete tief durch. Ich sah, dass einige Wassereimer vor der Eingangstür standen, die wohl jemand in weiser Voraussicht vor dem Event hingestellt hatte. Damit versuchten nun Thomas und einige andere, die Flammen zu löschen. Uli erfasste die Lage als Erster und rannte los: »Ich ruf die Feuerwehr!« Es waren wohl alle draußen, doch in der Halle loderten hohe Flammen. »Mein Gott!«, wir trauten unseren Augen kaum, als das hölzerne Tor Feuer fing. Als die Feuerwehr eintraf und das Feuer löschte, war uns klar, dass es hier einen Mordsärger geben würde und dass das die erste und letzte Fete im Strohstall gewesen war.

Es kam niemand zu Schaden, das war aber schon die einzig gute Nachricht. Ein Wunder war, dass niemand für den Brand verantwortlich gemacht wurde, da nicht ermittelt werden konnte, wer der Brandstifter gewesen war.

KAPITEL II

Live is life – Opus

Noch etwa drei Wochen bis Weihnachten. Mit knapp achtzehn Jahren hatte das Fest nicht mehr denselben Event-Charakter wie für ein Kindergarten- oder Grundschulkind. Überhaupt war Heiligabend in den 80ern auch nicht das Großereignis, welches es heute in vielen Familien ist. Es gab lediglich zwei Sicherheiten zum Weihnachtsfest. Die eine war, es wird drei Tage lang gegessen und dazu wird es Süßigkeiten bis zum Umfallen geben, und die zweite, mein Vater ging in die Christmette. Sein einziger Kirchgang des Jahres. Es sei denn, es kam eine Beerdigung dazwischen. Und dann gab es noch meine jüngere Schwester und meinen kleinen Bruder, der spätestens drei Tage vor Heiligabend nicht mehr schlafen konnte, weil er so aufgeregt war und ständig fragte, ob es das Christkind wirklich geben würde. Natürlich behauptete ich, dass es das Christkind gäbe. Sollten meine Eltern doch selbst die Geschichte aufklären, die sie uns allen als Kinder erzählten.

»Klar doch! Den Alf gibt es auch«, sagte ich mit einem Grinsen im Gesicht und dachte dabei an die Fernsehserie, die die beiden regelmäßig anschauten.

»Stiiimmmt«, sagte mein kleinerer Bruder daraufhin ganz ehrfürchtig.

Somit wurde ich zum Komplizen der Weihnachtslüge.

Adventszeit bedeutete auch, bald zwei Wochen Weihnachtsferien zu haben. Meine letzten Weihnachtsferien als Schüler und eine mega-coole Party lagen vor mir. Jeweils am Samstag vor dem dritten Advent fand die sogenannte Oma-Party im Jugendkeller des Pfarrheims statt. Meist kam um Mitternacht der leicht angetrunkene und damals noch sehr junge Pastor dazu. Er feierte, rauchte und tanzte dann mit uns bis zum Morgengrauen im dunklen Keller. Die drei Kellerräume waren mit alten Möbelstücken eingerichtet. Keiner konnte damit noch etwas anfangen, aber in unserem Jugendkeller fanden die Möbel noch Verwendung. Dann gab es eine zweite, fast schon traditionelle Veranstaltung in unserer Gegend. Eine Live-Disco, die immer am Abend des zweiten Weihnachtstages in der Kreisstadt stattfand. Während ich die Oma-Party wie selbstverständlich fest eingeplant hatte, ließ ich die Disco erst einmal außen vor.

Doch vorher stand der Verkauf von Misteln auf den Kölner Weihnachtsmärkten zum Taschengeld verdienen auf dem Programm. Gabriele, Wumms' große Liebe, die damals schon seit vielen Jahren in Köln lebte, erzählte uns bei ihrem letzten Heimatbesuch im August bei »De Mamm« von den vielen Weihnachtsmärkten in Köln. Sie war der Ansicht, dass die Städter ganz verrückt nach Misteln aus der Eifel wären. Gabriele war ungefähr zwanzig Jahre älter als ich und durchaus eine interessante Frau. Einerseits war sie sehr konventionell, vielleicht schon bieder. Sie arbeitete bei einer großen Kölner Bank in der Buchhaltung. Doch irgendwie hatte ihre Ausstrahlung das gewisse Etwas an sich. Nun, sie war keine klassische Schönheit, ihre außergewöhnlichen haselnussbraunen Augen fielen jedoch direkt auf. Schaute man Gabriele zu lange an, dann bestand die Gefahr, sich in diesem Blick und dieser unendlichen Tiefe zu verlieren. Und dann ihre Stimme, diese Stimme erinnerte mich an France Gall, die mit Elton John und *Les aveux* zu dieser Zeit einen tollen Song hatte und etwas später mit *Ella, elle l'a* sogar zwanzig Wochen auf Platz 1 der deutschen Charts stand. Gabriele war für mich die Eifel-Ausgabe von France Gall. Blond wie France Gall war sie nicht, sie war mit ihren schwarzen Haaren die dunkle Variante. Ich konnte gut verstehen, dass die Gabriele Wumms' Traumfrau war.

Als sich dann aber sein bester Kumpel Franz-Josef an Gabriele heranmachte, und das, obwohl er wusste, wie unsterblich verliebt Wumms in Gabriele gewesen war, da musste in Wumms sein Glaube an wahre Männerfreundschaft und die Hoffnung, so eine attraktive Frau jemals für sich gewinnen zu können, zerbrochen sein. Wumms war nicht der Typ, der um eine Frau kämpfte, er war auch nicht der Typ, der viele Worte verwendete und erst recht keiner, der sich behaupten konnte. Er wurde noch stiller als er eh schon war und zog sich noch mehr zurück. Allein auf den Fußballplätzen der Eifel brachte er seine Emotionen, seine ganze Wut, seine tief in ihm schlummernde Vitalität auf das Spielfeld. Nach der für ihn traurigen Geschichte mit Gabriele und Franz-Josef wurde er zu einem der besten Fußballspieler der Eifel. Seine Schüsse hatten eine Kraft wie die Kugeln aus einer Kanone. Bis heute erzählt man sich die Geschichte von Wumms und der toten Kuh. Angeblich hat Wumms bei einem Freistoß, für ihn ungewöhnlich, das Ziel und somit das Tor verfehlt. Dafür aber eine auf der Weide neben dem Sportplatz friedlich grasende Kuh dermaßen mit dem Ball am Kopf getroffen, dass diese einfach tot umgefallen ist. Gabriele und Franz-Josef waren nur ein knappes Jahr zusammen bis Franz-Josef zur nächsten Liebe weiterzog und Gabriele endgültig nach Köln ging und somit das Dorf verließ.

Misteln waren zu dieser Zeit ein begehrter Weihnachtsschmuck an Haustüren. Jeder, der was auf sein Eigenheim hielt oder den passenden Aberglauben besaß, hängte sich in der Vorweihnachtszeit einen Mistelzweig über die Türe. Ich hatte mich an das Gespräch mit Gabriele erinnert und kam auf die Idee, Misteln auf den Weihnachtsmärkten der großen Stadt zu verkaufen. Misteln sind Halbschmarotzer und gelten auch heute noch als Zauber- und Heilpflanzen. Diese grünen Zweige wuchsen wild, hingen meist recht hoch an Bäumen und waren dadurch nicht einfach erreichbar. Denn nicht jeder konnte klettern, war frei von Höhenangst und wusste, wo es die besten Misteln zu finden gab. Ich wusste es. Denn ein Jahr zuvor hatten wir mit der örtlichen Jugendgruppe Misteln geschnitten, um diese dann gewinnbringend auf dem Weihnachtsbasar im Pfarrheim zu verkaufen. Der Verkaufserlös wurde gespendet. »Das ist für die armen Kinder in Afrika« hieß es immer. Richtigerweise ging das Geld aber nach Lateinamerika, im Rahmen der bischöflichen Aktion Adveniat. Das war in dieser Zeit üblich. Ich erinnere mich noch an diese Tütchen von Adveniat, die meine Mutter im Advent von der Sonntagsmesse mit nach Hause brachte, um sie mit Kleingeld gefüllt am darauffolgenden Sonntag in den Klingelbeutel zu werfen. In diesem Jahr wollten wir allerdings unser eigenes Business machen und unser Taschengeld nachhaltig aufbessern.

Mit Jochen hatte ich jemanden an der Hand, der keine Höhenangst kannte, ein exzellenter Kletterer war und permanent Geld gebrauchen konnte. Er sparte nämlich für einen tiefergelegten und aufgemotzten silbernen VW Scirocco, der bereits seit einem Jahr im Autohaus Hagente an der Ecke zum Verkauf stand. Jochen spielte im Dorffußballclub, war bei der Freiwilligen Feuerwehr und aus der Kategorie perfekter Schwiegersohn. Er war tatsächlich beängstigend anständig für einen Jungen in seinem Alter. Vielleicht mochte ich ihn gerade deswegen, weil er all das war, was ich nicht gewesen bin, aber auch nicht sein wollte.

Der nächste im Team war Ralf. Ralf war in derselben Stufe wie ich und zugleich der größte und liebenswerteste Angeber, den man sich vorstellen konnte. Die blonden Haare stets akkurat zurückgegelt. Bekleidet mit den weißen Adidas »Allround«-Schuhen und immer ein Poloshirt von der Marke mit dem kleinen Krokodil auf der Brust. Ralf war nie um eine Ausrede verlegen – selbst als er in einer Freistunde im Filmraum der Schule vom Rektor erwischt wurde. Mit drei anderen Jungs wollte Ralf dort die von ihm besorgte VHS-Videokassette mit einer Folge »Eis am Stiel« anschauen. Er hatte das Talent, die Geschichte komplett zu verdrehen. In seiner Version, die dann auf dem Schulhof die Runde machte, hieß es, die drei Jungs hätten unseren Rektor im Filmraum beim »Eis am Stiel« -Schauen überrascht, als sie sich dort treffen wollten, um Hausaufgaben zu machen. Die Geschichte erreichte auch das Lehrerkollegium und die VHS-Kassette tauchte nie mehr auf. Ralf war also der perfekte Verkäufer und hatte damit natürlich eine Schlüsselqualifikation. Er passte bestens in unser Mistel-Weihnachtsmarkt-Team.

Da aber weder Ralf noch Jochen oder ich einen Führerschein besaßen, fehlte uns jemand mit Fahrerlaubnis und dem geeigneten Auto. Was lag da näher, als Uli zu fragen. Der hatte bereits seinen Führerschein und mit einem VW-Bus war er darüber hinaus perfekt ausgerüstet. Da sollte einiges an Misteln hineinpassen. Wir drei mussten Uli von der Aktion nur noch überzeugen. Was Ralf mit dem Vorrechnen der Verdienstmöglichkeiten in Windeseile gelang.

Am folgenden Samstag hieß es dann: auf in die Stadt am Rhein nach Köln. Ulis Bus war bis oben hin mit Mistelzweigen bepackt, wir ausgerüstet mit guter Laune und der Aussicht, ein paar Stunden später ein paar hundert Mark in unseren Taschen zu haben. Wir wollten nicht zu spät von Köln zurückfahren, denn am Abend fand ja die legendäre Oma-Party im Jugendkeller statt. Die wollte keiner von uns verpassen. Alleine schon nicht, weil wir Bombe in seinem Oma-Kostüm sehen wollten. Er war der Einzige der sich für diese Party in der Weihnachtszeit verkleidete. Damit war

Bombe in den letzten beiden Jahren der beste und einzige Show-Act der Party zugleich. Er liebte Verkleidungen und Oma-Kostüme ganz besonders. Es war sein Abend und wir sein Publikum.

Unser erster Verkaufsstopp war der »Heinzelmännchen-Brunnen« in der Nähe der Domplatte im Zentrum der Stadt. Da wir keinerlei Genehmigung zum Verkauf auf dem Weihnachtsmarkt hatten, entwickelten wir eine eigene Strategie. Wir parkten am Rand vom Weihnachtsmarkt und verkauften praktisch direkt aus dem Bus heraus. Zwei Pappschilder waren schnell vor den Bus gestellt, der Rest geschah von alleine oder Ralf half mit seiner Verkaufsanimation, die an die Verkäufer auf dem Hamburger Fischmarkt erinnerte, aber auch im Schatten des Kölner Domes wunderbar funktionierte. Wir hatten genug Zeit, bis einer vom Ordnungsamt kam und uns verscheuchte. Dann ging es weiter zum nächsten Weihnachtsmarkt in einen anderen Stadtteil beziehungsweise Veedel, wie der Kölner sagt. Handys gab es in dieser Zeit noch keine und somit konnten die Ordnungshüter die Kollegen von den anderen Märkten auch nicht auf uns aufmerksam machen. Es dauerte nicht lange und wir hatten den ersten Fünfzig-Markschein in der Kasse und auch das Ordnungsamt ließ dieses Mal auf sich warten. Die Kölner Gemütlichkeit kam uns in diesem Fall zugute und füllte zwischenzeitlich unser Portemonnaie. Doch nach anderthalb Stunden war es dann so weit und der erste Platzverweis des Tages wurde ausgesprochen. Ralf spielte den unwissenden Eifeler Jungen, dadurch blieb es von Seiten des Ordnungsamts bei einer mündlichen Verwarnung. Einen Mistelzweig für den Ordnungshüter, vielmehr kostete uns der erste Platzverweis nicht. Wir packten schnell alles zusammen und fuhren zum nächsten Weihnachtsmarkt. Dieses Procedere spielte sich an diesem Tage noch dreimal ab, bis wir am späten Nachmittag unglaubliche 1.175 Mark in unserer Kasse hatten.

Beflügelt vom Verkaufserfolg des Tages beschlossen wir kurzerhand, den Bus irgendwo in der Nähe vom Volksgarten zu parken und vor der Heimfahrt noch ein Kölsch trinken zu gehen. Jochen hatte einen Vetter, der seit einigen Jahren in Köln studierte und ihm immer vom legendären Eckstein am Ubierring erzählte. Es war gegen 19 Uhr und Uli wollte los und auf die Oma-Party. Doch Jochen, Ralf und ich wollten noch einen Moment bleiben und bestellten uns eine zweite Runde Kölsch. Dieses Mal auch eins für Uli, der hatte als Fahrer bis dahin nur Afri-Cola getrunken. Zähneknirschend ließ Uli sich zu einem Kölsch überreden. Zwischenzeitlich quatschte Ralf mit zwei Mädels, die uns bereits die ganze Zeit beobachteten. Er rief mich dazu, während Uli mit Jochen über Autos sprach und welche Vorzüge ein VW-Bus gegenüber einem Scirocco hätte. Die beiden Mädels waren aus Köln, ungefähr in unserem Alter und doch wirkten sie reifer. »Wahrscheinlich lag das am Großstadtflair, es ließ einen schneller erwachsen wirken«, dachte ich mir damals. Wir vergaßen die Uhr, wir vergaßen die Oma-Party, wir vergaßen Bombe in seinem Oma-Kostüm, wir waren einfach nur im Hier und Jetzt, ein Zustand, den man mit dem Erwachsenwerden immer mehr vergisst. Einfach nur im Jetzt sein zu können – im jugendlichen Alter erforderte dieser Zustand keinerlei Mühe, er war einfach da. Jochen und Uli standen auch nicht mehr alleine an der Theke. Vier andere Jungs hatten sich dazu gesellt und die kleine Männergruppe diskutierte und schwadronierte über Fußball, den FC und die Fortuna aus der Südstadt. Die zwei waren also beschäftigt. Ralf und ich ebenso. Melinda, die Brünette, wollte so viel von mir wissen, dass ich durch lauter Beantwortung ihrer Fragen gar nicht mitbekommen habe, dass Ralf bereits sehr nah bei Melindas Freundin saß und es nicht lange dauern konnte, bis der erste Kuss zwischen den beiden ausgetauscht wurde. Wollte ich Melinda auch küssen, fragte ich mich? Ich wusste es in diesem Moment wirklich nicht. Ich war angefüllt mit Impressionen vom Tag und saß in einer ungewohnten Umgebung. Das mir nicht vertraute Großstadt-Terrain brachte eine gewisse Unsicherheit mit sich. Doch auf einmal spürte ich ihre weiche Hand auf der meinen liegen und immer wieder kam sie mir so nah, dass ich ihr Haarshampoo riechen konnte. Es roch wie Timotei. Gerne wäre ich mit meiner Hand durch ihre schulterlangen Haare gestreift. Sie sahen so glänzend und weich aus. Melinda hatte eine etwas ungewöhnliche, aber schöne Mundform, die Oberlippe etwas größer. Ihre kleine Nase passte zur Gesichtsform. Wirklich süß war sie! Ich hatte schon Lust, sie zu küssen, war aber in diesem Moment doch zu schüchtern und mir fehlte auch die Erfahrung. Für einen kurzen Augenblick kuschelten wir unsere Wangen aneinander und flüsterten uns Belanglosigkeiten ins Ohr. Die Zeit verging wie im Flug. Ralf hatte ich nicht mehr gesehen.

»Lass uns rüber ins Schröders gehen«, sagte Melinda.

»Ja, aber wo sind Ralf und deine Freundin?«

»Du meinst Andrea? Ich glaube, die beiden sind schon rüber. Kommst du mit?«

»Na klar, aber ich muss den anderen beiden Jungs noch Bescheid geben.«

Jochen und Uli standen immer noch mit denselben Jungs an der Theke. Ihnen ging es sichtlich gut und Uli hatte bereits weit mehr als nur ein Kölsch getrunken. Heute zurückzufahren war damit unmöglich geworden und das hieß, wir würden alle im Bus schlafen. Melinda erklärte den Jungs, wie sie zum »Schröders« kommen und dass wir bereits vorgehen würden. Bis dahin hatte ich gar nicht viel getrunken, aber auch kaum etwas gegessen. Vielleicht war ich deshalb bereits leicht angeheitert.

Über den Ubierring ging es Richtung »Schröders«, weit war es ja nicht. Samstagabend inmitten der Großstadt, ein hübsches Mädchen an der Seite und ausreichend Geld in der Tasche, um den Abend zu überstehen. Es fühlte sich mega gut an. In einem Hauseingang in einer Seitenstraße standen Ralf und Andrea. Sie knutschten und fummelten heftig miteinander. Ich beobachtete die beiden einen Moment zu lange. Andrea schaute rüber zu uns und ohne etwas zu sagen, schien ihr Blick eine Aufforderung an mich zu sein, nun endlich auch ihre Freundin Melinda zu küssen.

Vollkommen irritiert rief ich nur: »Wir sehen uns im ›Schröders‹«, und ging mit Melinda weiter. Das sagte ich so, als wäre ich jede Woche dort, dabei kannte ich den Laden überhaupt nicht. Einen Moment waren meine Gedanken bei Bombe, der wahrscheinlich als Oma verkleidet auf uns wartete. Melinda schien genauso unsicher zu sein wie ich. Sie machte bis dahin keinerlei Andeutungen, mich endlich küssen zu wollen. Es war gegen Mitternacht und das »Schröders« war proppenvoll. Die Menschen standen so nah aneinander, dass man kaum umfallen konnte. Die Tür stand weit auf und uns kam der Geruch von Schweiß, Rauch und Alkohol mit dem Sound von *Manic Monday* von den Bangles entgegen.

Melinda besorgte uns zwei Kirschsäfte mit Amaretto. Wir beobachteten die anderen um uns herum. Ihr Fragenkatalog war scheinbar abgearbeitet. Während *Kiss* von Prince lief, spürte ich eine Hand an meinem Hintern. Keine kurze Berührung, sondern ein ganz zartes Handauflegen. Es war Melindas Hand. Gleichzeitig schaute sie mich vollkommen verträumt an. Das war der Moment, um es zu tun, aber ich wollte noch warten. Nur worauf? Auf einen noch besseren Moment? Ich wusste es nicht. Der erste Kuss zu *Kiss* von Prince war mir einfach zu kitschig. Das Zeitfenster war sensibel, würde ich zu lange warten, dann wäre der Moment vorbei gewesen. Trotzdem sollte es passen und genau richtig sein.

»Ein Song noch, nur noch einer«, sagte ich mir in Gedanken. Ihre Hand verschwand von meinem Po. »Mist«, sagte ich leise. Sie konnte es nicht hören, dafür war die Musik doch viel zu laut. Im selben Moment rückte sie nah an mich heran. Jetzt oder nie. Ich nahm sanft ihren Hinterkopf in meine rechte Hand, wiegte sie leicht darin und zog sie sanft an mich. Dann küsste ich ihre Lippen. Erst war es ein ganz kurzer, leichter Kuss, ein Schnuppern. Eine gefühlte Sekunde später sollte es dann ein Zungenkuss werden. Ein Feuerwerk von Kuss, den ich für die nächste Zeit nicht mehr vergessen sollte. So intensiv, so weich, so feucht, so fordernd. Wir knutschten uns bis zur halben Ohnmacht. Ich weiß gar nicht wie lange, ich weiß nur, dass *Live is life* von Opus lief, als wir das »Schröders« verließen, und dass meine Lippen sich anfühlten, als wären sie gerade mit Botox aufgespritzt worden. So heftig war unsere Knutscherei gewesen.

Draußen wurde es schon langsam hell und Melinda brachte mich noch zum VW-Bus, der am Volksgarten stand. Die anderen drei schliefen bereits tief und fest. Ein kurzes Klopfen an die Seitenscheibe und Uli schob mürrisch und wortlos die Seitentüre vom Bus auf. Ein letzter minutenlanger Zungenkuss zwischen Melinda und mir, bis uns ein verschlafenes »Tür zu, es ist kalt« aus dem Bus entgegenkam. Wir tauschten die Telefonnummern unserer Eltern aus und ich verschwand im Bus. Keiner von uns beiden schaute zurück. Keiner von uns beiden rief den anderen an. Ich sah Melinda nie wieder. Im Bus schlief ich schnell ein und zu meiner Überraschung träumte ich nicht von Melinda, sondern von Juliana. Ich küsste sie, so wie ich eben noch Melinda geküsst hatte. Was sollte das?

KAPITEL 12

New years day – U2

Nach der Aktion mit Goldfischs Alkoholvergiftung und dem Brand im Heustall, was sich in unserem Dorf natürlich herumsprach wie ein »Lauffeuer«, waren unsere Eltern erstmal nicht mehr so gut auf Partys zu sprechen. Doch Silvester stand vor der Tür. Wir mussten uns gut überlegen, wie und wo wir feiern würden, um beim Jahreswechsel raus zu dürfen.

Uns war klar, dass wir unbedingt eine Fete machen wollten, so schlug Bianca vor, bei ihren Eltern im Partykeller ins neue Jahr zu feiern. Ihre Eltern waren recht locker eingestellt und erlaubten uns, den ganzen Keller zu belagern, in dem sich auch Biancas Zimmer befand. Die Alten selbst wollten oben in ihrer Wohnung feiern.

Wir Mädels waren fürs Essen zuständig. Jede von uns brachte einen Salat mit und wir besorgten Baguettes und Kräuterbutter, mehr war nicht nötig. Die Jungs hatten die Aufgabe, sich um die Getränke zu kümmern. Ich durfte für die Musik sorgen und den DJ machen. Natürlich hatte ich vorher noch einige Kassetten aufgenommen. Uli, Andreas und Thomas trafen zur Partyzeit bei Bianca ein, als Judith, Simone und Bianca bereits dabei waren, den Keller, in dem es etwas muffig roch, mit Luftschlangen zu dekorieren. Die Jungs schleppten Unmengen an alkoholischen Getränken herein, an Baileys hatten sie auch gedacht und sogar an die mit Schokolade überzogenen Waffelbecherchen, aus denen man den süßen Sahnelikör trinken konnte. Uli half mir, die Elemente meiner Stereoanlage und die Boxen, die ich von zu Hause mitgebracht hatte, zu installieren, und die Kabel so zu verlegen, dass möglichst niemand drüber fiel. Währenddessen konnte ich es mir nicht verkneifen, ihn mal ganz nebenbei über seinen Kumpel aus der anderen Clique auszufragen. »Gib mir mal einen Kabelbinder an!«, forderte er mich auf. Ich gab ihm das Teil an und fragte so beiläufig wie nur irgend möglich: »Wie war es denn eigentlich zuletzt auf dem Weihnachtsmarkt in Köln?« Uli lachte: »Es war super. Wenn ich dir erzähle, dass wir durch Markus' Idee mit den Mistelzweigen über tausend Mark an dem einen Tag verdient haben, wirst du es mir nicht glauben!« Er schob sich ein »Banjo« in den Mund, da er es offensichtlich bis zum Essen nicht mehr aushalten konnte und Kohldampf hatte.

Ich legte eine Mix-Kassette ein und Kim Wilde begann mit *You keep me hanging on* den Partyabend. »Geht das so einfach – sich dahinstellen und das Zeug verkaufen?« »Wenn man clever ist schon. Wenn die Leute vom Ordnungsamt kommen, muss man halt einpacken und weiterziehen. Aber das lohnt sich. Wir sind nur danach in Köln hängengeblieben, wollten eigentlich nur noch ein Kölsch trinken vor der Heimfahrt. Aber dann hat sich Ralf in Andrea verguckt und Markus in Melinda. Die sind dann ab in die Kneipe, Jochen und ich sind an der Bar hängengeblieben und haben dann letztendlich die Nacht im Bus verbracht, da keiner mehr fahren konnte.«

Ich hörte schon nicht mehr richtig hin, was Uli noch alles erzählte. Ein Stich ging mir durchs Herz. Au Mann … Ich stellte mir vor, wie Markus eine tolle Kölnerin abschleppte und mit ihr in einem Club rumknutschte bis zum Umfallen. Nun hatte ich gleich noch einen Kloß im Hals. »… und was meinst du, wie da die Post abging«, endete Uli ganz euphorisch. »Also, der Bus ist einfach klasse, auch, wenn man mal mit ein paar Leuten nicht mehr heimfahren kann.« Er trug Cowboystiefel, die mit den hässlichen Ornamenten drauf, enge Jeans und ein türkisfarbenes Achselshirt, was ihm selbst im

Dezember wohl noch warm genug war. Seine braunen Haare waren kurz geschnitten, er war nicht besonders hübsch, hatte aber so eine selbstbestimmte Art, die mir gut gefiel. Er war ein Kumpeltyp und immer bereit, uns Mädels bei allem behilflich zu sein, was mit Technik oder mit Kraft zu tun hatte. »Wir mixen jetzt mal ein paar Drinks«, meinte Bianca, die sich extra für den Anlass ein Rezeptheft mit Cocktails zugelegt hatte. »Es gibt Blue Lagoon, Pina Colada, Swimming Pool … wer will was?«

Krampfhaft versuchte ich den Gedanken an Markus und Melinda zu verdrängen. Da kam Andreas und legte von hinten den Arm um mich. »Na, was machst du für ein Gesicht?« Er gab mir einen aufmunternden Kuss auf die Wange. Bianca saß auf einem der Barhocker, ihr war unbemerkt ein Tampon aus der Hosentasche gefallen. Uli saß neben ihr und nahm ihn heimlich. Ich beobachtete, wie er im Halbdunkel die Folie aufriss, den Tampon am blauen Bändchen hochhielt und ihn in sein Sektglas fallen ließ. »Ich wollte mal sehen, wie der aufquillt!«, lachte er. Da kam Biancas kleiner Bruder, der etwa acht Jahre alt war, in den Raum und guckte sich das aufgequollene Teil im Glas genau an. »Was macht ihr da?«, wollte er wissen. Bianca lief zu ihm, schob ihn zur Tür hinaus und begleitete ihn wieder nach oben. Offensichtlich war ihr der Vorfall total peinlich. Als sie wiederkam, schimpfte sie: »Mensch, Uli! Wenn der das Mama erzählt, krieg ich wieder einen Riesenärger!!«

Kurz vor Mitternacht bereiteten die Jungs das Feuerwerk vor, sie stellten die Raketen in Bierkästen und benutzten leere Flaschen als Abschussrampen. Ich legte die U2-Kassette ein, die ich vor der Party extra bis *New years day* vorgespult hatte, damit wir an Mitternacht den passenden Song hören konnten. Wir gingen raus und stießen mit Sekt an, als es Mitternacht war. Uli und Thomas schossen die Raketen ab, wir alle fielen uns um den Hals und wünschten uns alles Gute für 1987. Andreas gab mir einen Kuss.

Es war ziemlich kühl, jedoch kam ich auf die Idee, im Außenpool von Biancas Eltern eine Runde schwimmen zu gehen. »Das ist viel zu kalt!«, meinte Andreas. »Ich bring dir einen Badeanzug«, schlug dagegen Bianca vor. Frierend und mit klappernden Zähnen stieg ich über die Treppe ins eiskalte Wasser. Es war so kalt, dass ich schon zurückschreckte, als mein Zeh das Wasser berührte. Natürlich wollte ich mich aber jetzt nicht blamieren und sprang hinein. Die ersten Sekunden stockte mir der Atem, danach war's einfach nur kalt. Bianca, Uli und Thomas fanden es so lustig, dass sie in ihren Klamotten hinterhersprangen. Ich hatte genug und stieg frierend aus dem Wasser, um mich im Haus zu trocknen und aufzuwärmen.

Zum Abschluss und im Morgengrauen des Neujahrstages, wollte Andreas noch mit seinem gerade neu erstandenen Golf nach Hause fahren. Stolz öffnete er die Tür und präsentierte sein erstes Auto. An seinem Sportlenkrad waren bunte Klebebandstreifen angebracht, um oben und unten zu markieren und beim Rallyefahren den Überblick zu behalten. Natürlich war es auch mit Hosenträgergurten ausgestattet, dicke Lautsprecherboxen lagen auf der Ablage. Das Auto war tiefer gelegt und mit Rallyestreifen auf der Motorhaube beklebt. Er stieg ein, winkte noch einmal, gab Gas und fuhr schnurstracks gegen das Garagentor von Biancas Eltern. Ein lautes Scheppern – Eltern und alle Partygäste kamen herausgerannt. Andreas stieg etwas bedröppelt aus dem Golf und meinte, er habe wohl aus Versehen Brems- und Kupplungspedal verwechselt. Uli packte sich an den Kopf. »Au Mann, zum Glück hat er sein eigenes Auto geschrottet und nicht wieder meinen Bus!« Biancas Vater einigte sich mit Andreas auf fünfzig Mark für die Ausbesserung, so gab es wenigstens

keinen Versicherungsfall. Die Stoßstange an Andreas'
Golf war hin, aber die konnte man auf dem Schrott-
platz relativ günstig bekommen, somit ging der Crash
einigermaßen glimpflich aus. Andreas ließ den Wagen
an dem Abend stehen und ging zu Fuß nach Hause. Ich
hatte es nicht weit und lief über die Wiesen zu meinem
Elternhaus.

An Neujahr ging es uns allen nicht so sonderlich gut.
Ich ließ schon mal freiwillig das Frühstück aus. Bianca
wollte an dem Tag zu Hause bleiben und einfach nur
schlafen, Judith und Simone hatten auch keine Moti-
vation, etwas gemeinsam zu unternehmen. Mir war
nach frischer Luft zumute, so fuhren Andreas und ich
im Golf mit zerbeulter Stoßstange alleine zum Laacher
See. Wir kamen auf die Idee, ein Ruderboot zu mieten.
Ich trug meinen Walkman auf den Ohren, Andreas ruderte los. Bis das jedoch richtig klappte, drehten wir uns
ein paarmal im Kreis. Dann fuhren wir bei wolkenver-
hangenem Himmel hinaus aufs tiefblaue Wasser. Das
Platschen der Ruder beim Eintauchen ins Wasser war
beruhigend und ich liebte es, bei leichten Wellen auf
dem See umher zu gleiten. Als *Live ist life* von Opus
lief, begann es zu schneien. Das war ein besonderer
Moment, als die Flocken auf dem See schmolzen, sobald sie die Oberfläche berührten. Sie blieben auch in
unseren Haaren hängen. Das alles hatte etwas Magi-
sches. Andreas lächelte mich an, dann hielt er in der
Mitte des Sees und legte die Ruder ins Boot. Aus seinem Rucksack packte er eine warme Decke aus, die er
auf dem Boden des Bootes ausbreitete. »Wow!«, staunte
ich, als er auch ein kleines Kissen, eine Thermoskanne
und Kekse herausbeförderte. »Wie wunderbar ist das
denn!?« So viel Romantik hätte ich ihm gar nicht zu-
getraut. Andreas schenkte einen Becher mit der heißen
Flüssigkeit ein und reichte ihn mir lächelnd, »Magst du
Hagebuttentee?« Eigentlich mochte ich ihn nicht, seit

ich drei Jahre meines Lebens im Kindergarten diesen Tee hatte trinken müssen. Meistens bekam man ihn in einer Plastikflasche mit und er schmeckte fad und abgestanden. Doch ich log: »Natürlich – gern. Danke.« Der Tee war gesüßt und wärmte. »Komm, leg dich hin und mach es dir bequem.« Ich legte mich auf die blaue Fleecedecke und nahm das Kopfkissen unter den Kopf. Während ich den Ausblick in den Himmel genoss, fielen mir Flocken sanft auf mein Gesicht und Andreas legte sich zu mir. Wir wickelten uns in die Decke ein. Ich nahm meine Kopfhörer ab und steckte den Walkman in Andreas' Rucksack. Die Stille am Neujahrstag, dachte ich. Andreas kuschelte etwas mit mir, war aber nicht aufdringlich, küsste meine Nasenspitze und meine Lippen. Eine halbe Stunde Glückseligkeit, dann mussten wir wieder zurück zum Bootssteg. Andreas ruderte und ich blieb einfach liegen und genoss die Wärme unter der Decke und das Schaukeln des Bootes auf den leichten Wellen.

Als wir zu Hause ankamen und Andreas sich verabschieden musste, kramte er noch etwas aus seinem Rucksack. »Hier, das ist für dich, damit wir in Kontakt bleiben können.« Er reichte mir ein grünes Walkie Talkie. »Wie funktioniert das?« »Es ist ganz einfach zu bedienen. Beim Sprechen drückst du auf diese Taste, beim Zuhören lässt du sie los.« Das waren die Handys der 80er, für einen Jugendlichen von heute unvorstellbar primitiv. Andreas fuhr nach Hause, sein Elternhaus war nur wenige hundert Meter von meinem entfernt. In meinem Zimmer angekommen hörte ich nur ein Rauschen und die abgehackte Stimme meines Freundes. Suchend lief ich durchs Haus an eine Stelle, die störungsfreier war und einen besseren Empfang ermöglichte. Im Badezimmer konnte ich schließlich Andreas' Stimme relativ deutlich hören und öffnete das Fenster, da war der Empfang gut. »Hallo Andreas, bist du jetzt zu Hause?« »Ja, gerade angekommen, es klappt also!«, er triumphierte. »Das ist toll, so können wir noch etwas länger zusammen quatschen.« Mich fror, so dass ich antwortete: »Ähm, ja das ginge zwar schon, aber ich hänge am geöffneten Badfenster und es ist saukalt. Würde sagen, wir gehen jetzt schlafen!«, schlug ich vor. Ich krabbelte in mein Bett, schloss die Augen und fiel in den Schlaf. Ich träumte von Markus' und Melindas Küssen.

KAPITEL 13

Bello e impossibile – Gianna Nannini

Es war halb 12 am Vormittag, das Scheppern des Brief-kastens weckte mich. Das musste Bernie gewesen sein. Dummerweise hing unser Briefkasten direkt an der Au-ßenwand meines Jugendzimmers. Das Kopfteil meines Bettes war auf der Innenseite, der Briefkasten auf der Außenseite. Bernie war unser Dorfbriefträger. Er war etwas älter als meine Eltern, aber alle durften ihn du-zen und »Bernie« nennen. Er bestand geradezu darauf. Die Verteilung der Post bewältigte er mit seinem wein-roten Peugeot 504 Diesel. Der machte nicht nur einen furchtbaren Krach, sondern qualmte auch wie ein klei-nes mobiles Kohlekraftwerk. Das lag daran, dass Bernie mit Vorliebe Heizöl statt Dieselkraftstoff tankte, denn das war wesentlich günstiger und interessierte damals niemanden. Bernies berufliche Herausforderung lag in der Verteilung von Rechnungen, Steuerbescheiden, Mahnungen, dicken Werbekatalogen, Urlaubspostkar-ten und natürlich Liebesbriefen. Mit seiner sehr kulti-vierten und galanten Art war er stets freundlich, beliebt und angesehen im Dorf. Bernie war sich der Bedeutung seiner Aufgabe sehr bewusst und seine Arbeit ging weit über das Verteilen der Post hinaus. Er interpretierte das Briefgeheimnis auf seine eigene Art und Weise und lie-ferte den ein oder anderen Brief später oder auch mal gar nicht aus. In seltenen Fällen ließ er einen Brief auch schon mal mit der Bemerkung »Unbekannt verzogen« zurück zum Absender schicken. Dadurch konnte er zum Beispiel so manche Ehe retten und viele weitere Unglücke verhindern. Ein kleiner vertrauter Hinweis hier und ein verspäteter Brief da konnten das Schick-sal der Menschen schon in andere Bahnen lenken. Das wusste Bernie und es machte ihm große Freude, ein bisschen die Hand Gottes zu spielen. Fast jeder im Ort wusste das, aber keiner sprach darüber. Warum also großes Aufsehen darüber machen? Es lief ja alles gut. Bernie war somit eine wichtige und zentrale Person im Dorf und dies in einer Zeit, in der es weder E-Mails noch Messenger-Dienste und Smartphones gab. Der Bürgermeister und sämtliche andere Persönlichkeiten des Ortes hielten sich gut mit Bernie. Sie wussten ja, welche Macht in seinen Händen lag.

Bernies einzige Tochter Karin war komplett anders und somit alles andere als freundlich oder galant. Sie war zwei Jahre älter als ich und eine furchtbar eingebildete Person. Worauf nur? Sie war nicht hübsch, sondern eher das Gegenteil, dazu hatte sie nichts, was auf einen guten Charakter hindeuten würde. Was sich unter anderem in nahezu zwanghafter Streitsucht und schier unendlicher Neugier äußerte. Sie wusste über jeden Bescheid und hatte an jedem etwas auszusetzen. Freundinnen waren eher Fehlanzeige. Einen festen Freund? Natürlich nicht. Es passte zu ihr, dass sie die beste und wahrscheinlich einzige Freundin der gefürchteten Zwillinge war. Das war für Karin nicht leicht, kamen die Zwillinge doch aus einer Unternehmerfamilie mit viel Geld und waren im Dorf als sogenannte Bonzenkinder verschrien. »Bonzenkinder« war eine typische Bezeichnung in den 1980ern und sie passte bestens zu den Zwillingen. Für Karin war ihr Vater übrigens auch kein Briefträger, sondern Postbeamter. Die Betonung lag auf »Beamter« und war besonders wichtig. Mit den anderen Jugendlichen aus dem Dorf wollten weder die Zwillinge noch Karin was zu tun haben. Wir waren nicht gut genug für diese Mädels und darüber waren wir sehr froh. Gab es doch nichts Lästigeres für uns, als die Zeit mit verwöhnten Bonzenkindern totzuschlagen.

Dank Bernie war ich nun wach und lag mit offenen Augen träumend für einen Moment in meinem Bett. Das letzte Wochenende vor dem Ende der Weihnachtsferien begann und die in ein paar Monaten stattfindenden Abiturprüfungen rückten unaufhörlich näher. Bis dahin gab es noch viel zu tun. Der Januar ist ein dunkler und stiller Monat, in der Eifel ganz besonders. Mieses Wetter, keine Party, kein Feiertag, Winterpause bei den Fußballern und zu kalt, um abends an der Busse mit Semmel und den anderen abzuhängen.

Meine Begegnung mit Melinda lag inzwischen schon ein paar Wochen zurück. Ich dachte weniger an sie, als an die Küsse, die wir miteinander ausgetauscht hatten. Das Küssen selbst hatte mir schon viel Spaß gemacht und ich konnte Gefallen daran finden. »Ob Juliana auch so wie Melinda küssen konnte?« oder »Ob alle Mädchen gleich küssen?«, diese Fragen gingen mir durch den Kopf. Heute weiß ich nur zu genau, Frauen küssen so unterschiedlich wie Hunde bellen. Wieso dachte ich immer wieder an Juliana? Richtig gesehen habe ich sie schließlich nur ein einziges Mal und da haben wir noch nicht einmal ein Wort miteinander gesprochen. Ich verstand meine Gefühle zu diesem Zeitpunkt einfach nicht. Konnte ich mich überhaupt noch genau an ihr Aussehen erinnern? Was sollte das bedeuten? Sie sah gut aus, sehr gut sogar, das wusste ich noch. Doch wie genau, fiel mir nicht mehr ein. Es war eher ihr ganzes Wesen, es war eine gewisse Präsenz gewesen, die sie ausgestrahlt hatte. Ein richtiger Schuss, war mir in Erinnerung geblieben.

Ich stand auf und drückte die Play-Taste am Kassettenrekorder meiner Kompaktanlage. Mit *Bello e impossibile* lief ein Song von Gianna Nannini. Ich dachte zurück an die Sommerferien vor einem halben Jahr. Da fiel mir Kerstin ein, ihr hatte ich an einem Nachmittag im Freibad versprochen, irgendwann eine Mix-Kassette für sie aufzunehmen und es ganz vergessen. Das wollte ich an diesem Tag endlich nachholen. Das passte gut, denn bis auf eine Bandprobe, die wir für den frühen Abend verabredet hatten, war nichts weiter geplant. Meine Mutter rief mich zum Mittagessen. Wer bei uns zu Hause zu lange im Bett lag, der bekam kein Frühstück mehr und musste mit dem Mittagessen in den Tag starten. Ein kulinarischer Kaltstart mit Kohlrouladen und Salzkartoffeln. Glück gehabt, es hätte auch gebratene Leber mit Zwiebelringen sein können. Nach dem Mittagessen, welches durch die üblichen und nervigen Sprüche, wie zum Beispiel »Was musst du auch solange im Bett herumliegen? Hast du nichts Besseres zu tun? Ich hoffe mal, dass das mit der Schule alles klappt. Und wann willst du nochmal zum Friseur gehen?« von meinem Vater begleitet wurde, ging ich wieder in mein Zimmer und wählte aus meiner Plattensammlung eine Reihe Songs aus. Ich bastelte aus Karton, den ich mit Großbuchstaben aus den Überschriften von alten Tageszeitungen beklebte, ein individuelles Kassetten-Cover und begann mit den Aufnahmen. Die Auswahl eher poppig und weniger rockig. Schließlich sollte sie Kerstin gefallen und sie war eher der Typ »Popper«. Also gab es unter anderem Spandau Ballet mit *Through the barricades*, Talk Talk mit *Such a shame*, Mr. Mister mit *Kyrie* und A-ha mit *Take on me*. Das rockigste war Van Halens *Why can't this be love*. Kerstin würde sich freuen. Mit einem Lächeln im Gesicht gab ich ihr am nächsten Schultag in der Bio-Stunde die Kassette. Ich bekam ein Lächeln zurück, mehr aber nicht.

Unser Treffpunkt war die leergeräumte Garage von Semmels Mutter. Wir hatten dort einen Proberaum für unsere Band einrichten dürfen – unter den Bedingungen, keinen Alkohol zu trinken und nicht zu rauchen. Semmels Mutter parkte dafür ihren kleinen grünen VW Polo am Straßenrand, anstatt in der Garage. Von uns gab es bei jeder fünften Probe einen Strauß Gerbera, die sie sehr mochte. Auch wenn es im Winter sehr kalt war in der Garage, hatten wir viel Platz und ideale Bedingungen. Bei dieser Januar-Probe war es allerdings anders, denn »Max, the silencer«, so nannten Nicki und ich ihn heimlich, brachte an diesem Tag einen Heizstrahler mit einer großen Gasflasche mit. Damit war die Garage in einer Viertelstunde so warm, dass Nicki sich ihren dicken Pullover auszog und in einem weißen Trägershirt dastand, das ihre Brüste gerade noch so bedeckte. Geschultert mit ihrem Bass und den engen schwarzen Röhrenjeans sah Nicki sehr sexy aus. Ich hatte den Eindruck, dass Max davon dermaßen abgelenkt wurde, dass er an diesem Abend auffällig oft den richtigen Rhythmus verpasste oder falsch vorgab. Ich war froh, dass Nicki ein Trägershirt und kein Netzshirt trug. Wer weiß, was sonst mit Max passiert wäre? Nicki und Max waren sehr unterschiedliche Typen, aber ich konnte mir vorstellen, dass sie irgendwie ein ganz gutes Paar abgeben würden. Max würde dafür mein »Okay« bekommen, dachte ich mit einem Grinsen. Nicki war für mich wie eine Schwester und sogleich meine beste Freundin. Wenn wir schon als Paar niemals zusammenkommen sollten, dann wollte ich zumindest ein Auge darauf haben, dass sie den passenden Typen abbekam. Wir hatten an dem Abend viel Spaß miteinander und probten wesentlich länger als üblich. Bis uns irgendwann der Hunger überkam. Eigentlich hätte zu dem Zeitpunkt jeder zum Abendessen nach Hause gehen können, aber dann wäre unser Treffen für heute Abend aufgelöst gewesen. Da wir alle in einer guten Stimmung waren, wollte das natürlich keiner. Selbst Max, der normalerweise nach den Proben direkt verschwand, blieb. Semmels Mutter war bei Freunden eingeladen und Semmel beschloss, den heimischen

Kühlschrank zu inspizieren. Im Kellerraum neben der Garage gab es ein Vorratsregal und Nicki entdeckte zwei Dosen-Ravioli und eingelegte Bratheringe in einem Glas. Semmel kam mit einer angebrochenen Dose Wiener Würstchen, einem Stück Gouda, einer halben Salami am Stück und einem Toastbrot aus der Küche zurück. Das sollte für uns reichen. Jetzt mussten wir lediglich die Dosen-Ravioli warm bekommen. Eigentlich hätten wir die Küche von Semmels Mutter nutzen können, aber da war Semmel entschieden dagegen. Wir wussten warum, seine Mutter hatte einen ausgeprägten Putzfimmel oder eher Putzzwang. Die Vorstellung, dass ein paar Jugendliche in ihrer Küche rumbrutzelten, hätte sie in den Wahnsinn getrieben, und die weitere Nutzung der Garage als Proberaum hätte auf dem Spiel gestanden. Da hätten dann auch die schönen Gerbera aus der Gärtnerei nicht mehr geholfen. Das kam also nicht in Frage.

»Wir nehmen den Heizstrahler!«, sagte Max.

»Bist du irre? Damit fackelst du die ganze Garage ab«, meinte Nicki.

»Unsinn! Das geht, wir drehen einfach den Strahler um neunzig Grad, stellen die Dosen auf den Spaten, der da hinten in der Ecke steht und halten es so lange über den Strahler bis die Ravioli warm sind«, erklärte Max.

»Ich weiß nicht«, stöhnte Semmel.

»Ich mach das schon«, sagte Max und legte ohne weiteres Zögern einfach los.

So viel wie an dem Abend hatte Max in seiner fast einjährigen Bandzugehörigkeit noch nie mit uns gesprochen. Ich beobachtete die Situation und dachte mir, das wird schon funktionieren. Es klappte auch, prima sogar. Nach zehn Minuten waren die Ravioli mehr als warm und wir aßen sie zusammen mit den anderen Lebensmitteln, tranken dazu eine Flasche fürchterlich süßen Lambrusco, den Semmels Mutter von einer

Kegeltour vor ein paar Jahren mitgebracht hatte und die verstaubt im Keller stand. Sie mochte keinen Wein und trank lieber mal einen Piccolo mit den Nachbarsfrauen. Wir tranken einfach, was da war. Eine Mischung, die unsere Mägen noch ein paar Stunden später beschäftigen würde.

Blöderweise ist uns eine Sache, und die war sehr übel, erst nach dem Essen aufgefallen. Nicki schaute nach oben und über dem Heizstrahler war die ansonsten kreideweiße Decke pechschwarz. Ein circa ein Meter großer und kreisrunder Rußfleck verzierte die Garagendecke. Semmel geriet sofort in Panik, kannte er seine Mutter ja nur zu gut und wir auch. Das konnte auf keinen Fall so bleiben. Was also tun? Guter Rat war gefragt.

Von Jochen wusste ich, dass in den Umkleidekabinen vom Sportverein noch weiße Farbe und Malerzubehör stand. Denn erst vor ein paar Tagen hatte er mir erzählt, dass sie letzte Woche mit der kompletten Mannschaft die Winterpause genutzt und die Umkleidekabinen gestrichen hatten. Dafür hatten sie wohl viel zu viel Farbe von einem örtlichen Malerbetrieb geschenkt bekommen und einiges davon war noch übrig. Nur wie sollten wir jetzt an die Farbe kommen? Keiner von uns hatte einen Schlüssel zu den Kabinen vom Sportverein. Jochen aber hatte einen, das wusste ich. Und wo Jochen Samstagabend des Öfteren war, das wusste ich auch. Er saß mit ein paar anderen Fußballjungs in der Dorfkneipe bei »De Mamm«.

Nicki und ich liefen rüber zu »De Mamm«. Mehr als fünf Minuten im Laufschritt waren es ja nicht. Und wir hatten Glück, Jochen war da und saß mit sieben Jungs aus seiner Mannschaft am runden Tisch hinten an der Fensterfront der Kneipe. Sie spielten »Stiefel trinken«, ein typisches Trinkspiel von Fußballmannschaften. Ich fand es widerlich. Das Spiel selbst war sehr einfach, um nicht zu sagen primitiv: ein zwei Liter fassender Stiefel aus Glas wurde mit Pils gefüllt und ging reihum, bis er leer getrunken war. Der Verlierer einer Stiefelrunde war derjenige, der als Vorletzter bevor der Stiefel leer getrunken war, vom Stiefel trank. Als Verlierer musste man einen neuen Stiefel bestellen und bezahlen. Dann ging das ganze Spiel von vorne los. Wann das Spiel zu Ende war, bestimmte allein die Trinkfestigkeit der Spielteilnehmer. Wer viel trinken konnte, der musste wenig bezahlen und war der Gewinner des Spiels. Oft endete solch eine Runde erst, wenn einer vom Stuhl kippte. Erfahrungsgemäß verhielt sich die Trinkfestigkeit der anwesenden Fußballspieler reziprok zur Spielklasse, in der eine Mannschaft spielte. Jochens Fußballmannschaft spielte im oberen Mittelfeld der Bezirksliga und war somit eher eine der besseren Mannschaften in der Gegend. Die Jungs waren noch nicht so lange im Trink- und Spielgeschehen und es gelang uns, Jochen kurz aus der Runde loszueisen und unser Drama zu erzählen.

»Kein Problem! Hier habt ihr den Schlüssel von den Kabinen. Holt euch die Sachen, die ihr braucht und stellt danach alles wieder zurück«, sagte er zu uns beiden.

»Du bist einfach ein klasse Kerl«, sagte Nicki.

»Ich weiß«, sagte er mit einem selbstbewussten Grinsen.

»Ja, der Jochen ist ein toller Hecht. Alle Mütter lieben ihn, weil er immer so vernünftig und nett ist!«, sagte ich und wir drei fingen an zu lachen. Denn Jochen wusste, wie es gemeint war.

»Den Schlüssel kannst du mir ja einfach morgen zurückbringen, Markus«, rief er mir noch nach.

»Ja mache ich«.

Auf dem Weg zu den Umkleidekabinen am Sportplatz erzählte Nicki mir von ihrem Liebeskummer. Es ging um Jörg, den Typen mit Vokuhila und Cowboy-Stiefeln. Ich hatte es bereits geahnt.

»Warum bloß Jörg?«, fragte ich sie.

»Warum bloß Juliana?«, raunzte Nicki zurück.

»Ich habe nichts mit Juliana«, rechtfertigte ich mich.

»Du denkst die ganze Zeit an sie. Das spüre ich doch«, pfefferte sie mir entgegen.

»Aber Jörg ist doch viel zu …«

»Komm sei ruhig, lass mich mal machen. Immerhin knutsche ich nicht mit irgendeinem Typen aus Köln rum«, sagte sie sauer und machte damit eine Anspielung auf meine Geschichte mit Melinda.

Das saß. Ich hatte keine Lust mehr, weiter darüber zu sprechen.

»Lass uns die Sachen holen, die anderen warten auf uns«, sagte ich.

»Okay«, kam darauf leise von Nicki.

KAPITEL 14

Still loving you – Scorpions

Mitte Januar gab es von der katholischen Jugend eine alljährliche Weihnachtsbaumaktion. Die Dorfbewohner wurden aufgefordert, ihre ausgedienten Tannenbäume an die Straßen zu legen. Wir hatten den Auftrag, diese mit einem Traktor, den Samson fahren sollte, aufzusammeln. Er hatte für die gute Stimmung extra seinen Radiorekorder auf dem Seitensitz des Traktors mit Klebeband befestigt und voll aufgedreht. Aus den Lautsprechern tönten die Scorpions mit *Rock you like a hurricane*. Samson trug ein schwarzes Stirnband in seinen langen, lockigen Haaren, schwarze Pulsbänder aus Frottee und sang lauthals mit. Er stand überhaupt nur auf Hardrock und es war damit zu rechnen, dass den ganzen Tag seine Mucke laufen würde. Einige von uns saßen auf dem offenen Anhänger, wo es zog und saukalt war. Die Jungs mussten nebenherlaufen und die trockenen Tannenbäume auf den Anhänger hieven, wir Mädels standen oben und nahmen sie an. Wir trugen Handschuhe, damit wir uns nicht die Hände zerpieksten. Für die eingesammelten Bäume sollte es nachher von der Kirche Geld geben, mit dem wir unsere Ferienfreizeit etwas mitfinanzieren konnten, die für Juli geplant war. Natürlich hatten wir eine Wahnsinns-Gaudi, die Sonne schien, und es herrschte trotz der Kälte eine gute Stimmung. Das Dorf war recht groß und fast jeder Haushalt hatte einen Tannenbaum an den Straßenrand gelegt. Als *Still loving you* lief, sangen wir alle mit. Ich dachte dabei an Markus. Was er wohl heute tun würde? Schade, dass er nicht in unserer Nähe wohnte. Fünfundzwanzig Kilometer waren in Zeiten ohne Autoführerschein eine große Entfernung und er hatte ja auch seine eigene Clique. Nur irgendwie wäre es toll gewesen, ihn wiederzusehen. Warum ich immer noch an ihn dachte, war mir nicht klar. In meiner Vorstellung war er einerseits ein softer Typ, andererseits ein Draufgänger. Jedenfalls schätzte ich ihn so nach den wenigen Begegnungen ein, die wir gehabt hatten. Sein Aussehen erinnerte mich an Eros Ramazotti, allerdings mit langen Haaren, die dem Italiener auch besser stehen würden. Markus war nicht nur attraktiver, sondern hatte auch etwas unsagbar Cooles an sich. Der Blick, den er mir in der Disco zugeworfen hatte, war von einer solchen Intensität gewesen, als würde er direkt in mich hineinschauen können. Ganz sonderbar. Was er über mich dachte, offenbarte er jedoch nicht. Ich würde gerne seine Stimme hören und sehen, was er dann so alles von sich gibt, und einmal eine Gelegenheit haben, mit ihm zu reden. Auch über sein Leben würde ich gern mehr erfahren. Welche Musik mochte er, welche Schule besuchte er, hatte er Geschwister, was trieb ihn um?

Auch wenn er zunächst etwas unnahbar wirkte, glaubte ich, dass man sich mit ihm gut über Gott und die Welt unterhalten konnte. Aber vielleicht malte ich mir das alles auch nur in meiner blühenden Fantasie aus. Mir war irgendwie klar, dass hinter seiner coolen Fassade ein sensibler Junge steckte, der sich viele Gedanken machte, auch wenn er immer so tat, als gehöre ihm die Welt. »Hey, Juliana, nicht träumen! Schnapp!«, riss mich Goldfisch plötzlich aus meinen Träumen und warf mir einen Tannenbaum zu. Da ich nicht sofort reagierte, flog der Baum mir gegen den Kopf und zerkratzte mein Gesicht. »Autsch, Mann! Pass doch auf!«, beschwerte ich mich. »Ja, in welchem Traumzustand befindest du dich denn? Ich hab dir doch zugerufen!«, verteidigte sich Goldfisch. »Is' schon gut, ist nicht viel passiert!« Ich nahm ein Tempotaschentuch und tupfte mir damit meine Schürfwunden ab. Den Rest des Morgens pfiff ich *Adesso tu* von Eros Ramazotti vor mich hin und fragte mich, was das wohl auf Deutsch bedeuten würde. Andreas lief unten neben dem Traktor her und ich beobachtete ihn. Empfand ich dasselbe für ihn wie für Markus? Eigentlich nicht und ganz bestimmt waren meine Gefühle für diese beiden Jungs ganz und gar verschieden.

Mittags gab es im Pfarrhaus Erbsensuppe und Würstchen. Unser Pastor hatte im Gruppenraum Bierzeltgarnituren aufgestellt und die Tische für die ganze Truppe gedeckt. Wir wärmten uns am Ofen, waren wir doch nach den Stunden draußen in der Winterluft recht verfroren. Wir tranken heißgemachtes Quench, das es in verschiedenen Geschmacksrichtungen gab. Das war so süß und künstlich, dass man es heute wahrscheinlich keinem Kind mehr vorsetzen würde, doch damals schmeckte uns das einfach. Andreas setzte sich neben mich und fragte nicht mal, warum mein Gesicht so verschrammt war. Er alberte mit den anderen Jungs rum und hatte gerade keinen Blick für mich übrig. Das machte mich traurig. Erst als er mir Weißbrot anreichte, bemerkte er meine Blessuren. »Was ist denn mit dir passiert?«, fragte er. Goldfisch saß uns gegenüber und lachte. »Juliana träumte gerade so intensiv von dir, dass sie nicht mitbekommen hat, dass ich ihr einen Baum zuwarf. Da war's passiert!« Na, wenn der wüsste, dachte ich. Andreas fand das sogar noch lustig, nahm mich aber kurz in den Arm. Unser Pastor rauchte seine Pfeife und schien es schön zu finden, dass sein Haus so voller Leben und junger Leute war. Muss ja echt langweilig sein, Pastor zu sein, dachte ich. Wir tranken noch einen heißen Tee und machten uns dann wieder an die Arbeit. Am Nachmittag war das Unterdorf dran.

Von der Erbsensuppe musste Goldfisch unheimlich rumpupsen, was er auch gar nicht versuchte, geheim zu halten. An einer kurvigen Stelle mitten im Dorf, an der die Straße schmal war, drehte sich Samson um, um uns etwas zuzurufen. Im selben Moment kam uns ein LKW entgegen, der ziemlich mittig auf der Straße fuhr. Samson erschrak und riss das Lenkrad im letzten Moment rum, um am LKW vorbeizukommen, bretterte mit den Reifen über die Bordsteinkante und krachte ins Schaufenster des Bäckers. Die Scheiben klirrten, der Traktor stoppte kurz vor der Brottheke. Mir blieb fast das Herz stehen. Samsons Trekker stand wirklich in der Bäckerei, wir auf dem Anhänger davor, zum Glück war offenbar niemandem etwas passiert. Wir sprangen mit weichen Knien vom Hänger und gingen zur Eingangstür hinein, obwohl das Schaufenster offen war. Die Verkäuferin mittleren Alters, die ein paar Pfund zu viel auf den Hüften hatte, blickte drein, als hätte sie der Blitz getroffen. Sie musste erst mal auf einen Stuhl gesetzt werden, um sich vom Schreck zu erholen. Der aus der Backstube hereineilende Bäcker fluchte und schimpfte, hatte die Hände voller Mehl und raufte sich damit die Haare, als er die Bescherung ansah. »Seid ihr ganz übergeschnappt?! Wie konnte das passieren?! Wer ist der Fahrer des Traktors?« Samson meldete sich kleinlaut.

Natürlich war das Schaufenster zerstört und es sah wüst aus wegen der Glasscherben, die im Innenraum überall verstreut lagen. Jedoch war an der Theke nichts passiert. Dem Traktor fehlte auch nicht viel. Die Polizei kam und nahm den Unfall auf. Der uns entgegenkommende LKW war weg, der Typ hatte Fahrerflucht begangen. Jedoch konnten einige Fußgänger, die sich vor dem zerstörten Schaufenster versammelten, bezeugen, dass der LKW den Unfall verursacht hatte. »Ein blauer LKW mit gelber Aufschrift war das, der kam mit einem Mordstempo angeschossen und fuhr mitten auf der Straße!«, bestätigte eine junge Frau. Samson saß blass und ganz geknickt auf einem der noch stehenden Stühle, an den kleinen Tischen im unversehrten Bereich des Cafés, während draußen laut *Rock you like a hurricane* aus dem Traktor schallte. »Das hätte jetzt nicht schon wieder mir passieren müssen. Mein Vater wird mich lynchen, wenn er das erfährt«, meinte er resignierend. »Ach, da hätte dein Vater auch nicht anders reagieren können, Mensch, mach dir doch nicht so einen Kopf. Es ist ja fast nichts passiert«, versuchte ich ihn zu beruhigen.

»Nein, nur die Bäckerei ist völlig hinüber und das ganze Dorf wird mal wieder drüber reden. Und mir werden wieder alle nachsagen, ich sei zu schnell gefahren ...« Ganz bedröppelt saß Samson da und tat mir echt ein bisschen leid. Nachdem er von der Polizei verhört worden war und aufgrund der Bremsspur die Geschwindigkeit des Traktors ermittelt wurde, stand fest, dass er mit nicht einmal dreißig Stundenkilometern unterwegs gewesen war und dass der LKW-Fahrer den Unfall eindeutig verursacht hatte.

Samson wurde keine Schuld zugewiesen. Im Grunde genommen hatte er besonnen und richtig reagiert. Wäre er auf der Straße geblieben und gegen den LKW gefahren, hätte weitaus mehr passieren können.

Wir kamen also alle mit dem Schrecken davon. Die Bäckerei musste schließen und erst einmal auf den Glaser warten, der alles wieder in Ordnung bringen sollte. Wir bekamen die Erlaubnis, uns alles, was unversehrt in den Auslagen lag, einzupacken und mit nach Hause zu nehmen. Das waren einige Brote, Kuchen, Teilchen, Brötchen und wir packten uns reichlich davon ein. Dann setzte Samson den Traktor zurück auf die Straße – er war noch fahrbereit – und brachte die aufgeladenen Weihnachtsbäume zur Sammelstelle. Da es bald dunkel wurde, beschlossen wir, den Tag mit einem ausgiebigen Essen ausklingen zu lassen. Dazu trafen wir uns im Kirchenkeller, wo freitags immer unsere

Teestube stattfand. Dort gab es eine kleine Küche und zwei Gruppenräume, in denen man essen und feiern konnte, in dem aber auch Kommunionsunterricht und Buchausstellungen stattfanden. Die Jugendlichen trafen sich dort zu verschiedenen Anlässen, an Karneval gab es auch einen Maskenball. Wenn »Teestube« war, hingen wir einfach rum, hörten Musik, tranken was Antialkoholisches, meistens Cola oder Tee, und planten irgendwelche Fahrten, Aktionen oder einfach das nächste Wochenende. Wir brauchten immer Geld, das Taschengeld reichte nie, daher beschlossen wir, als nächstes eine Autowaschaktion anzubieten. Die sollte im Frühjahr stattfinden, der Pastor wollte das frühzeitig im Pfarrbrief ankündigen und auch in der Samstagabendmesse verkünden. Überhaupt hatten wir Glück mit unserem Seelsorger, der für Jugendarbeit immer offen war.

Als ich abends nach Hause kam, wusste meine Mutter schon, was passiert war. Die Nachricht über den Traktor, der in der Bäckerei gestanden hatte, hatte sich längst herumgesprochen.

Vielleicht war es deshalb auch nicht so ganz der geeignete Moment, um bei meinen Eltern mit der Frage zu kommen, ob ich den Mopedführerschein machen könnte. Die fielen erstmal aus allen Wolken. »Was meinst du, wie gefährlich das ist!«, gab Mama zu bedenken. Ich konterte: »Ein Moped wäre klasse, um einfach mal irgendwohin zu fahren, ohne das vorher planen zu müssen. Außerdem nervt es mich total, dauernd den Berg zu Judith und Simone mit dem Fahrrad raufzustrampeln.« Ein Moped war einigermaßen erschwinglich und würde mir die Zeit bis zum Führerschein erleichtern. Meine Eltern waren erst gar nicht begeistert, mein Vater versprach aber, dass sie darüber nachdenken würden. »Ja, überlegt mal, ihr müsstet mich nirgends mehr hin kutschieren. Und ich könnte

Zeitungen austragen und meinen Teil dazu verdienen«, schlug ich vor. »Oder suche mir einen anderen Job!«

Ich musste sie irgendwie überzeugen und umstimmen. Was tat ich? Um sie von meinem ernsten Entschluss zu überzeugen, guckte ich mir in dem örtlichen Blättchen die Jobanzeigen an. »Nachhilfelehrer gesucht für Englisch und Deutsch« sprang mir eine Anzeige ins Auge. Das wäre ein klasse Job für mich. Das Gute an der Sache war, dass der Schüler zu mir kommen könnte, ich also nicht fahren müsse. Der Stundenlohn, der in der privaten Anzeige geboten wurde, klang verlockend. Schnell nahm ich das Telefon mit auf mein Zimmer und wählte mit klopfendem Herz die angegebene Telefonnummer. »Mendel«, meldete sich eine freundlich klingende Frauenstimme. Ich erklärte, dass ich mich um die Stelle bewerben möchte und sie lud mich ein, einmal zu einer Probestunde mit ihrem Sohn vorbeizukommen.

Das ging ja einfach, dachte ich, und erzählte meinem Vater davon, der die Idee recht gut fand.

»Deine Mutter und ich haben uns mal Gedanken gemacht. Ich musste sie zwar etwas davon überzeugen, aber wir sind nun beide der Meinung, dass du den Führerschein fürs Moped machen darfst.«

Ich flippte aus und tanzte um ihn herum wie ein Indianer, nur ohne Federn! »Juppidu, das ist ja toll, Papa!« Ich umarmte ihn wild und er lachte und meinte, dass ich Montag zur Fahrschule gehen und mich anmelden dürfe.

Meine erste Nachhilfestunde lief gut, Marco hatte allerdings recht viele Wissenslücken in den Englischvokabeln, war an sich aber ein schlauer Kopf. Er besuchte die siebte Klasse, war ein Träumer, aber seit einer Fünf in der letzten Klassenarbeit gewillt, etwas für seine Rettung zu tun. Ich sollte fünfzehn Mark die Stunde bekommen und da es zwei Fächer waren, in denen wir lernen mussten, würde ich die Woche dreißig Mark hinzuverdienen.

Die Fahrschule machte Spaß und nach einigen Stunden Theorie und sechs Stunden Praxis hatte ich den Fetzen in der Hand. Ich jubelte, bedeutete das doch nun jede Menge mehr Freiheit.

Als ich nach der Führerscheinprüfung nach Hause kam, gratulierten mir meine Eltern. Nach dem Abendessen schickte Papa mich raus, den Müllbeutel in die Tonne in der Garage zu bringen. Ich öffnete das Garagentor und mir fiel der Müllbeutel aus der Hand. Dort stand eine rote Vespa, versehen mit einer riesigen blauen Schleife und einem Schild, das mein Vater geschrieben haben musste mit der Aufschrift: »Viel Spaß beim Fahren!«

KAPITEL 15

I feel for you – Chaka Khan

Nicki und Jörg waren seit kurzer Zeit ein Paar. Nicki hatte seitdem kaum noch Zeit für andere Sachen und in der Schule schwänzte sie öfters die Mathestunden oder sogar ganze Schultage. Seit der letzten Probe in der Garage hatten wir uns nicht mehr miteinander verabredet. Wir hatten keinen Streit, aber Jörg stand zwischen uns und das nicht nur, weil er ihr neuer Freund war. Vielmehr, weil er keinen guten Einfluss auf Nicki hatte und das sah neben ihren Lehrern nicht nur ich so. Für mich wirkte sie nicht wie jemand, die Schmetterlinge im Bauch hatte, es waren bei ihr wohl eher Raupen, wenn nicht sogar Kröten. Denn gut gelaunt traf man Nicki seitdem selten an und Lust auf Verabredungen, um mit mir zu quatschen, war Fehlanzeige.

Dadurch war ich häufiger als sonst bei »De Mamm« und traf mich mit ein paar Jungs aus dem Ort zum Kicker spielen oder auf eine Runde am Flipper. Meist waren auch Dirk und Patrick, die größeren Jungs, dabei. Es war ein Dienstagabend, anderthalb Wochen vor dem langen Karnevalswochenende. Keiner der Jungs, die sonst in der Kneipe abhingen, war da. Nur Wumms stand wie immer an der Theke – sonst herrschte gähnende Leere, als ich in die Kneipe kam. Ich war bereits zu weit hinein gegangen, um ohne Erklärung wieder verschwinden zu können. Also machte ich etwas, was wir Jungs in unserem Alter selten taten, ich stellte mich an die Theke und bestellte ein großes Glas Diesel, ein Cola-Limonaden-Mix-Getränk und eine kleine Tüte Chips. Obwohl ich erst vor einer Stunde zu Hause zu Abend gegessen hatte. Eine klassische Übersprunghandlung würde ich es heute nennen, damals kannte ich den Begriff noch nicht. Die Mamm spülte entspannt Gläser, sie hatte auch einen richtigen Namen: Brigitte. Aber alle nannten sie nur »De Mamm«. Als ich mit Wumms und Brigitte alleine in der Kneipe war, kam es mir allerdings seltsam vor, »Mamm« zu ihr zu sagen. Brigitte wiederum war zu persönlich, zu vertraut. Ich versuchte, die direkte Anrede zu umgehen, und doch kamen wir drei miteinander ins Gespräch. Eigentlich müsste ich sagen, wir zwei, denn Wumms stimmte hier und da mal mit einem Nicken zu, beteiligte sich aber nicht aktiv an der Unterhaltung. Er beließ es beim Zuhören. Brigitte war damals schon etwas über sechzig Jahre alt. Vom Typ her eher stämmig gebaut und nicht allzu groß. Ihre graumelierten Haare waren meist zu einem Zopf zusammengebunden und mit ihren tiefliegenden kleinen hellblauen Augen schien sie alles mitzubekommen und jeden in der Kneipe beobachten zu können. »De Mamm« war selbst Mutter von drei erwachsenen Kindern und Ehefrau eines Mannes, der die Woche über auf Montage war. Am Wochenende half er ihr entweder hinter der Theke oder spielte mit ein paar anderen Männern aus dem Ort Skat am runden Tisch in der Ecke. »De Mamm« hatte ihren Namen nicht aufgrund der eigenen Sprösslinge, sondern eher, weil sie auf eine gewisse Art und Weise die Mutter von nahezu allen im Dorf und ganz besonders von ihren Stammgästen war. Und bei der Mamm trafen sich daher fast alle. Der einzige Polizist aus dem Ort, der Bäckermeister, der Dachdeckergeselle, der Inhaber vom TV- und Radioladen, der Briefträger und natürlich auch der Bürgermeister und viele mehr. Jeder half jedem oder kannte zumindest jemanden, der helfen konnte. Brigitte wusste immer ganz genau, wer gerade was brauchte oder wen man im Moment nicht fragen konnte, weil er nicht da war oder andere Sorgen hatte. Die Dorfkneipe hatte in dieser Zeit also weitaus mehr Aufgaben, als lediglich frisches Bier zu zapfen und fettige Zwiebel-Frikadellen für die Gäste zu braten. Jedes Dorf, das eine funktionierende Kneipe besaß, hatte damit ein entsprechend gut aufgestelltes soziales Gefüge. Und wir hatten »De Mamm«. Die Dichte von Psychotherapeuten auf dem Land war in den 1980ern gleich Null. Es gab einfach keine. Nicht, weil die Menschen weniger Sorgen gehabt hätten als heute, nein, weil man sich mehr untereinander geholfen hat und oft auch einfache Lösungen parat hatte. So konnten kleine Sorgen manchmal erst gar nicht zu größeren werden. Sicherlich gab es auch die, die mehr Hilfe benötigt und gerne mit einem richtigen Therapeuten gesprochen hätten. In selten Fällen wäre das vielleicht lebensrettend gewesen. Aber es gab kein Angebot und erschwerend kam hinzu, dass es damals auch nicht en vogue gewesen ist, einen persönlichen Psychoklempner zu haben.

»De Mamm« vermittelte auch Jobs und sonstige Suchanfragen. Hier wurden Ersatzteile für das eigene Auto ausgetauscht, Handwerker beauftragt oder einfach nur Bestellzettel für den Kartoffelbauer Manderheim abgegeben, um sich ein paar Säcke Kartoffeln von der Herbsternte zu sichern. Damit waren »De Mamm« und ihre Theke eine Kommunikationsschnittstelle beziehungsweise eine Schaltzentrale. Nach Bernie, dem Briefträger, also die zweite Schaltstelle und eine Person, die weitreichenden Einfluss auf das Dorfgeschehen hatte. Manchmal hatte ich sogar den Eindruck, Brigitte und Bernie würden bei der ein oder anderen Sache heimlich zusammenarbeiten. Der Verdacht kam mir, als vor einem Jahr die Sache mit der Gemeindewiese neben dem Autohaus passiert war. Franz Hagente, der Inhaber des kleinen Autohauses und der Reparaturwerkstatt, hatte eines Abends mit dem Bürgermeister an der Theke gestanden und ein Pils nach dem anderen getrunken. Nicht ohne Hintergedanken, wie sich später herausstellte. Zu einem späteren Zeitpunkt des Abends fragte Hagente den Bürgermeister, ob er ihm nicht die

Gemeindewiese neben dem Autohaus für kleines Geld verkaufen wollte, damit er etwas mehr Platz zum Ausstellen von ein paar Neuwagen hätte. Das Dorf würde ja schließlich auch davon profitieren, meinte Hagente. Der Bürgermeister, der zu diesem Zeitpunkt bereits in einem angetrunkenen Zustand war, fand die Idee nicht schlecht und meinte, da wäre bestimmt was machbar. Schließlich konnte die Gemeindekasse etwas Geld gebrauchen. Die Wiese nutzte die Gemeinde ja eh nicht und man könnte sich durch den Verkauf auch das Rasenmähen durch den Gemeindearbeiter Josef sparen. Alles nahm seinen Lauf und in einer der nächsten Gemeinderatssitzungen sollte die Grundstücksangelegenheit bereits beschlossen sein. Doch da kamen die Schaltstellen von De Mamm und Bernie ins Spiel: ein paar Tage vor der entscheidenden Gemeinderatssitzung unterhielten sich die beiden und De Mamm erzählte Bernie von dem Abend mit Hagente und dem Bürgermeister.

Bernie ging nach diesem Gespräch ein Licht auf, ab diesem Moment war ihm ganz klar, warum es seit Wochen einen auffällig regen Briefverkehr zwischen dem Autohaus Hagente und einer Hamburger-Imbisskette aus Übersee gab. Er wunderte sich bereits, warum Hagente unbedingt ein Hamburger-Restaurant eröffnen wollte und noch mehr wunderte er sich, wo im Dorf das überhaupt sein sollte. Es dauerte nicht lange und der Bürgermeister wurde von Bernie aufgeklärt und die Aktion im letzten Moment verhindert. Denn keiner aus dem Dorf außer Franz Hagente wollte einen Hamburger-Imbiss im Ort haben. Schließlich gab es die fettigen Zwiebel-Frikadellen von »De Mamm« und wem das nicht passte, der sollte in die Kreisstadt fahren. Da gab es bereits ein großes Schnellrestaurant. Und ich dachte dabei ständig an die Frau vom Hagente, wie sie mit ihrem schwabbeligen Hintern an der Fritteuse stand. Manche Bilder wollten mir schon damals nicht aus dem Kopf gehen. »Hätte ich doch nie durch dieses Guckloch geschaut«, dachte ich bei mir. Hagente machte man schließlich das Angebot, die Gemeindewiese, mit der Bedingung, sie lediglich zum Ausstellen von Neuwagen zu nutzen, zu pachten. Doch dies lehnte Hagente wütend ab. Es kam nie heraus, warum sein hinterhältiger Grundstücksdeal nicht funktioniert hatte. Weder Bernie, noch der Bürgermeister und schon gar nicht »De Mamm« ließen sich je was anmerken. Es gab Dinge, über die sprach man einfach nicht. In manchen Fällen war das auch besser. Hagente kam seitdem nur noch selten zur Mamm. Nach drei Gläsern Dieseln, einer Tüte Chips und ein paar langweiligen Dorfnachrichten, garniert mit Brigittes Lebensweisheiten, fuhr ich mit meinem Mofa wieder nach Hause. Zu Hause angekommen, lag ich noch eine Zeit lang auf meinem Bett, hörte Duran Duran und The Cure und versuchte dabei, ein paar Englisch-Vokabeln zu lernen. Es blieb bei dem Versuch. Bei *A forest* dachte ich an die Miteinander-quatschen-Runden mit Nicki und schlief ein.

Karnevalssamstag. Im vier Kilometer entfernten Nachbarort gab es einen legendären Maskenball. Ich war nicht gerade ein Karnevalsjeck, aber einige aus meiner Clique umso mehr und der Maskenball war eine große Party für Jung und Alt aus der Umgebung. An Weiberfastnacht hatte ich mich zum Feiern schon nicht raus gewagt, denn ich musste tatsächlich lernen und hatte auch überhaupt keine Lust auf Karneval. Mich sinnlos zu betrinken und mit irgendwelchen dämlich verkleideten Mädels rumzuknutschen war nicht mein Fall. Wahrscheinlich war das eher etwas für Typen, die entweder total gefrustet waren oder sich im nüchternen Zustand nicht trauten, ein Mädchen oder eine Frau anzusprechen. Davon gab es schließlich einige auf dem

Land. Also überließ ich die Weiberfastnachts-Bühne eher dem käsegesichtigen Streber Frank und seiner Pickelbande. Aber zum Maskenball wollte ich dann auf jeden Fall. Schließlich kamen dorthin auch viele junge Leute aus der ganzen Umgebung. Vielleicht sogar Juliana, spekulierte ich.

Maskenball bedeutete, sich zu verkleiden. Ich hatte keine große Lust auf eine aufwändige Kostümierung und beließ es bei einem simplen und einfallslosen Piraten-Outfit. Auf unserem Dachspeicher stand die Familien-Karnevalskiste, die vollgestopft mit Verkleidungen war. Ich durchsuchte diese nach den passenden Utensilien für mein Kostüm und fand tatsächlich ein schwarzes Kopftuch und ein schwarz-rot-gestreiftes Halstuch. Dazu ein schwarzes Jeanshemd und eine dunkelblaue Jeans, eine mit schwarzer Schminke gezeichnete Narbe über die rechte Wange gezogen und fertig war mein Kostüm. Dann traf ich mich mit den anderen Jungs bei »De Mamm«. Vor 22 Uhr wollte sich keiner von uns ins karnevalistische Getümmel stürzen. Uli hatte den Bus dabei, um später die paar Kilometer zur Sporthalle in den Nachbarort zu fahren. Semmel kam in einem Panzerknacker-Kostüm, Uli wie jedes Jahr als Indianerhäuptling verkleidet, Jochen ging als Nonne und Bombe schoss mit seinem Kostüm den Vogel ab. Bombe kam tatsächlich als die Fliege Puck von Biene Maja. Sah er ohne Verkleidung bereits aus wie eine Kugel, auf die man eine weitere kleinere Kugel oben draufgesetzt hatte, betonte er seine rundlichen Proportionen mit dieser Verkleidung um ein Vielfaches und mit seinen schwarzen Cowboystiefeln setzte er ein schrilles Highlight. Bombe sorgte für Aufsehen, so großes Aufsehen, dass er das Preisgeld in Höhe von hundert D-Mark für die Einzelmaske an diesem Abend gewann. Und wir alle fanden absolut zu Recht. Bombe war einfach ein großes Showtalent und zu viel größerem berufen. Zu größerem als nur auf einem Maskenball in der Eifel sein Showtalent zu zeigen. Wo er heute wohl steckte?

Die einhundert Mark sollten noch am selben Abend ausgegeben werden. Bombe wollte feiern und es richtig krachen lassen. Also ging es kurz nach Mitternacht in die Sektbar, bei schummrigem Licht und alkoholischen Getränken wie Asbach-Cola, Wodka-Orange und säuerlich sprudelndem Sekt von der Mosel. In der Sektbar standen alle nah zusammen und jeder flirtete mit jedem. Im Schutz der Verkleidung ging das für die meisten sehr einfach. Da war ich mit meinem schlichten Piraten-Kostüm schlechter aufgestellt, denn jeder konnte mich gut erkennen. Mir war das zu diesem Zeitpunkt egal. Vielleicht war es sogar besser so, dachte ich, denn so konnte Juliana, falls sie hier war, mich auch direkt erkennen. Die Musik war laut und im Gegensatz zum Festsaal, in dem eine mittelklassige Coverband Karnevalsmusik von den Bläck Fööss und De Höhner rauf und runter nachspielte, gab es in der Sektbar wesentlich poppigere Sachen zu hören.

In dem Moment als ich von einem Regenwurm angesprochen wurde, lief *Wake me up before you go go* von Wham. Die Musik war allerdings so laut, dass ich kaum ein Wort verstanden habe und die Verkleidung so gut, dass ich das Augenpaar nur erahnen, aber nicht wirklich sehen konnte. An der Stimme erkannte ich, trotz der lauten Musik, dass es eine junge Frau gewesen sein musste, die in diesem Kostüm steckte.

»Na, hast du schon viele Schiffe beraubt und wilde Schönheiten erobert?«, fragte mich der Regenwurm frech mit einer kecken Stimme.

»Naja, Schiffe weniger und auch mit den wilden Schönheiten hält es sich in Grenzen«, antwortete ich trocken. Etwas Besseres fiel mir nicht ein, zumal ich nicht besonders geübt in Unterhaltungen mit Regenwürmern war. Das hat sich bis heute nicht geändert.

»Und ich dachte, als Pirat erlebt man ein Abenteuer nach dem anderen. Ich treffe höchstens Mal einen Maulwurf oder einen anderen Regenwurm und dann muss ich auch noch aufpassen, dass mich keine Amsel frisst«, sagte der Wurm.

»Da scheinen wir beide ja ein gefährliches Leben zu führen«, sagte ich lächelnd.

»Da hast du recht«, kam vom Regenwurm zurück.

Plötzlich schubste mich Uli an und meinte, ich soll mal mit rüber zu Wumms und Semmel kommen. Von mir kam nur noch ein kurzes »Sorry, ich muss mal wieder rüber zu meinen Freunden. Pass auf, dass dich keine Amsel frisst. Wäre ja zu schade«, sagte ich zu dem Regenwurm.

»Und du erobere die Richtige«, schob sie hinterher.

Ich ging mit Uli rüber zu den anderen und passend in diesem Augenblick lief *I feel for you* von Chaka Khan. Ab dem Moment dachte ich nur noch an den Regenwurm mit der kecken Stimme. Ich konnte den Wurm kurz darauf nicht mehr finden, er oder sie war passenderweise wie vom Erdboden verschluckt. Eine wunderschöne Stimme hatte der Regenwurm gehabt, das hatte ich trotz der lauten Musik erkannt. Die Stimme blieb mir die nächsten Tage im Ohr, ›Erobere die Richtige‹, ›erobere die Richtige‹ hallte es in mir nach. Immer wieder. Sollte ich etwa den Regenwurm erobern? Ohne zu wissen, wer darunter steckte? War es vielleicht Juliana gewesen? Auf jeden Fall hatte der Regenwurm eine tolle Figur. Soviel ließ dieses Kostüm erkennen.

Eine halbe Stunde später wollten wir alle nach Hause. Uli hatte, wie auch der Rest von uns, zu viel getrunken, um mit dem VW-Bus zu fahren. Draußen waren es minus fünf Grad und eiskalt. Wenn wir jetzt die knapp fünf Kilometer laufen würden, dann wären wir zumindest wieder alle nüchtern, aber auch bestimmt zwei Stunden unterwegs, dachte ich. Zu kalt, zu lang, befanden alle einstimmig. Was tun? Jetzt noch ein Taxi bei »Gabi calling« zu bestellen, war nahezu aussichtslos und würde viel zu lange dauern.

»Kommt mal mit rüber zur Telefonzelle!«, sagte Bombe.

Direkt neben der Sporthalle stand eine gelbe Telefonzelle von der Post. Bombe ging in die Telefonzelle, gab uns ein Zeichen, ruhig zu sein, und stellte seinen rechten Fuß so zwischen die Türe der Telefonzelle, dass wir mithören konnten. Was hatte er vor? Er nahm kein Kleingeld aus der Tasche und wählte einfach die 110. Der Rest von uns hielt den Atem an. Spinnt der jetzt total, dachte ich einen Moment.

»Werner Breitbach von der Kreispolizeistation hier«, kam eine tiefe und ernste Stimme aus der Hörmuschel.

»Wagner, Frau Wagner hier«, piepste Bombe leicht stotternd und mit verstellter Stimme in den Hörer.

»Ja, was können wir für Sie tun, Frau Wagner? Sie wissen, dass sie die Polizei angerufen haben?«, klang es bestimmt von der anderen Seite.

»Ach, das weiß ich doch, junger Mann«, sagte die Fliege Puck.

»Sie müssen ganz schnell einen Polizeiwagen vorbeischicken. Mir ist ein kleines Missgeschick passiert. Ich bin beim Ausparken gegen einen roten Passat Kombi gefahren und dieser hat dann eine Straßenlaterne gerammt. Ich weiß jetzt nicht, was ich tun soll. Die Straßenlaterne leuchtet seitdem auch nicht mehr«, ahmte Bombe die aufgeregte Stimme einer älteren Dame nach.

»Das ist gut und richtig, dass sie die Polizei angerufen haben. Bleiben Sie ganz ruhig. Wo sind sie denn jetzt genau?«, fragte der Polizist.

Bombe gab eine Adresse an, die ungefähr dreißig Kilometer in der Gegenrichtung unserer Heimatadresse war. Damals gab es nur ein Polizeiauto, welches im Landkreis Nachtdienst hatte, und somit war genau dieser Wagen ab diesem Moment im Einsatz. Nachdem das Gespräch zwischen Bombe und der Polizei beendet war, kam er aus der Telefonzelle und sagte zu Uli: »Komm, wir können jetzt losfahren! Wir haben freie Bahn.«

Uli schaute zuerst Bombe verdutzt an und dann uns. »Ich kann kaum geradeaus schauen, geschweige denn fahren«, seufzte er. Es dauerte keine weiteren fünf Minuten und wir überzeugten Uli von einer gemeinsamen Fahrt im VW-Bus. Uli am Steuer, Semmel im Panzerknacker-Outfit saß an der offenen Schiebetür und kontrollierte bei Schrittgeschwindigkeit, dass wir auf der Straße blieben und nicht von der Fahrbahn abkamen. Die Fliege Puck regelte die Sichtkontrolle nach vorne und gab die restlichen Fahranweisungen. Die Nonne Jochen und ich, der Pirat, saßen hinten auf der Rückbank und machten Witze über unseren Indianer am Steuer. Natürlich ging es im Schneckentempo voran und wahrscheinlich wären wir zu Fuß nicht viel langsamer gewesen. Doch im Bus war es kuschelig warm und es machte uns große Freude, der Polizeistreife ein Schnippchen geschlagen zu haben. Die Kreispolizei war schließlich für mindestens anderthalb Stunden damit beschäftigt, die ominöse Frau Wagner und den roten VW Passat Kombi zu finden. Auch wenn die vier Kilometer lange Fahrt stolze siebzig Minuten dauerte, wir kamen alle heil zu Hause an und hörten bei der Einfahrt ins Dorf mit heruntergekurbelten Fenstern *Pride* von U2.

KAPITEL 16

Too shy – Kajagoogoo

Schon früh am Rosenmontag trafen wir uns bei Bianca zum Schminken. Wir wollten als Piraten im Karnevalszug mitgehen, die schwarz-roten Kostüme hatte Simones Mutter ganz individuell geschneidert, sie arbeitete als Näherin. Die Verkleidungen bestanden bei uns Mädchen aus einem kurzen Rock mit langen Fransen, einer schwarzen Strumpfhose, einem schwarzen, vor der Brust geschnürten Corsagenjäckchen mit Dreiviertelärmeln, aus denen bunte Trompetenärmel heraushingen. Die Kostüme unterschieden sich aber alle in Farbe und Design, so dass wir wie eine bunte Piratenbande aussahen. Mein Kostüm war passend zu Andreas' in Schwarz-Rot gehalten. Die Jungs trugen schwarz-bunt gestreifte Piratenhosen und Rüschenhemden. Da es saukalt war, wie schon die ganzen letzten Tage, hatte ich mir gleich zwei schwarze Strumpfhosen übereinander angezogen. Zusätzlich trug ich in meinen knichohen schwarzen Stiefeln die dicksten Wollsocken, die ich hatte finden können. Trotzdem würden ich und die anderen frieren. Die Jungs sahen auch ganz verwegen aus mit ihren schwarzen Binden über den Augen. Bianca fühlte sich berufen, uns alle zu schminken. Uli konnte sich noch nicht mit seiner Verkleidung anfreunden und überredete Bianca: »Schmink mich nuja so, dass mich keiner erkennt!« Unsere Stylistin konterte: »Nix da.« Es gab Kaffee und Schnittchen zum Frühstück, um eine gute Grundlage für den späteren Alkoholkonsum während des Zugs zu schaffen. Ich mochte weder die Schnäpse noch das sonstige Zeug, das einem an Karneval in Massen angeboten wurde, und nahm mir vor, möglichst nüchtern zu bleiben. Ich wollte alles mitkriegen. Vielleicht würden heute an unserem legendären Rosenmontagszug auch Markus und seine Leute hier auftauchen. Ich wählte den rotesten aller Lippenstifte und begann etwas unbeholfen, meine Lippen zu schminken. Die Augen wurden schwarz getuscht und auch schwarzer Kajalstift benutzt. Beim Blick in den Spiegel sah mir ein Mädchen entgegen, auf dessen Gesicht ein leicht melancholischer Zug lag, dessen Lippen aber ein wenig verführerisch wirkten, was mir ganz gut gefiel. Andreas musterte mich kritisch. »Nicht zu viel Schminke auftragen, das sieht nuttig aus!« Andreas war mal wieder sehr charmant. Das Verhältnis zwischen uns war eh seit dem Tanzkurs etwas abgekühlt und er kritisierte mich in letzter Zeit häufig.

Bianca lachte und Uli meinte: »Ich finde, es steht ihr gut. Du solltest ruhig öfter Lippenstift tragen, Juli.«

Das gefiel mir. Andreas' Meinung ignorierte ich. Wir trafen uns an der Sammelstelle im Dorf, wo sich alle Fußgruppen und Karnevalswagen einfanden. Ich war erstaunt, wie viele Wagen es dieses Jahr gab. Wir hatten einen Bollerwagen mitgenommen, der mit Süßigkeiten, Kamellen, Getränken und Plastikbechern gefüllt war. Die Karnevalsmusik, die jedes Jahr rauf- und runtergespielt wurde, ging mir auf die Nerven, doch das gehörte nun mal dazu. Wir tanzten und schunkelten uns warm und tranken Apfelkorn, um uns von innen zu wärmen. Nach dem zweiten hörte ich jedoch auf. Dann ging es los. Wir liefen den anderen Wagen und Zugteilnehmern hinterher, riefen »Alaaf« und tanzten herum, die Blaskapelle spielte direkt vor uns. Wenn ich jemanden am Straßenrand entdeckte, den ich kannte, hüpfte ich zu ihm hin und schenkte einen Becher ein. Den Kindern warfen wir Piratenlollys und Maoam Kaubonbons zu. Ich scannte die an der Straße stehenden Menschen regelrecht, um keinen zu verpassen. In der Kurve an der Wirtschaft »Zur Linde« entdeckte ich im letzten

Moment Markus am Straßenrand. »Hey, alaaf, du alter Pirat!!« Uli lief zu ihm, umarmte ihn kumpelhaft und bemerkte, dass er nichts zu trinken dabeihatte. Er drehte sich um und winkte mich herbei. Mit Herzklopfen ging ich auf die Beiden zu. Ein hübsches Mädchen mit langen braunen Haaren, die als Mickey Mouse verkleidet war, schunkelte mit Markus, der wieder sein Piratenkostüm trug. »Alaaf und helau, da hättest du ja glatt heute bei uns mitmachen können!«, spielte ich auf sein Kostüm an und versuchte so locker wie möglich ein Gespräch zu beginnen. Der Reihe nach schenkte ich allen einen Schnaps ein. »Danke, Juliana! Beim nächsten Mal vielleicht!«, sagte Markus. »Hast du auch noch drei Drinks für Bombe, Ralf und Semmel?« Markus drehte sich um und deutete auf drei weitere Jungs, die mir zuwinkten. »Klar!« Umständlich versuchte ich die kleinen Plastikbecher mit der Hand auseinanderzunehmen, während ich in der einen Hand die Flasche Apfelkorn hielt. Markus versuchte, mir zu helfen, und nahm mir die Flasche ab, dabei streiften seine Finger meine Hand. Ich zuckte fast zurück. Er schaute mich an, bemerkte meine Irritation und sagte: »Ich schenke dann mal ein.« Mit zitternden Händen hielt ich ihm die Becher hin, die er füllte. Was sag ich nur jetzt noch zu ihm, überlegte ich angestrengt. Die Chance war gleich verstrichen, da unsere Gruppe bereits weitergezogen war. Wir wollten den Anschluss nicht verpassen und befanden uns schon mitten in der Marienkäfer-Fußgruppe. »Kommt ihr nachher noch in den Saal?«, ich biss mir auf die Lippen. Ob das jetzt zu aufdringlich rüberkam? »Ja, vielleicht!«, sagte Markus lächelnd. Es fiel mir schwer, mich loszureißen von seinen hübschen braunen Augen. Bei einem Blick auf seine Begleitung hatte ich den Eindruck, dass sie mich ziemlich genau unter die Lupe nahm. Sie stand jedoch nicht Hand in Hand mit Markus dort, so dass ich annahm, dass die beiden kein Paar waren. Hoffnung keimte in mir auf und ich sagte: »Dann bis gleich!« Mir gefiel, wie Markus mich angesehen hatte. Es lag darin ein wenig Bewunderung oder zumindest Wohlwollen. Auch wenn ich fror, stand mir das Kostüm ziemlich gut, glaubte ich, da es meine sportliche Figur betonte. Ich lief mit Uli weiter zum Rest der Gruppe.

Als wir zu den anderen aufgeschlossen hatten, ging der Zug weiter bis auf den Schulhof. Den anderen ging es mitunter gar nicht mehr so super. Wenn man mit jedem, den man am Straßenrand kennt, einen trinkt, kommt so einiges zusammen. Ich wollte nun nur noch rein in den Saal und in die Wärme. So trieb ich die anderen an, mitzukommen. Es waren dort hunderte Karnevalsjecken versammelt, die Musik lief laut, und viele tanzten. Der Prinz und die Prinzessin kamen ebenfalls herein und wurden von allen jubelnd begrüßt. Hier tobte der Bär. Andreas, Bianca und Simone verschwanden in der Sektbar. Markus in diesem Gewusel zu finden, war wie die Suche nach der Stecknadel im Heuhaufen. Bald aber entdeckte ich die schwarzen Mickey-Mouse-Ohren seiner Begleiterin, die alle anderen Jecken überragte. Dahinter standen auch Markus und seine Kumpels. Ich hatte so eine komische Angewohnheit: wenn ich mich für irgendetwas entscheiden musste und mir nicht so sicher war, achtete ich auf Zeichen. Um herauszufinden, ob es richtig wäre, zu Markus zu gehen, würde das Universum mir ein Zeichen schicken. Wenn nicht, würde ich hier stehen bleiben. So beobachtete ich das Ganze und hoffte, dass irgendetwas Besonderes passieren würde.

Die Band spielte nicht nur Karnevalsmusik, sondern auch Popsongs. Gerade lief *Too shy* von Kajagoogoo, dass der Sänger so nachsang, als wäre er Limahl persönlich. Ich sagte mir im Stillen: Das nächste Lied wird darüber entscheiden, ob ich zu ihm gehe oder nicht.

Aufgeregt wartete ich, bis der neue Song begann, doch zunächst gab es noch einen Tusch und der Prinz und die Prinzessin gingen auf die Bühne und sprachen ein paar Worte zu den Karnevalisten. Der Prinz endete mit den Worten: »Und nun feiert ausgiebig, denn das Leben ist kurz!« Andreas kam und forderte mich zum Tanzen auf.

Fieberhaft wartete ich auf das Einsetzen des nächsten Songs. Es ertönten die ersten Schläge von Alan Whites Drums und die markanten Töne der E-Gitarre von Trevor Rabin und ich wusste sofort, dass *Owner of a lonely heart* von Yes lief. Andreas begann vor mir zu tanzen und ich stand erst einmal wie vom Donner gerührt da und realisierte die Bedeutung des Titels. Besitzer eines einsamen Herzens. War Markus' Herz einsam? Bedeutete das, dass ich hingehen sollte? Mein Gegenüber lachte und gab mir ein Zeichen, was heißen sollte, warum ich da wie angewurzelt rumstehe, während um mich herum der Saal bebte. Mechanisch begann ich mich zum Rhythmus der Musik zu bewegen, dabei versuchte ich, den englischen Liedtext zu übersetzen.

Bewege dich!
Du lebst immer so vor dich hin
Und denkst nie an die Zukunft.
Beweise dich!
Du bist die Bewegung, die du machst.
Ergreife deine Gelegenheiten, gewinne oder verliere.
Schau dich an!
Du bist die Schritte, die du machst.
Du und nur du, nur so geht es.
Schüttel dich und rüttel dich
Du bist jede Bewegung, die du machst.
So läuft die Geschichte.

Besitzer eines einamen Herzens
Besitzer eines einsamen Herzens
(So viel besser als ein)
Besitzer eines gebrochenen Herzens
Besitzer eines einsamen Herzens

Sag – du willst nichts riskieren?
Du bist schon so sehr verletzt worden?
Pass mal auf!
Der Adler am Himmel
Wie er so ganz für sich alleine tanzt
Du, verliere dich!
Nein, nicht für Nichtigkeiten.
Es gibt keinen wirklichen Grund alleine zu sein.
Sei du selbst!
Gib deinem Willen nach.
Du musst dich nur durchsetzen wollen.

Nachdem mich meine eigene Unschlüssigkeit
So sehr verunsichert hat
Sagte mir meine Herzdame: Zweifele nie an deinem
Willen.
Am Ende musst du gehen.
Schau bevor du springst
Und zögere kein bisschen – nein, nein
Ja!
Ja! Ja! ja!

Früher oder später bringt jede Schlussfolgerung
Das einsame Herz zur Entscheidung
Es wird sich anregen, es wird sich entzücken
Es wird sich neu motivieren

Betrüge nie deinen freien Willen
Nimm ihn einfach an

Als der letzte Ton erklang, war mir klar, was ich tun würde. Andreas begann, sich mit Uli zu unterhalten. »Kommt mit, ich hab Markus' Clique entdeckt«, sagte ich. »Wo?«, fragte Uli und schloss sich mir an. Wir schlängelten uns durch die tanzenden Menschen. Ganz hinten in der Ecke standen Markus, das Mädchen und seine Kumpels, deren Namen ich schon wieder vergessen hatte. Er blickte auf, als wir vor ihnen stehen blieben und ein smartes Lächeln glitt über sein Gesicht. »Hey!«, sagte er knapp, aber nicht unfreundlich. Obwohl wir nebeneinander standen, kamen wir nicht richtig ins Gespräch, denn die Musik war megalaut und zu vorgerückter Stunde wurde sie immer mehr aufgedreht. Dennoch war es schön, in seiner Nähe zu sein. Er unterhielt sich mit Andreas und Uli. Irgendwann hörte die Musik auf und einer der Karnevalisten betrat die Bühne. »Wir unterbrechen einmal kurz und kommen nun zum Höhenpunkt des Abends.« »Was sollte das nun werden«, dachte ich bei mir. »Zum ersten Mal findet eine Prämierung des besten Paarkostüms statt. Dem Elferrat ist die Wahl nicht leichtgefallen. Es gab dieses Jahr wirklich viele sehr außergewöhnliche Kostüme, jedoch nur wenige Paare, die dasselbe Kostüm tragen oder ihre Verkleidung aufeinander abgestimmt haben. Das Gewinnerpaar erhält einen Gutschein für ein exklusives Candle Light Dinner beim Italiener ›La Felicità‹ . Nachdem unsere Jury under cover durch den ganzen tobenden Saal gegangen ist, um unsere Gewinner des heutigen Abends zu küren, sind wir zu dem Entschluss gekommen, dass die traditionellen Kostüme oft die schönsten sind. Unsere Entscheidung ist gefallen.« Ein Trommelwirbel ertönte.

»Ich bitte, das Piratenpaar mit den rot-schwarzen Kostümen, die an den Boxen neben der Bühne stehen, auf die Bühne! Sie haben gewonnen.« Die Stimme des Mannes schwoll an und er blickte in unsere Richtung.

Andreas und ich guckten uns um, doch niemand außer uns beiden trug hier ein rot-schwarzes Piratenkostüm. Andreas blickte verunsichert zu mir, Unbehagen stand in seinen Augen. Auch ich wäre am liebsten weggelaufen. »Nun kommen Sie auf die Bühne, meine Piraten!« Weder Andreas noch ich mochten es, auf einer Bühne zu stehen und von Hunderten von Leuten angestarrt zu werden. Doch wir wollten uns auch keine Blöße geben. Begleitet von einem tobenden Applaus und dem Höhner-Lied *Echte Fründe* gingen wir die Treppe zur Bühne hinauf. Die Scheinwerfer schienen mir so in die Augen, dass ich zum Glück nichts vom Publikum sah. Man fragte uns nach unseren Vornamen und der Karnevalsprinz höchstpersönlich hängte uns unsere Orden um und gratulierte uns. Andreas nahm dankend den Gutschein fürs Dinner entgegen und wir beeilten uns, die Bühne wieder zu verlassen. Gott, war das peinlich. Bombe und die anderen Typen sowie die Mickey Mouse klatschten in die Hände und lachten uns entgegen. Uli konnte nicht mehr vor Gelächter. »Na, da kommt ja unser junges Piratenglück!«, zog er uns auf. »Wann geht es denn zum Candlelight-Dinner?« Andreas konterte: »Junge, das werden wir dir sicher nicht auf die Nase binden!« Natürlich hatte es sich langsam rumgesprochen, dass wir als »Piratenpaar« gewonnen hatten und Bianca, Simone, Judith und Thomas kamen zu uns. Alle hatten gute Laune, jedoch guckte Markus ein wenig irritiert drein. An dem Abend wurde noch viel getanzt und gelacht, da sich meine Freunde mit Markus' Clique gut verstanden. Es war schon fast Morgen, als wir uns auflösten und nach Hause liefen.

KAPITEL 17

Is this love? – Alison Moyet

Die Begegnung mit Juliana am Rosenmontagszug beschäftigte mich noch viele Tage danach. Ich war mir mittlerweile sicher, dass Juliana der Regenwurm gewesen war, mit dem ich in der Sektbar auf dem Maskenball gesprochen hatte. Ich habe nicht nachgefragt, weil ich in der Situation viel zu verlegen gewesen war. Und auch diese Verlegenheit beschäftigte mich. Warum ging mir dieses Mädchen seit Monaten nicht mehr aus dem Kopf und warum war ich ihr gegenüber beim Rosenmontagszug so schüchtern gewesen? Das war sonst überhaupt nicht meine Art. Mädchen anzusprechen bereitete mir in der Regel keine Probleme, aber bei Juliana war alles anders. Sie hatte so etwas Besonderes, was ich nicht greifen konnte. Oder war ich etwa verliebt? Fühlte sich Verliebtsein vielleicht so an? Mir war mulmig bei dem Gedanken. So mulmig, dass ich versuchte, mich meinen Mathematik-Hausaufgaben abzulenken.

Es war Mitte März 1987 und nur noch wenige Wochen bis zum Schuljahresende lagen vor uns. Meine letzten Schultage unter den Vorzeichen der Abiturprüfungen waren stressig. Zusätzlich stand mein achtzehnter Geburtstag im April an, doch den wollte ich im Sommer mit ein paar anderen aus der Clique nachfeiern. Achtzehn Jahre alt zu werden war in der Eifel gleichbedeutend damit, die Fahrprüfung zum Autoführerschein zu machen. Die große Freiheit kündigte sich für mich zweifach an: zum einen mit dem Führerschein und der dazugehörigen mobilen Freiheit, zum anderen die Aussicht, den Schulabschluss und somit das Abitur in der Tasche zu haben.

Neben dem steigenden Lernpensum für die Schule stand also auch die Führerscheinprüfung an. Ralf und Jochen waren genau wie ich sogenannte Kann-Kinder und wurden in derselben Jahreshälfte achtzehn Jahre alt. Wir beschlossen, uns in derselben Fahrschule zur Führerscheinprüfung anzumelden. Den theoretischen Unterricht hatten wir in einem kleinen Schulungsraum der Fahrschule in der Kreisstadt, zu der wir zu dritt mit unseren Mofas beziehungsweise Mopeds hinfahren konnten. Nach der Fahrschule belohnten wir uns mit einer Pizza Margherita, die wir auf einer Bank neben der Pizzeria aßen. Die Wahl fiel stets auf Margherita, weil es die günstigste Variante war. Einer von uns hatte meistens ein paar Dosen Cola oder Malzbier im Rucksack. Wir diskutierten über Fußball, Mädchen oder Autos. Wobei Autos nicht mein Thema waren. Das Interesse an besonderen oder bestimmten Auto-Typen hielt sich bei mir arg in Grenzen. Dies zeigte sich auch darin, dass mein erstes Auto ein grüner Peugeot 104, Baujahr 1975, werden sollte. Nicht gerade ein Sportwagen oder ähnliches, aber für mich genau das richtige Auto zur richtigen Zeit. Nach der theoretischen Führerscheinprüfung standen die praktischen Fahrstunden an und Ralf hatte eine interessante Idee, wie wir uns gut auf die bevorstehenden Fahrstunden vorbereiten konnten.

»Mein Onkel hat einen alten Fiat 126, der keinen TÜV mehr hat, aber noch fährt. Er meinte, wenn ich den Fiat haben möchte, dann kann ich ihn abholen«, sagte Ralf.

»Ja und? Was willst du denn mit so einem alten Auto? Da musst du ja noch richtig viel Geld reinstecken«, meinte ich.

»Ich weiß, aber das möchte ich ja gar nicht. Ich habe eine andere Idee.«

»Und die wäre?«, fragte Jochen interessiert.

»Wir nehmen uns die Karre und machen einfach selbst Fahrstunden oben in der alten Lavagrube. Abends hört und sieht uns keiner und zu dieser Zeit kommt da auch kein Spaziergänger mehr vorbei.«

»Coole Idee!«, meinte ich.

»Ey, das finde ich auch. Das ist mega, lass uns das machen«, meinte Jochen.

»Das einzige Problem ist, wir müssen den Fiat bis zur Lavagrube bekommen. Er ist abgemeldet und hat kein Nummernschild mehr«, sagte Ralf.

Das Auto stand fünfzehn Kilometer entfernt von unserem Dorf, abgedeckt mit einer dunkelgrünen Plane in einer alten Scheune.

»Kein Problem, das regeln wir schon!«, meinte Jochen

»Aber wie?«, fragte Ralf

Ich wusste, worauf es hinauslief und sagte mit einem Grinsen: »Frau Wagner hat falsch ausgeparkt!«

»Und die Straßenlaterne leuchtet auch nicht mehr«, schob Jochen nach.

Dann lachten wir beide uns an und Ralf verstand gar nichts mehr.

»Wer ist Frau Wagner und was für eine Straßenlaterne?«, fragte er uns.

Wir erzählten ihm die Geschichte vom Abend auf dem Maskenball und von Bombes Anruf bei der Polizei. Ralf war begeistert.

Ein paar Tage später hatten wir mit Bombes alias Frau Wagners Hilfe den Fiat in die alte Lavagrube am Dorfrand gebracht. Auf dem Rücksitz stand eine Kiste Bier. Die ersten Fahrstunden in der Lavagrube machten wir noch am selben Abend. Abwechselnd fuhren wir den klapprigen Fiat mit voller Geschwindigkeit durch die Grube und wirbelten dabei unendlich viel grauen Staub in die Luft. Schließlich bauten wir aus alten Mineralöltonnen, die noch in einer kurz vor dem Einsturz stehenden Grubenhalle standen, einen Parcours und fuhren abwechselnd einzelne Runden auf Zeit. Nach jeder Runde gab es eine Erfrischung aus der Kiste Bier. Wir hatten großen Spaß dabei. So ging das einige Abende lang weiter.

Neben der Paukerei und den Fahrstunden wollte ich endlich wieder Musik machen. Die letzte Probe lag schon viel zu lange zurück und die nächsten Auftritte sollten erst im Sommer stattfinden. Nach einigem Hin und Her hatten wir einen gemeinsamen Probetermin gefunden und trafen uns in der Garage von Semmels Mutter. Bei dieser Gelegenheit begegnete ich Nicki nach langer Zeit wieder und konnte auf dem Rückweg von der Probe mit ihr eine Viertelstunde unter vier Augen sprechen. Ihr ging es nicht gut, das spürte ich und das sah man ihr auch an. Wir verabredeten uns ein paar Tage später zu einem unserer »Miteinander quatschen«-Abende bei Nicki. »Endlich nochmal«, dachte ich.

Ich freute mich sehr darauf. Seitdem sie nur noch Zeit mit Jörg verbrachte, spürte ich doch, wie sehr sie mir als Freundin fehlte. An dem Abend erzählte sie mir von den Problemen mit Jörg, die ich die ganze Zeit schon erahnt hatte. Wenn man sich mit einem Menschen verbunden fühlt, dann spürt man solche Dinge auch ohne Worte. Und ich fühlte mich mit Nicki verbunden. Doch ich bemühte mich, mir ihr gegenüber nichts anmerken zu lassen. Schließlich wollte ich nicht als Besserwisser dastehen. Ich ließ sie erzählen, und was sie erzählte war weitaus schlimmer als ich es mir vorgestellt hatte. Jörg kiffte regelmäßig und animierte Nicki immer wieder dazu, auch zu kiffen. Sie hat es dann, obwohl sie eigentlich gar nicht wollte, ihm zuliebe das ein oder andere Mal probiert. Jedes Mal ging es ihr danach schlecht, sie fühlte sich unwohl und schämte sich vor sich selbst. Beim letzten Mal, als sie sich mal wieder überreden hatte lassen, lief allerdings einiges schief. Jörg wollte unbedingt mit ihr schlafen und schwärmte davon, wie großartig das wäre, miteinander zu schlafen, wenn man bekifft ist. Nicki fand die Idee total daneben, meinte, sie brauchte keinen Joint dazu. Trotzdem ließ sie sich aus Angst, Jörg zu verlieren, darauf ein. Die beiden vergaßen im Rausch, an die Verhütung zu denken. Das war jetzt ungefähr dreieinhalb Wochen her und Nicki hatte seitdem große Angst, schwanger zu sein. Mit siebzehn schwanger und mit achtzehn ein Baby. Das konnte und wollte Nicki sich nicht vorstellen. Sie bekam Angst, grübelte unentwegt und wusste nicht, was sie tun sollte. Ich war sichtlich erschrocken von ihren Erzählungen, allerdings war ich auch ein bisschen stolz darauf, dass sie mir davon erzählte. Ich war froh, dass unser Vertrauensverhältnis offensichtlich nach wie vor bestand. Erleichtert von der Tatsache, dass wir immer noch wie Zwillinge miteinander umgingen, besorgten mich ihre Erzählungen wiederum. Doch diese Sorge wollte ich ihr auf keinen Fall zeigen, denn jetzt benötigte Nicki mich als starken Freund an ihrer Seite. Ich beruhigte sie und fragte, wann sie denn das nächste Mal ihre Regel haben würde?

»Eigentlich in zwei Tagen«, sagte Nicki.

»Ja dann ist erstmal alles in Ordnung und noch kein Grund zu Sorge«, antwortete ich.

»Ach, davon hast du doch keine Ahnung. Normalerweise spürt man das schon einige Tage im Voraus, wenn man seine Periode bekommt. Und bis jetzt spüre ich nichts«, sagte sie ängstlich.

»Stimmt, davon habe ich keine Ahnung. Da hast du recht, aber ich finde, du kannst dir immer noch Sorgen machen, wenn es so weit ist«, sagte ich altklug und fühlte mich zugleich wie ein Idiot. Ob das hilfreich war, wusste ich in dem Moment selbst nicht.

Nicki war so in ihrer Angst gefangen und folglich dermaßen beunruhigt, dass ich mir für die nächsten zwei Tage unbedingt ein Ablenkungsprogramm für sie überlegen musste.

»Morgen Abend kommst du mit uns in die alte Lavagrube. Ralf, Jochen und ich üben dort für die Fahrstunden«, sagte ich zu ihr.

Nicki ahnte wahrscheinlich in diesem Moment, dass ich mich um sie kümmern wollte, und überraschend schnell willigte sie ohne weitere Nachfragen ein. Für mich gab es an diesem Abend keinen passenden Augenblick, um ihr von meinen Begegnungen mit Juliana zu erzählen. Da war kein Raum vorhanden, aber das war okay für mich, denn Nicki war einfach zu beschäftigt mit ihren eigenen Sorgen. Ich versprach, sie morgen, um halb acht mit meinem Mofa abzuholen und sie könnte hintendrauf sitzend mit mir in die alte Lavagrube fahren.

Nickis Sorge beschäftige mich für den Rest des Abends und ich war wütend auf diesen Jörg. Um wieder runterzukommen legte ich Metallica und das Album »Master of puppets« auf den Plattenspieler meiner Plastik-Kompaktanlage, zog mir Kopfhörer an und dreht die Lautstärke auf die Einstellung »High«. Nach einer Stunde Heavy-Metal hatte ich mich beruhigt.

Nicki stand bereits vor der Haustüre und wartete auf mich. Sie stieg mit auf mein Mofa und wir fuhren los. Die anderen beiden Jungs waren schon oben in der Grube, als wir ankamen. Jochen hatte ein kleines Lagerfeuer vorbereitet und auf dem Boden standen ein paar Flaschen Bier und eine Tüte mit Würsten vom Metzger. Jochen und Ralf stimmten sich scheinbar auf längere Fahrstunden ein.

Mit den Worten, »ich habe uns einen Gast mitgebracht!«, begrüßte ich die beiden. Ralf und Jochen empfingen Nicki und mich und freuten sich ganz besonders, dass Nicki wieder aufgetaucht war. Wahrscheinlich vermissten wir sie alle.

»Willst du auch fahren?«, fragte Ralf Nicki sofort.

»Mal sehen, ich weiß noch nicht«, antwortete Nicki.

Wir holten unseren kleinen Fiat, den wir an einer nicht mehr genutzten Grubenausfahrt unter Zweigen und Ästen notdürftig tarnten, aus seinem Versteck hervor. Der Parcours stand noch vom letzten Mal und wir losten die Reihenfolge der einzelnen Fahrer aus. Nicki sollte die Zeit stoppen und Jochen begann mit der ersten Runde. An diesen Abend fuhren wir ein Rennen nach dem anderen. Nach jedem Wettbewerb pausierten wir einen Moment am Lagerfeuer. Mittlerweile war es stockdunkel und ein wunderbarer sternenklarer Himmel dehnte sich über unseren Köpfen aus. Die aufgestellten Tonnen konnte man mittlerweile kaum noch erkennen. Der einzige Orientierungspunkt in der Dunkelheit waren die Flammen unseres kleinen Lagerfeuers.

Eine Runde wollten wir uns noch duellieren und bei dieser allerletzten Runde wollte dann auch Nicki mitfahren. Ralf sollte starten, doch die Runde wurde sehr kurz. Denn nach der ersten Kurve an der Tonne machte es einen lauten Knall und eine kurz anhaltende riesige Flamme schoss aus dem Motorraum des italienischen Kleinwagens. Ralf sprang geistesgegenwärtig aus dem Auto und kam in Richtung Lagerfeuer gerannt. Wir liefen ihm aufgeregt entgegen. In dem Moment, in dem wir uns alle vier trafen, gab es einen zweiten Knall und der Fiat explodierte. Danach war es mucksmäuschenstill und aus der Karosserie des Autos flackerten nur noch ein paar kleinere Flammen. Ein paar Sekunden, die sich anfühlten wie mehrere Minuten, blickten wir uns erschrocken an. Panik kam auf, denn wir hatten Sorge, dass man den Krach und die Flammen unten im Dorf mitbekommen hatte und gleich die Feuerwehr samt Polizei hier in der Grube stehen würde. Geistesgegenwärtig liefen wir alle rüber in die alte Grubenhalle, suchten aufgeregt im Dunkeln nach allem möglichen, um das Feuer zu löschen. Letztendlich fanden wir ein paar alte Schaufeln.

»Lasst uns mit den Schaufeln das Auto mit Lava zu schüppen. Dann geht das Feuer aus«, sagte Nicki.

»Gute Idee! Lasst uns schnell machen«, rief Ralf hektisch.

Eine gute Stunde lang schippten wir zu viert den kleinen, vor sich hin lodernden Fiat mit Lavaschotter zu, bis er komplett bedeckt war. Am Ende blieb nur ein Lavahügel von unserem Auto übrig, der Fiat war nicht mehr zu sehen. Das Ganze glich irgendwie einer Beerdigungszeremonie. »Das erste Hügelgrab in unserem Dorf«, meinte Ralf. Verschwitzt und mit einem großen Schrecken in den Gliedern, nahmen wir Abschied von unserem kleinen Flitzer. In der Zwischenzeit war von unserem Lagerfeuer nur noch ein wenig Glut übriggeblieben. Jochen schüttete den Rest aus seiner Dose Bier über die Feuerstelle, wir packten unsere Sachen zusammen und knatterten mit den Zweirädern los. Direkt nach Hause wollte nach dieser Aufregung keiner von uns, also fuhren wir zur Busse und saßen noch für einen Moment zusammen. An der Bushaltestelle war zu dieser Zeit nur noch Semmel. Er freute sich, Gesellschaft zu bekommen. Wir erzählten ihm nichts von dem, was geschehen war, denn schließlich gab es bekanntlich Dinge, über die sprach man einfach nicht. In manchen Fällen war das besser so.

An diesem Abend fanden unsere privaten Fahrstunden zwar ein plötzliches Ende, doch zumindest hatte die ganze Aufregung Nicki abgelenkt. Sie konnte dadurch ihre Angst vor einer Schwangerschaft ein paar Augenblicke zur Seite schieben. Der kleine Fiat wird wahrscheinlich heute noch, zugeschaufelt mit Lavaschotter, in der alten Lavagrube stehen. Wie traurig.

Noch einen Tag bis zum normalen Termin von Nickis Periode. In dieser Zeit musste ich sie noch ablenken und hoffte, dass die Aufregung und ihre Angst sich dann in Luft auflöste. Nichts geschah. Die Zeit verstrich und Nickis Befürchtung schien sich immer mehr zu bestätigen. Sollte dieser Idiot von Jörg meine Freundin im Drogenrausch geschwängert haben? Was tun? Ich lief zum kleinen Dorfladen und kaufte mir die aktuelle Ausgabe der BRAVO. Es war das erste und einzige Mal, dass ich mir eine BRAVO kaufte, aber dieses einzige Mal war ein Notfall, eine Akutsituation. Ich schlug die Dr. Sommer-Aufklärungsseite auf und sah direkt ein Foto von einem gleichaltrigen Mädchen, nur mit einem BH und Unterhose bekleidet. Darunter Fragen wie: »Was kann ich tun, wenn meine Brüste schmerzen?«, »Sind meine Brüste zu klein für mein Alter?« Und »Mein Freund sagt, meine Brustwarzen sind zu groß und das gefällt ihm nicht. Was mache ich jetzt, wenn er mich deswegen verlässt?«.

Das fand ich alles dermaßen absurd und es interessierte mich überhaupt nicht. Ich suchte nur nach der Telefonnummer von Dr. Sommer und seinem Team. Unten am Rand stand die Nummer. Ich riss die Seite mit der Telefonnummer aus der BRAVO, steckte den Rest des Magazins in den Mülleimer mit dem Langnese-Schriftzug vorm Laden und fuhr mit meiner Hercules M5 zur Telefonzelle am Sportplatz. Von zu Hause anrufen kam nicht infrage, denn wenn meine Mutter alles mitbekäme, würde sie wahrscheinlich noch denken, sie würde Oma werden. Diese Kaskade von Diskussionen wollte ich vermeiden. Ich steckte zwanzig Pfennig in den Telefonautomaten und wählte die Nummer vom Zettel. Zweimal klingelte es und schon hatte ich eine nette Frau am Hörer. Aufgeregt erzählte ich ihr von Nicki und steckte währenddessen weitere Groschen in den Münzeinwurf. Es war ja schließlich ein Ferngespräch.

Die Frau an der anderen Seite war die Ruhe selbst, einen Moment lang hatte ich sogar die Vermutung, sie würde sich über mich und mein Anliegen amüsieren. Sie erklärte mir, was es alles sonst noch für Gründe für das Ausbleiben der Periode, außer einer Schwangerschaft, geben kann und gab mir anschließend ein paar Tipps für Nicki mit. Ich merkte mir nur Petersilie essen und heiß baden gehen.

Zuerst besorgte ich im Garten meiner Eltern eine große Menge Petersilie und hatte Glück, dass meine Mutter nichts davon mitbekam. Es ging direkt zu Nicki nach Hause. Ich erzählte ihr aufgeregt von meinem Telefonat mit der Frau vom Dr. Sommer-Team und zeigte ihr den Beutel frischer Petersilie.

»Du bist echt verrückt! Aber auch total süß!«, sagte sie zu mir und ich war eine Sekunde verlegen.

»Ich will dir einfach nur helfen und das hier soll helfen.«

»Markus, ich hasse Petersilie. Ich muss kotzen, wenn ich jetzt Petersilie essen muss«, stöhnte Nicki.

»Möchtest du jetzt deine Regel bekommen oder nicht?«

»Ja schon!«

»Na dann musst du das Grünzeug essen«, meinte ich.

»Ja, aber ich weiß nicht, wie ich das Zeug runterkriegen soll«, sagte sie verzweifelt.

»Ich schon!«

Nicki war alleine zu Hause. Während das Badewasser in die Wanne lief, gingen wir in die Küche, nahmen die komplette Petersilie, schnitten sie so klein wie möglich, füllten das Grünzeug in eine Kanne mit Leitungswasser, rührten das grüne Gesöff kräftig um und zählten gemeinsam bis drei. Bei drei hielt Nicki sich mit einer Hand die Nase zu und mit der anderen hob sie die Kanne an und trank in einem Zug. Sie beendete die Prozedur mit einem lauten Rülpsen. Danach ging es ins Badezimmer und sie stieg in die heiße Badewanne. Ich blieb die ganze Zeit vor der verschlossenen Badezimmertür sitzen und fragte Nicki immer wieder »Und?«

»Nix und. Nichts ist passiert.«

Das ging sicherlich eine Dreiviertelstunde lang so weiter. Meine Gedanken schweiften dabei immer wieder zu Juliana. Ich stellte mir die Frage, was wäre, wenn Juliana jetzt in der Badewanne liegen würde. Komplett nackt und ihre Brüste nur bedeckt von ein paar Schaumkronen. Würde ich dann auch so entspannt hier vor der Türe sitzen können? Der Gedanke daran ließ mich erst los, als Nicki im Bademantel und mit schrulliger und aufgeweichter Haut vor mir stand.

»Immer noch nichts!«, sagte sie sichtlich enttäuscht und ein kleiner Rülpser kam hinterher.

»Sorry, das ist die Petersilie«, meinte sie.

»Schon gut. Hast ja vorher keine Zwiebel-Frikadellen gegessen«, grinste ich.

»Und was mache ich jetzt?«, fragte sie.

»Ich denke, das dauert. War doch klar, dass das nicht direkt losgeht«, sagte ich ohne weiter darüber nachzudenken.

»Ich weiß nicht!«

»Vielleicht solltest du jetzt einfach schlafen gehen und die Petersilie und das Bad über Nacht wirken lassen. Morgen hast du ganz bestimmt deine Regel«, redete ich beruhigend auf Nicki ein.

Kurz darauf verabschiedeten wir uns voneinander. Als ich den Hausflur runterging, hörte ich aus ihrem Zimmer *Empty rooms* von Gary Moore. Bei Nicki lief immer Gary Moore, wenn sie nicht wusste, wie es weiterging. Wird schon alles gut gehen, dachte ich mir.

KAPITEL 18

I will find my way home – Vangelis

Heute war wieder Tanzschule. Nun waren wir schon ziemlich weit fortgeschritten und das Ehepaar Sauerwein gab das Datum des Abschlussballs bekannt. »Da Sie sich sicher schon entschieden haben, wer Ihr Partner beim Ball sein wird, tragen Sie sich bitte gleich als Paar hier in die Liste ein. Außerdem werden Sie sich ab sofort mit eben diesem Tanzpartner auf den Ball vorbereiten. Bitte finden Sie sich nun als Paar zusammen.« Ich stand noch etwas ratlos umher und sah, wie Bianca zu Thomas lief und auch Judith und Simone jeweils Partner fanden. Ich blickte mich suchend nach Andreas um. Zuerst sah ich ihn nicht, doch dann entdeckte ich ihn bei dem Mädchen, das zuletzt in pinken Pumps mit ihm getanzt hatte. Etwas panisch sah ich mich um, da kam Uli auf mich zu. »Möchtest du mit mir den Abschlussball tanzen?«, fragte er freundlich.

»Ja, sehr gern.« Ich freute mich wirklich, denn ich mochte Uli und das Tanzen mit ihm klappte auch nicht schlecht. Als ich wieder zu Andreas und Miss Pink blickte, die gerade lachten, strich Uli mir sachte über den Arm. »Ärger dich nicht, wir machen das schon!« Er übersah jedoch nicht, dass meine Augen verdächtig glänzten. Ich schluckte die Tränen runter und sagte: »Klar!«

Während des Tanzkurses konnte ich mich gut ablenken. Als wir heimfahren wollten, kam Andreas zu uns und sagte: »Ich fahre heute nicht mit euch nach Hause.« Mein Magen verkrampfte sich. Ich wartete, ob er noch eine Erklärung hinzufügte, doch er nickte und ging zu seiner Tanzpartnerin. Uli ärgerte sich sichtlich über sein Verhalten, »was soll das denn jetzt?« Ich schaute auf meine Schuhe. »Sieht so aus, als würde er noch etwas mit ihr unternehmen wollen«, nahm ich kleinlaut an. »Ja, soll er, dann ist ihm nicht zu helfen«, Uli war richtig wütend. Die anderen kamen zum VW-Bus und stiegen ein. »Wo ist Andreas?«, fragte Bianca. »Der kommt heute nicht mit uns«, antwortete ich ausweichend. Doch es tat mir weh, so versetzt zu werden, und auch, dass er mir das nicht mal kurz erklärte. Allmählich realisierte ich, dass dies wohl das endgültige Aus unserer Beziehung war. Ich schwieg den ganzen Weg und saß vorne neben Uli auf dem Beifahrersitz, der ebenfalls nicht viel von sich gab. Er war ein wenig wie ein großer Bruder für mich und schien sich wirklich um mich zu sorgen. In unserem Dorf angekommen, fuhr Uli die Runde so, dass er die anderen vor mir zu Hause absetzte. Als wir zu zweit waren, begannen meine Tränen zu fließen »Ich habe gemerkt, dass er sich nicht mehr für mich interessierte. Schon länger …« »Ja, sei nicht traurig. Vielleicht will er ja nur heute mal was mit ihr machen.« Das könnte natürlich sein. Ich war hin- und hergerissen zwischen dem Gedanken, dass er mich abserviert hatte, und der Hoffnung, dass er morgen wieder zu mir käme und mich mit einem Kuss begrüßen würde. Die Tränen konnte ich jedoch nicht zurückhalten. Uli hielt vor dem Haus meiner Eltern, gab mir ein Tempotuch und nahm die Kassette aus dem Autoradio. »Hier, die schenk ich dir, wird dich vielleicht etwas ablenken.« Er gab mir einen freundschaftlichen Kuss auf die Wange. »Ich melde mich morgen mal bei dir. Gute Nacht, Juliana.«

Ich dankte ihm und stieg aus dem Bus. Als er losfuhr, blieb ich noch kurz vor unserem Haus in der Nacht stehen und blickte in den wolkenlosen Himmel. Ich erkannte den kleinen Wagen am Himmel und ein paar andere Sternbilder. Dann schloss ich leise die Haustüre auf und schlich in mein Zimmer. Ulis Kassette, die ich auf den Kopfhörern meines Walkmans hörte, begann mit *I want to know what love is* von Foreigner. Irgendwann schlief ich ein.

Am nächsten Tag rief mich Uli nachmittags nach der Schule an, »Na, wie geht's?«

»Naja, geht so. Aber schön, dass du fragst. Andreas hat sich bisher nicht bei mir gemeldet.« »Dann lass ihn mal – der wird schon wieder klar im Kopf. Ich hab ihn mal gefragt, was er sich da gestern bei gedacht hat. Und er antwortete: »Wieso? Ich war nur noch mit Pamela Pommes essen und habe sie dann heimgebracht. Sie sagte, sie hätte niemanden, der sie abholen könne. Da hab ich mich angeboten, da sie in der Nähe der Tanzschule wohnt. Ich selbst bin dann heimgetrampt, ich war nicht mal bei ihr zu Hause. Hab mich vor der Tür von ihr verabschiedet.« »Na, da hat er sich aber aufgeopfert«, meinte ich sarkastisch. Uli hatte jedoch schon einen Plan, um mich aufzuheitern. »Sag mal, wollen wir nicht zum Schlittschuhlaufen ins Eisstadion fahren? Ich finde, du solltest nicht zu Haus hocken und traurig sein.« Ich überlegte kurz. »Ja, gute Idee. Ich könnte meine Schlittschuhe, die ich zu Weihnachten geschenkt bekommen hab, endlich mal ausprobieren.«

»Super, ich hole dich in einer halben Stunde ab, okay?«, schlug Uli vor. Ich packte meine Sachen zusammen und los ging's. »Du, ich glaube, der Andreas hat nichts mit der Pamela oder wie die heißt ...«, begann Uli. »Ja, vielleicht«, antwortete ich einsilbig. Und wenn schon, dachte ich. Wir fuhren über die B9 ins Eislaufstadion. Die Sonne strahlte und Ulis gute Laune war ansteckend. Also beschloss ich, den Tag zu genießen und nicht mehr Trübsal zu blasen. Auf dem Eis war heute viel los. Da Uli noch nicht so ganz fit auf den Schlittschuhen war, hielten wir uns anfangs an den Händen fest und drehten langsam unsere Runden. Es lief Vangelis' *I will find my way home*. An der Decke hing eine große Discokugel, die in allen Farben funkelte und das Eis in buntes Konfetti verwandelte. Die Kälte und die tolle Musik, die aufgelegt wurde, ließen uns durch die Halle schweben. Allmählich begann Uli, sicherer zu laufen und fuhr alleine. Ich versuchte, ein paar kleine Kreise zu fahren und den äußeren Fuß überzusetzen, was mir noch gelang. Überhaupt hatte ich ein Glücksgefühl, da mit meinem Kumpel Uli alles so einfach und unkompliziert war. Die Musik machte eine Pause, wir verließen die Eisfläche, da diese aufbereitet wurde. Wir setzen uns in das Lokal und aßen Fritten. Uli schüttete mir sein Herz aus. »Dir kann ich es ja sagen … vielleicht hast du es schon bemerkt, ich versuche schon länger, mal mit Bianca auszugehen.« Er trank am Strohhalm seiner Cola. Ich nickte. »Es ist nur irgendwie nicht möglich, sie mal allein mitzunehmen. Wenn ich sie einlade, kommen immer Judith und Simone oder zumindest eine ihrer Freundinnen mit.«

»Ich glaube, die kapiert nicht, dass ich was von ihr will und gern mal etwas mit ihr ohne Anhang unternehmen würde.« Ich grinste und überlegte kurz. »Weißt du, das ist überhaupt kein Problem. Sag mir, wann du mit ihr etwas machen möchtest und dann werde ich Simone und Judith bei mir zum Videoabend einladen. Wir gucken uns »La Boum – Die Fete« an und zwar den zweiten Teil. Bianca wird dann sowieso nicht kommen, die fand den ersten Teil schon schrecklich!«

Uli schien erleichtert. »Ich wusste, dass man mit dir Pferde stehlen kann, Juli!« »Wo könnte ich denn mit Bianca am besten hinfahren?« »Fahr mit ihr wohin, wo man einen tollen Ausblick hat und es romantisch ist. Und nimm etwas zu essen und zu trinken mit, das mögen wir Mädels, am besten Erdbeerblubbersekt oder sowas.« »Ja gut – und wo ist es romantisch?«

»Ich kenne einen geheimen Ort für Liebende. Ein alter Baum, er wird auch der Baum der Liebenden genannt.« »Was soll das für ein Baum sein?«

»Er ist eine Art Trauer-Buche … naja, er sieht aus wie eine Trauerweide, mit so herabhängenden Ästen, ist eben nur eine Buche. Darunter kannst du mit ihr auf den Wurzeln sitzen, Picknick machen und ihr seid schön im Verborgenen.«

»Das hört sich mega gut an. Und wie finde ich den Baum?« »Ich zeichne ihn dir auf einer Landkarte ein, wenn du möchtest.« Uli strahlte. »Na, wenn das so einfach ist!«

Das Eis war aufgefrischt und wieder geöffnet. Uli taten die Füße weh, die geliehenen Schlittschuhe drückten. »Lass uns lieber heimfahren«, schlug er vor. »Wir können noch bei mir was trinken und quatschen.«

Als ich am Abend von Uli nach Hause ging, war ich wieder gut drauf. Meine Mutter sagte, Andreas hätte angerufen, ich sollte mich mal bei ihm melden. Ich verkrümelte mich mit dem Telefon in mein Zimmer, um ungestört sprechen zu können. Andreas klang dann doch ein wenig zerknirscht, »Also, ich wollte dir nur erklären, warum ich gestern nicht mit euch heimfahren konnte. Pamela wusste nicht, wie sie heimkommen soll, da hab ich sie zu Fuß nach Hause begleitet und mir dann ein Taxi genommen.« »Aha. Und nun?«, fragte ich und gab meiner Stimme den Anschein, als sei ich gelangweilt. »Nun – gar nichts. Ich komme gleich rüber zu dir, dann fahren wir zur Frittenbude und essen ne Currywurst mit Pommes, wenn du magst.« Das hätte er wohl gern, dachte ich. »Ich war mit Uli Eislaufen. Wir haben da gegessen und ich bin satt. Heute mal nicht.« Andreas gab klein bei. »Okay. Dann sehen wir uns Freitag in der Teestube?« »Ja. Bis dann!« Ich hängte den Hörer auf und wusste insgeheim, dass Andreas sich nicht mehr wirklich für mich interessierte. Er wollte mir zwar nicht auf die Füße treten, aber andererseits würde er das Neue kennenlernen wollen und die Städterin aus der Tanzschule war eben interessanter als ich.

Den späteren Abend verbrachte ich bei Kerzenschein in der Badewanne und dachte an Markus. Wieso kommt er mir jetzt wieder in den Kopf, fragte ich mich. Das ist womöglich auch so ein Windhund, der jeden Tag eine andere abschleppt. Ich wehrte mich dagegen, doch ich schlief beim Gedanken an ihn ein und träumte die halbe Nacht von ihm.

KAPITEL 19

Smalltown Boy – Bronski Beat

Der Frühling kam mit großen Schritten und die Tage wurden endlich wieder länger. Was für eine Freude! Nicki war nicht schwanger. Drei Tage nach der Petersilie- und Badewannen-Aktion bekam sie ihre Periode und tanzte Hubba Bubba kauend zu Cyndi Laupers *Girls just want to have fun* und *True colors* ausgelassen durch ihr Jugendzimmer. Und damit war Jörg Geschichte. Er bekam von Nicki den Laufpass. Eine sehr gute Entscheidung, dachte ich mir. Auch wenn sich dadurch mein Kontakt zu Jörg und zur Jugendherberge, um eine Zivildienststelle zu bekommen, erledigt hatte. Doch auf diesen Typ hatte ich keine Lust mehr und so ging es auch all den anderen aus unserer Clique. Nachdem Nicki schlussgemacht hatte, ließ sich Jörg nicht mehr bei uns im Dorf sehen. Das war für ihn auch besser, denn nicht alle von uns hätten sich ihm gegenüber zurückhalten können. Schlimmstenfalls hätte es eine heftige Schelle gegeben. Und wer nicht weiß, was eine Schelle in der Eifel bedeutete, der hätte nur mal Ralfs Backe, einen Tag nachdem diese Bekanntschaft mit der Hand in der Größe einer Bratpfanne von Bauer Manderheim gemacht hatte, sehen sollen. Doch diese Schelle hatte natürlich eine Vorgeschichte: an irgendeinem Nachmittag im vergangenen Sommer kam Ralf aus Langeweile auf die Idee, den Stromkasten vom Weidezaun auf der Weide direkt hinter der Scheune zu entwenden. So hatten die drei Rinder etwas Freilauf und irrten stundenlang durchs Dorf. Doch er toppte diesen Streich noch und klemmte den Stromkasten vom Weidezaun direkt an die Karosserie von Manderheims Traktor. Der Bauer wollte seine Rinder wieder einfangen und bekam beim Einsteigen in seinen Traktor einen dermaßen heftigen Stromschlag, dass er erst einmal eine Rolle rückwärts machte und vom Traktor auf den Boden geschleudert wurde. Blöde für Ralf war nur, dass er bei der Aktion von der Nachbarin gesehen wurde. Gegenüber Bauer Manderheim sagte er aber, er wäre das alles nicht gewesen. In diesem Moment setzte es eine heftige Schelle auf Ralfs rechte Wange. Der Streich war die eine Sache, aber dann auch noch zu lügen war eine ganz andere. Daher konnte sich Manderheim auch nicht zurückhalten. Eine Schelle von ihm reichte, um die nächsten drei Tage mit einer dicken Backe herumzulaufen. Aber damit war die Angelegenheit dann auch erledigt. Da brauchte es keine langatmigen Meditationsrunden mit betroffenen Eltern oder gar einen Rechtsanwalt. Solche Dinge wurden auf dem Land und noch in den 80ern schnell und vor allem persönlich geklärt. Glücklicherweise habe ich nie eine solche Schelle abbekommen.

Nicki war wieder zurück in der Clique und wir saßen mit Dosenbier, selbstgedrehten Zigaretten, Chipstüten und BiFi an der Busse und machten unsere üblichen Späße. In solchen Momenten vergaß ich die Schule, die Suche nach einer Zivildienststelle und auch meine Führerscheinprüfung. Eines vergaß ich allerdings seit Wochen nicht, auch nicht in diesen Momenten: Juliana. Irgendwie schien sie in meinen Gedanken immer präsent zu sein und mich auf Schritt und Tritt zu begleiten. Dabei hatte ich Juliana zuletzt am Rosenmontag in ihrem reizvollen Piratenkostüm gesehen und das lag bereits ein paar Wochen zurück. Schade, dass wir nicht auf dieselbe Schule gingen, aber vielleicht war es auch besser so, dachte ich mir. Hatte ich vor ein paar Monaten in Köln die ganze Nacht mit dieser Melinda herumgeknutscht, so konnte ich sie bereits ein paar Stunden später komplett vergessen. Doch Juliana, mit der ich noch keine Minute alleine verbracht hatte, geisterte mir unentwegt im Kopf herum. Wie ein Mantra wiederholte ich in Gedanken immer wieder den gleichen Satz »Bloß nicht verlieben, Markus!«

Ein paar Tage später war mein achtzehnter Geburtstag. Meine Eltern schenkten mir ein Inter Mailand-Trikot mit dem Schriftzug des italienischen Fußballnationalspielers Alessandro Altobelli. Ich war zwar kein Inter-Fan, dafür aber ein großer Bewunderer von Altobelli, genannt »spillo«, die Nadel. Dieses Geschenk war eine große Freude und Überraschung zugleich. Denn bis dahin war mir nicht bewusst, dass meine Eltern irgendetwas von meiner Italien-Liebe und meiner Sympathie für die italienische Fußballnationalmannschaft mitbekommen hatten. So konnte man sich täuschen. Auch wenn ich seit gut einem Jahr selbst kein Fußball mehr spielte, interessierte ich mich doch weiter für diesen Sport. Das Trikot war cool und ich nahm mir vor, es bei unseren Auftritten mit der Band zu tragen. An meinem Geburtstag gab es lediglich ein Essen mit meinen Eltern und meinen beiden Geschwistern. Zur Feier des Tages gab es meine Lieblingsspeise: Spaghetti Bolognese mit extra viel Parmesan. Meine zwölfjährige Schwester hatte mir einen Zitronenkuchen gebacken, den aßen wir zum Nachtisch. Der war allerdings so klein, dass keine achtzehn Kerzen darauf passten und sie bei vierzehn aufhören musste. Die fehlenden vier Kerzen drapierte sie liebevoll um meinen Kuchenteller herum. Es war ein verhältnismäßig ruhiger, aber sehr schöner Geburtstag im Kreise der Familie.

Eine große Party mit der Clique wollten Jochen, Ralf und ich gemeinsam im Sommer nachholen. Dann war auch ein Auftritt mit der Band geplant, dazu wollten wir sehr viele Leute aus der Umgebung einladen. Eine Location hatten wir bereits ausgewählt, das alte Gebäude in der stillgelegten Lavagrube. Ganz in der Nähe von unserem vergrabenen Auto, dem kleinen Hügelgrab.

Unser Gemeindearbeiter Josef bereitete die Beete im Dorfkern für die warme Jahreszeit vor. An den Nachmittagen trafen sich die kleineren Jungs zum Fußballspielen auf dem Sportplatz und spielten stundenlang drei Ecken oder Elfer auf ein großes Tor. Das ganze Dorf erwachte mit den ersten Frühlingstagen aus dem Winterschlaf und wurde immer lebendiger. Nicht nur unsere Clique traf sich wieder öfter an der Bushaltestelle, auch die Alten saßen vermehrt auf ihren Holzbänken vor den Haustüren und waren mit »Neighborhood watch« beschäftigt. Vielleicht hörten und sahen sie nicht mehr so gut, aber trotzdem haben sie alles mitbekommen.

Es war ein Dienstagnachmittag und nach dem Mittagessen saß ich träumend auf meinem Bett und hörte die Kassette, die Bombe mir vor ein paar Tagen geschenkt hatte. Es war eine dieser üblichen Mix-Kassetten, die wir uns gegenseitig immer wieder schenkten, um unsere Musik miteinander zu teilen. Gerade lief *Smalltown Boy* von Bronski Beat als mir einfiel, dass ich ja heute um sechzehn Uhr meine letzte praktische Fahrstunde vor der Prüfung hatte und vorher noch unbedingt einen wichtigen Brief als Einschreiben für meinen Vater zur Post bringen musste. Der hatte an diesem Tag nämlich keine Zeit dazu und das Schreiben eilte. Unser kleines Postamt bestand lediglich aus einem zwanzig-Quadratmeter-Raum mit einem winzigen Postschalter und lag nur unweit von unserer Stammkneipe »De Mamm«. Es öffnete allerdings erst um sechzehn Uhr und auch nur für eine Stunde. Doch genau zur selben Zeit sollte auch meine letzte Fahrstunde stattfinden und es war schon gegen fünfzehn Uhr als mir die Sache mit dem Brief einfiel. Eine Lösung musste her. Ich wusste, wo ich Bernie zu dieser Zeit treffen konnte. Nachdem er die tägliche Post verteilt hatte, machte er regelmäßig eine halbe Stunde Pause, bevor er den kleinen Postschalter öffnete. Diese kurze Auszeit fand dann meistens bei »De Mamm« und einer Tasse Kaffee statt. Manchmal hatte er Glück und die Wirtin hatte einen Hefekuchen gebacken und er bekam ein Stück davon ab. Bei dem fast täglich stattfindenden Treffen tauschten Bernie und die Mamm die neuesten Dorfgeschichten aus. In der Regel waren sie dabei ganz alleine in der Kneipe, denn Wumms musste bis siebzehn Uhr arbeiten und war in der Woche nie vor neunzehn Uhr da. Aber es gab auch Tage, da war der Bürgermeister dabei. An diesem Nachmittag allerdings nicht.

Ich machte eine Vollbremsung vor der Kneipe, nahm meinen schwarzen Helm ab, hängte ihn über den linken Außenspiegel, richtete mein olivgrünes Stirnband gerade und sprintete die drei Steinstufen zur Eingangstür der Kneipe hinauf. Zwischen der Eingangstür und dem Kneipenraum hing als Wind- und Wärmeschutz in dieser Jahreszeit ein dicker Türteppich. Ich stand in dem nur einen Meter langen Zwischenraum von Tür und Teppich, als ich »Wumms liebt sie immer noch« hörte. Ich blieb in diesem kleinen Zwischenraum stehen und hörte den beiden heimlich zu.

»Bernie, ich kenne Wumms und Gabriele nun schon seit Ewigkeiten. Seit mehr als zwanzig Jahren sitzt Wumms jeden Abend hier an der Theke und erzählt mir immer wieder die gleiche Geschichte. Er will keine andere Frau haben – nur seine Gabriele.«

»Ja, das weiß ja so fast jeder im Dorf. Aber deswegen so eine Sache zu machen? Ich weiß nicht, Brigitte«, sagte Bernie ernst.

»Bernie, einmal die Woche telefoniere ich mit Gabriele. Sie ist unglücklich in Köln und fällt immer wieder auf die gleichen Typen rein. Dann kommt stets der gleiche Satz von ihr: Wäre ich damals besser mit Wumms zusammengekommen, er ist so ein feiner Kerl. Sie liebt ihn oder zumindest kann sie es sich vorstellen, ihn lieben zu können. Und Wumms liebt sie auch. Aber wenn die beiden sich alle paar Jahre einmal sehen, dann sprechen sie kaum miteinander oder Wumms macht sich schnellstens aus dem Staub. Weißt du noch, als letzten September Markus und Uli Wumms vollkommen melancholisch und Bier trinkend in seinem Auto sitzend auf einem Feldweg getroffen haben? Ein paar Tage vorher erst hatte er Gabriele hier gesehen und kurz mit ihr gesprochen. Und das auch nur, weil er nicht schnell genug flüchten konnte. Wumms war danach zwei Wochen wie durch den Wind.«

»Aber was hast du denn vor? Möchtest du einen gefälschten Brief schreiben oder wofür brauchst du mich bei der Sache?«, fragte Bernie interessiert.

»Ich weiß es noch nicht genau. Was ich weiß ist, dass Gabriele in den nächsten Monaten nochmal von Köln nach Hause kommen muss. Denn sie soll ein paar Dinge beim Notar wegen des Testaments ihrer verstorbenen Mutter Sigrid regeln«, sagte Mamm zu Bernie.

»Ja und? Mir ist immer noch nicht klar, wie du die beiden zusammenbringen möchtest«, seufzte Bernie.

»Na, das wäre eine Gelegenheit, bei der wir etwas in die Wege leiten könnten, und zwar so, dass die zwei sich über den Weg laufen und miteinander sprechen müssen. Aber so, dass keiner von beiden aus der Situation flüchten kann«, meinte Brigitte zu Bernie.

»Wumms geht ihr doch direkt aus dem Weg, wenn er sie nur von weitem sieht.«

»Ich lass mir etwas einfallen, Bernie. Es ist ja noch Zeit bis dahin. Du musst mir nur versprechen, dass du mir hilfst und keinem von der Sache erzählst.«

»Na gut, letztendlich tun wir ja etwas Gutes damit. Wir verbinden zwei Herzen miteinander. Ich helfe dir, Brigitte. Schließlich haben wir schon erfolgreich für die eine oder andere schicksalhafte Fügung hier bei uns im Dorf gesorgt«, willigte Bernie lächelnd ein, schlürfte den letzten Schluck Kaffee aus einer weißen Porzellankaffeetasse und steckte sich die restlichen Kuchen Krümel, die noch auf seinem Teller lagen, in der Mund.

In diesem Moment ging ich mit entschiedenen Schritten durch den Türvorhang. Die beiden blickten überrascht auf. Ich ließ mir allerdings nichts anmerken und sprach Bernie direkt wegen des Briefes von meinem Vater an. Bernie steckte den Umschlag in seine große schwarze lederne Posttasche und versprach mir, ihn noch am selben Tag als Einschreibebrief abzuschicken. Auf Bernie konnte man sich verlassen, das wusste ich.

»Komm doch mal bei uns auf ein Stück Kuchen vorbei. Karin hat einen leckeren gedeckten Apfelkuchen gebacken und würde sich riesig freuen dich zu sehen«, sagte Bernie zu mir.

Oh Mann, das hatte mir gerade noch gefehlt. »Bloß nicht«, dachte ich und sagte »Bin gerade voll im Abistress, danach bestimmt mal«, flunkerte ich Bernie an und schob ein kurzes Dankeschön nach. Dann rannte ich eilig aus der Kneipe und sprang auf mein Mofa. Jetzt musste ich mich beeilen, um noch rechtzeitig an der Fahrschule anzukommen. Karin, was will die denn von mir, dachte ich dabei.

Der Plan zwischen Mamm und Bernie klang sehr spannend und ich fragte mich, wie es die beiden wohl schaffen wollten, dass Gabriele und Wumms sich erstens trafen und zugleich ins Gespräch fanden. Denn seit der Geschichte vor mehr als zwanzig Jahren sind die beiden sich aus dem Weg gegangen, wo immer es möglich war. Allerdings war das in der Regel auch nicht so schwer, denn Gabriele kam höchstens einmal im Jahr auf Heimatbesuch ins Dorf. Die Wahrscheinlichkeit, sich zufällig zu treffen, war dementsprechend verschwindend gering.

Zwei Wochen später hatten wir drei Jungs die Führerscheinprüfung bestanden und Jochen konnte sich von seinem Ersparten endlich einen langersehnten Wunsch erfüllen: er kaufte den gebrauchten, silbernen VW Scirocco im Autohaus Hagente. Weil das Gesparte nicht ganz zum Autokauf ausreichte, verpflichtete er sich nach dem Abi für drei Monate freitags und samstags die Autos bei Hagente zu waschen. Ralf wiederum hatte weder die Lust und Disziplin, nebenher Geld zu verdienen, um für eine alte Karre zu sparen, noch hätten es sich seine Eltern leisten können, für ihn ein Auto zu kaufen. War er sonst sehr auf Äußerlichkeiten bedacht und in gewisser Weise ein richtiger Angeber, so konnte Ralf manche Dinge doch sehr realistisch einschätzen. Dass er sich noch kein Auto leisten konnte, das gehörte dazu. Er störte ihn nicht besonders, schließlich war er sprachlich clever genug, um die Sache entsprechend positiv zu verkaufen. Das war seine absolute Stärke. Wer hinter Ralfs Fassade blicken konnte und sich von seinen Prahlereien nicht täuschen ließ, der erkannte, welch gutes Herz dieser Kerl hatte. In ihm steckte wirklich etwas sehr Liebenswertes, es brauchte halt einen zweiten Blick, um das zu entdecken. Wie so oft im Leben.

Das für mich bestimmte Auto kannte ich bereits seit zwei Jahren. Es war der alte lindgrüne Peugeot 104 von meinem verstorbenen Lieblings-Opa. Das Auto stand in der Garage meiner Tante und durfte von mir erst dann genutzt werden, wenn ich mein Abitur hatte und zumindest so viel nebenher verdienen konnte, dass ich die Steuer und das Benzin selbst bezahlten konnte.

Die Versicherungskosten wollten meine Eltern für die Zeit des Zivildienstes übernehmen. Das war sehr fair. Es bedeutete aber auch, dass mir das Auto frühestens im Sommer zur Verfügung stünde. Egal, bis dahin hatte ich ausreichend Zeit, mir mehrere Mix-Kassetten zusammenzustellen, um immer die richtige Musik beim Autofahren dabei zu haben. Für jede Stimmung die passende Mix-Kassette, dachte ich mir und begann mit einer sehr romantischen Musikauswahl mit *Love is a shield* von Camouflage und *Loving the Alien* von David Bowie. Auch wenn ich permanent versuchte, meine Gedanken in eine andere Richtung zu lenken, gelang es mir nicht und ich hatte fortwährend Juliana im Kopf. Was sie wohl gerade machte? Vielleicht mit diesem stinklangweiligen Andreas herumknutschen. Das wollte ich mir einfach nicht vorstellen.

Ich machte mit meinen Aufnahmen weiter und wählte *Loverboy* von Billie Ocean und *Easy lover* von Phil Collins. Doch ein Titel durfte auf keinen Fall fehlen und das war *Adesso tu* von Eros Ramazzotti. »Jetzt du.«

KAPITEL 20

Every breath you take – The Police

Die Leute, die ihre Autos waschen lassen wollten, sollten sie im Laufe des Samstag auf den Schulhof bringen. Wir waren sicher fünfzehn Jugendliche, die sich auf bestimmte Arbeitsschritte aufteilten. Die Jungs waren meistens fürs Grobe und für die Außenwäsche zuständig. Die Mädels für die Innenräume, fürs Staubwischen, Staubsaugen und für die Scheiben. Scheiben konnte ich nicht, dazu war ich zu ungeschickt, also nahm ich mir den Staubsauger, Judith das Staubtuch und Bianca das Fenstertuch. Wir waren nach der Wäsche einiger Autos mittlerweile ein so eingespieltes Team, dass wir uns nicht mehr behinderten und alles Hand in Hand ging. Bei den Jungs gab es auch eine gute Einteilung, Uli schäumte ein, Goldfisch sprühte ab und Andreas trocknete anschließend die Fensterscheiben. Die Drei machten sich ebenfalls klasse als Team. Auf dem Schulhof kamen immer mehr Autos zusammen, die alle auf ihre Autowäsche warteten. Mit so viel Andrang hatten wir nicht gerechnet. Es gab keine Festpreise, sondern die Leute konnten Spenden ins Schwein stecken. Da wir mit unseren Teams nicht so viele Autos gleichzeitig fertig machen konnten, schickten wir Andreas und Uli los, sie sollten noch Samson und dessen Kumpels holen und auch Uli sollte seine Leute mitbringen.

Nun klopfte mir das Herz. Würde ich heute Markus wiedersehen? Würde er mitkommen?

Etwa eine Dreiviertelstunde später trafen weitere Helfer ein, erst Samson mit einigen, die wir von der Heustallfete kannten, und dann auch Uli mit seinem Bus voller Jugendlicher. Als Erster sprang Markus aus dem VW-Bus, lässig strich er sich die schwarze Strähne aus dem Gesicht und schaute sich um. Mein Herz hüpfte vor Freude. Doch hinter ihm sprang ein Mädel mit ganz kurz geschorenen blonden Haaren, Jeanshemd und rot-weißem Ringelshirt aus dem Auto, dem er seine Hand reichte. Was war das nun wieder für eine? Die beiden lächelten sich an. Sie liefen zu Thomas, der in einer anderen Ecke die Einteilung machte und die beiden mit ihren Freunden zusammen zu einem Auto schickte, welches als nächstes dran war. Leider waren sie relativ weit von uns weg, aber ich hoffte auf die Mittagspause um zwölf. Der Pastor hatte uns einen Imbiss versprochen, den er uns vorbeibringen wollte. Seine Haushälterin, die gute Perle, hatte uns Schnittchen geschmiert und Getränke waren auch mit dabei. Eigentlich hatten wir gar keine Zeit für eine Pause, doch wir alle hatten einen Riesenhunger. Flott stellten einige der anderen Teams ein paar Bierzeltgarnituren auf, die wir in der Grundschule gefunden hatten, und wir setzen uns zum Mittag hin.

Markus und die Blonde, die recht verwegen aussah und ein bisschen so wirkte wie nicht von dieser Welt, setzten sich an den Nachbartisch. Ich hatte Markus nun also in meinem Rücken sitzen.

Ich fragte mich, ob die Sache mit Melinda schon wieder rum war oder ob das am Ende Melinda war? Immer mal wieder schnappte ich ein paar Worte auf, die er sprach, aber viel bekam ich nicht mit. Andreas wich nicht von meiner Seite, reichte mir Brote und sorgte für Getränke.

Nach der Mittagspause kamen immer noch mehr Autos auf den Schulhof gefahren. Der Pastor kam zu uns und meinte: »Das scheint ja ein lukratives Geschäft zu sein, müsst ihr unbedingt mal wiederholen.« Wir wuschen inzwischen im Akkord Autos, das Sparschwein war längst voll und wir holten einen Karton, in den die Leute Geldscheine einwarfen.

»Na, wenn wir jetzt hier mitwaschen, nehmt ihr uns dann auch mit in den Urlaub? Wohin geht es denn überhaupt?«, fragte Bombe, der mit Markus gekommen war. »Klar, ihr könnt mitfahren, es geht im Juli nach Italien. Wohin, das wissen wir noch nicht so genau.«

Bombe fand das gut, »Okay, das hört sich super an.« Er ging wieder an Markus' Tisch und sprach mit seinen Freunden. Ich überlegte mir, ob ich mich darüber freuen sollte, wenn die Clique von Markus dabei sein würde.

Der Nachmittag wurde dann noch richtig schön. Wir hatten nicht nur einen Riesenspaß, sondern ich war nachher mit Markus in einem Wasch-Team. Ich kümmerte mich um die Innenräume der Autos, er war für außen zuständig. Am Ende begannen die Jungs, sich gegenseitig einzuseifen und mit Wasser herumzuspritzen. Markus mischte da natürlich mit, bis auch sein weißes T-Shirt zum Auswringen nass war. Es war einer jener warmen Frühlingstage und die Sonne wärmte schon. Aus dem laut aufgedrehten Autoradio des Audis, den wir wuschen, tönte The Police mit *Every breath you take*. Am Abend hatten wir über tausend Mark eingenommen. Das war eine tolle Ausbeute! Markus' Clique verabschiedete sich und Markus sagte noch zu Uli: »War ein klasse Tag heute. Wenn ihr uns nochmal braucht, fragt einfach – wir kommen euch gern wieder helfen.« Er zwinkerte mir zu.

Bald stand mein siebzehnter Geburtstag bevor und ich plante meine erste größere Party. Total wichtig war, erst einmal die passende Location zu finden und natürlich die richtigen Leute einzuladen. Meine Wahl fiel auf die Grillhütte im Nachbarort, etwas abseits vom Dorf gelegen, da man da keine Anwohner durch Lärm störte. In der urigen Blockhütte hatten schon mehrere legendäre Feten stattgefunden. Ich rief beim

Bürgermeister an und fragte, ob die Hütte an meinem Geburtstag, der auf einen Samstag fiel, noch frei war. Ich hatte Glück. Die Miete zahlte mein Daddy, da er etwas zur Party beisteuern wollte. Auch die Getränke und das Essen übernahmen meine Eltern. Ich musste nur alles selbst einkaufen, aber dabei würde mir Uli mit dem VW-Bus sicher helfen. Mir war klar, dass ich Markus auf jeden Fall einladen wollte. Ich entwarf eine Einladung, die ich mit der Hand auf weißem Briefpapier schrieb und darauf das Foto einer Mixed-Kassette klebte. Als ich mit dem Ergebnis zufrieden war, fuhr ich mit meiner Vespa ins Dorf zum Copyshop und ließ die Partyeinladung kopieren. Natürlich waren das Schwarz-Weiß-Kopien, denn farbige gab es damals noch nicht. Ich fragte Uli nach Markus' Adresse. »Ich kann sie ihm auch gerne mitnehmen, wenn du möchtest«, bot Uli mir an. »Nein, ich wollte ihm gern noch ein paar Worte dazuschreiben«, versuchte ich so neutral wie möglich zu sagen. Uli grinste und diktierte mir die Anschrift. Ihm gab ich seine direkt mit den Worten: »Du kommst ja, stimmt's?« »Ja, klar.« An meine Freundinnen verteilte ich die Einladungen und auch Samson, Goldfisch und deren Freunde bekamen welche. Ich hatte um Rückmeldung gebeten, wer kommen würde und wer nicht. Am Abend setzte ich mich in Ruhe auf meinen Balkon und genoss die letzten Sonnenstrahlen. Markus' Einladung und das beschriftete Couvert lagen vor mir. Ein weißes Blatt Papier gähnte mich an. Was sollte ich ihm schreiben? Zaghaft begann ich. »Lieber Markus …« Nein, das hörte sich doof an. Ich zerknüddelte das Briefpapier und warf es auf den Boden. »Hallo Markus! Jetzt haben wir zwar einen ganzen Samstag lang Autos gewaschen, aber wir sind doch nicht mal dazu gekommen, uns zu unterhalten. Ich würde mich freuen, wenn du zu meiner Party kommen würdest. Ciao, Juliana.«

Ich las die Zeilen noch einmal durch und steckte den Brief und die Einladung in den Umschlag. Am nächsten Morgen warf ich ihn in den gelben Postkasten.

Die Vorbereitungen machten Spaß und ich freute mich riesig auf die Party. Mit den Planungen für das Essen war ich schnell fertig. Einige Gäste wollten eine Schüssel Salat mitbringen, dazu es gab Frikadellen und kleine Käse-Trauben-Spieße, außerdem Spießbraten und einige Nachtische. Da die Hütte keinen Stromanschluss hatte, kauften wir fünfzig dicke weiße Stumpenkerzen ein, um für die Beleuchtung zu sorgen. Eine Woche später hatte ich von fast allen eine Zu- oder Absage erhalten. Die meisten hatten Zeit, um zu meiner Party zu kommen. Nur von Markus hörte ich nichts. Meine Telefonnummer stand auf der Einladung mit drauf, es wäre also einfach gewesen, mir Bescheid zu sagen. Zu Hause fragte ich immer mal wieder beiläufig meine Mutter, ob sie keine Anrufe für mich angenommen hätte. Doch von Markus hatte sie nichts notiert. Die Tage vergingen und meine Fete rückte näher, meine Stimmung war fast auf dem Nullpunkt. Warum meldete er sich nicht? Als ich mit Uli die Getränke einkaufen fuhr, sah er mir sofort an, dass was nicht stimmte.

»Hast du wieder Stress mit Andreas?« »Nein, nur Markus hat als einziger nicht auf meine Einladung reagiert.« Uli meinte, er hätte es vielleicht einfach vergessen und er käme bestimmt. Seinen Optimismus hätte ich auch gerne gehabt. Nun war es noch eine Woche bis zur Feier und ich hoffte einfach, er würde sich noch melden.

KAPITEL 21

Come on Eileen – Dexys Midnight Runners

Es war der letzte Samstag im April und Ostern gerade vorbei. In den vergangenen Tagen hatte ich entgegen meiner sonstigen Gewohnheiten sehr viel für die Schule getan. Für das anstehende Wochenende wollte ich aber alle Schulsachen zur Seite legen und etwas mit meinen Jungs machen. Ralf, Jochen, Uli und ich hatten Lust auf einen Kinobesuch. Der neue Film »Auf der Suche nach dem goldenen Kind« mit Eddie Murphy wurde gezeigt. Das Kino lag in der Kreisstadt und war eine knappe halbe Stunde Autofahrt von unserem Dorf entfernt. Die Fahrt dahin war kein Problem mehr für uns, schließlich hatten wir jetzt alle den Führerschein, Uli und Jochen sogar ein eigenes Auto. Nicki wollte nicht mit und entschied sich, mit ein paar Mädels aus der Stufe »La Boum – Die Fete« zu schauen. Ich weiß gar nicht, wie oft die Mädels diesen Film damals geschaut haben. Gefühlt mindestens mehr als fünfzehn Mal. Nicki war auf jeden Fall eine glühende Verehrerin von Alexandre Sterling, des männlichen Hauptdarstellers. Ich weiß bis heute nicht, warum dieser Film mich einfach nie wirklich interessiert hat. Auch wenn die Hauptdarstellerin, Sophie Marceau, sehr attraktiv war, so reichte das für mich nicht aus, um den Film bis heute auch nur ein einziges Mal bis zum Ende gesehen zu haben. Wahrscheinlich hatte und hat der Film für mich zu viel Bourgeoisie und zu wenig Bohème. Nach dem Eddie Murphy-Film statteten wir einem bekannten Hamburger-Schnellrestaurant einen Besuch ab und beobachteten die Menschen, die hier zur späten Stunde noch ein und aus gingen. Plötzlich sah ich ein Mädchen aus der Tür hinausgehen und dachte, es wäre

Juliana gewesen. Einen Moment zuckte ich zusammen und war kurz davor aufzustehen, um ihr hinterherzulaufen. Doch in der selben Sekunde drehte sich das Mädchen um und ich erkannte sofort, dass es nicht Juliana war. Was war bloß los mit mir? Konnte ich denn nicht einmal einen Burger mit meinen Jungs essen gehen, ohne an diese Juliana zu denken?

Beim Hamburger essen kamen wir auf die Idee, am morgigen Samstag nach Köln zu fahren und ein paar Klamotten zu kaufen. Jochen wollte seinen Scirocco, den er erst ein paar Tage hatte, endlich mal auf der Autobahn ausfahren. Uli hatte keine Zeit und musste seinem Vater dabei helfen, den kleinen privaten Angelteich am Dorfrand für die kommenden Monate vorzubereiten. Und Ralf? Der hatte wie so oft kein Geld.

Samstagmorgen, Jochen holte mich zu Hause ab und machte den Vorschlag, Bombe mitzunehmen, der sich immer freute, wenn es eine Möglichkeit für ihn gab, nach Köln zu kommen. Die Stadt zog Bombe einfach magisch an. Damit war der Scirocco auch schon voll besetzt und es ging Richtung A1. Auf der Autobahn war ich dann sehr froh, auf der engen Rückbank sitzen zu können. Denn Jochen presste alles in puncto Geschwindigkeit aus dem Scirocco raus, was möglich war. Der elf Jahre alte silberne und tiefergelegte Scirocco in der GTI-Variante war für damalige Verhältnisse ein schnelles Auto. Als die Tachometernadel der Geschwindigkeitsanzeige die 180-Kilometer-Markierung überschritt, schaute ich nicht mehr weiter nach vorne. Ich schloss einfach meine Augen und summte in Gedanken *Come on Eileen* von den Dexys Midnight Runners, den Song hatte ich am Morgen beim Aufstehen im Radio gehört. Er gefiel mir.

Das Auto passte zu Jochen. Er war als Typ eher konform, keiner, der aus der Rolle fiel und in jeder Situation meistens eher angepasst. Doch mit der Wahl seines Autos konnte er endlich auch eine Spur Wildheit und Männlichkeit zeigen. Dachte er zumindest, schließlich ist diese Annahme auch heute noch ein bekanntes Männer-Phänomen. Häufig fahren die angepassten und gesellschaftskonformen Typen die schnellsten, dicksten und protzigsten Autos. Männer wie Jochen kreieren gerne mit der Wahl ihres Autos auch ihr persönliches Image, um zu zeigen, wie man gerne wäre. Damals wie heute.

Nach temporeicher Fahrt in Köln angekommen, fuhren wir direkt in die Innenstadt und parkten im Parkhaus an der Lungengasse. Von hier aus war es nicht weit bis zur Hohe Straße und der damals noch sehr trendigen Ehrenstraße. Bombe und ich wollten uns auf jeden Fall ein Paar Dr. Martens-Schuhe kaufen, um danach dem bekannten 1-Kilo-Laden einen Besuch abzustatten. Dort wurde Second-Hand-Kleidung nicht zum Stückpreis, sondern nach Gewicht verkauft. Überhaupt war die Ehrenstraße zu dieser Zeit eine Art Mekka für die alternative Szene. Hauptsache kein Mainstream. Damit war auch klar, Jochen wollte woanders hin. Er verschwand lieber auf der Hohen Straße im poppigen Cölln Caree und diversen anderen Läden. Bepackt mit Plastiktüten, die mit Klamotten und Schuhen gefüllt waren, trafen wir uns ein paar Stunden später am Wallrafplatz wieder, setzten uns auf eine Bank und aßen jeder eine Pommes ruut-weiß.

»Was willst du denn mit dem Monchhichi? Brauchst du jemanden zum Kuscheln?«, witzelte Bombe, als er die affenähnliche Puppenfigur aus einer meiner Plastiktüten herausschauen sah.

»Soll ich etwa mit dir kuscheln?«, fragte ich ihn.

»Warum denn nicht? Mach doch?«, sagte Bombe und reckte sich, ohne rot zu werden, zu mir rüber.

»Ach lass mal, da fällt mir schon jemand besseres ein!«, ätzte ich und schubste ihn leicht mit meinem Ellenbogen zurück.

»Na, wer ist es denn? Gibt es da etwas, was ich noch nicht weiß?«, fragte Bombe frech und lehnte sich wieder zu mir herüber.

»Geht dich überhaupt nichts an!«, zischte ich.

»Was ist denn mit euch los?«, fragte Jochen überrascht.

»Bombe nervt und macht Scherze über das Monchhichi, das ich für meine kleine Schwester gekauft habe.«

»Ist ja schon gut, Signor Mimose«, pflaumte Bombe zurück.

Nach einem Moment des Schweigens und mit leeren Fritten-Schälchen in der Hand meinte Bombe: »Lass uns mal schauen, wo diese Gabriele wohnt.« Bombe wollte das unbedingt wissen, warum war uns nicht klar. Aber der Vorschlag war gut, denn somit konnten wir mit dem Auto ein bisschen die Stadt erkunden. Keiner von uns wusste Gabrieles genaue Adresse, nur, dass sie im Stadtteil Braunsfeld, in einer Straße mit einem belgischen Ortsnamen wohnte. Mit einem Stadtplan in der Hand, Navigationssysteme gab es damals nur im Raumschiff Enterprise, kurvten wir abseits der Aachener Straße durch einige kleinere Straßen. Die Umgebung war voll von grauen Mehrfamilienhäusern. Dazwischen immer wieder mal kleinere Gewerbebetriebe. Es kam uns Landeiern alles furchtbar hässlich vor. Wir gaben die Suche auf und entschlossen uns, Richtung Südstadt zu fahren. Wir parkten am Eierplätzchen, deckten uns am Kiosk mit drei Flaschen Kölsch und drei Schnuckeltütchen ein, um uns dann auf die Wiese im Römerpark zu setzen. Frühlingshaftes Wetter sorgte dafür, dass der Park voller Menschen war. Wir beobachteten die Jungs und Mädels in unserem Alter. Die Städter schienen irgendwie anders zu sein als wir vom Land. Was es genau war, konnte keiner von uns beschreiben. Sie wirkten cooler und abgeklärter. Ob wir das gut fanden damals? Ich weiß es heute nicht mehr. Vielleicht schon, aber auf jeden Fall schien es in der Stadt doch wesentlich unpersönlicher zu sein. Jochen, Bombe und ich sind auf dem Dorf aufgewachsen, für uns war es das Natürlichste der Welt, zu grüßen, wenn man sich auf der Straße begegnete. Als ich bei einem meiner ersten Köln-Besuche jemanden freundlich mit »Guten Tag« ansprach, passierte einfach nichts. Der Mensch ging einfach weiter, als wäre nichts gewesen. Ich fand das sehr verwirrend. Auf der Wiese sitzend stellte ich mir vor, wie es wohl gewesen wäre, in Köln aufzuwachsen. Gerade war ich in meinen Gedanken versunken, als Bombe sagte: »Ich will auf jeden Fall irgendwann in Köln wohnen! So wie Gabriele, nur in einer schöneren Gegend.«

Keiner von uns sagte was. Ich fragte mich, was für ein Leben Gabriele wohl in dieser Stadt führte. War sie auch irritiert, dass die Menschen sich nicht grüßten oder hatte sie vielleicht schon vergessen, dass man das bei ihr zu Hause so machte? Nach den Erzählungen musste Gabriele früher eines der interessantesten Mädchen in der Umgebung gewesen sein. Nicht, weil sie den damals typischen Schönheitsidealen entsprach, vielmehr weil sie unfassbar schöne Augen und einen Wahnsinnsblick hatte. Mir kam direkt *Eyes without a face* von Billy Idol in den Sinn und ich konnte die Erzählungen über Gabriele gut nachvollziehen. Wenn man Gabriele einmal gesehen hatte, dann blieben diese Augen und ihr Blick im Kopf. Man hatte das Gefühl, als würde man in ihre Augen hineinfallen und in ein Meer voller Sehnsucht und Melancholie hinabsinken. Ich hätte damals gerne mehr über sie erfahren, besonders, um Wumms besser zu verstehen. Denn was Wumms für Gabriele empfunden hatte und scheinbar heute noch immer empfand, das musste ja viel mehr gewesen sein als bloße Schwärmerei oder Verliebtheit. Sind es eventuell ähnliche Gefühle gewesen, wie ich sie offensichtlich für Juliana entwickelte? Dieser Gedanke machte mir Angst! Ich wollte nicht abhängig sein von irgendeinem Mädchen, ich wollte von gar nichts abhängig sein. Und in dem Alter erst recht nicht. Jetzt, wo der Führerschein in der Tasche und der Abschluss der Schulzeit in Reichweite war, stand doch erst die persönliche Unabhängigkeit vor der Tür. Ich spürte, dass ich mich immer stärker gegen die Gefühle wehrte, die ich Juliana gegenüber entwickelt hatte. Doch je größer meine innere Gegenwehr wurde, desto stärker wuchs die Sehnsucht, Juliana näher kennenzulernen. Ich half mir mit solch absurden Gedanken, sie gar nicht küssen zu wollen, weil sie vielleicht furchtbar nach »De Mamms« Zwiebel-Frikadellen aus dem Mund roch oder dass sie permanente Blähungen hätte. Doch all diese absurden Gedanken halfen nichts, eher im Gegenteil. Ich wollte sie unbedingt näher kennenlernen, ich *musste* sie näher kennenlernen. Zumindest war an diesem sonnigen Nachmittag auf der Wiese im Römerpark und bei Frühlingsgefühlen die Sehnsucht nach ihr so groß, dass ich einen Entschluss fasste. In ein paar Tagen fand die »Tanz in den Mai«-Feier bei ihr im Dorf statt. Da wollte ich mit den Jungs hinfahren und Juliana ansprechen. Ich entschloss mich dann, sie nicht nur anzusprechen, nein, ich wollte mich sogar richtig mit ihr unterhalten. Dann könnte ich sie alles, was ich von ihr wissen wollte, direkt fragen und müsste nicht ständig Uli, der ja mit ihrem Freund Andreas befreundet war, nach ihr ausfragen. Aber was würde passieren, wenn meine Gefühle dann noch stärker werden? Es war wirklich irritierend und beängstigend zugleich. So starke Gefühle für jemanden zu entwickeln, den man gar nicht richtig kannte und im selben Augenblick nach Strategien zu suchen, diesen Gefühlen zu entkommen, brachte mich ziemlich aus dem Konzept. Bedrohte Juliana meine Unabhängigkeit, meine Freiheit, fragte ich mich. Oder hatte ich nur Angst, etwas zu verlieren, was ich eh niemals besitzen würde? Vielleicht lösten sich alle meine Projektionen nach dem geplanten Gespräch auf und Juliana entpuppte sich als langweilig und uninteressant.

Auf der Rückfahrt nahm ich meinen Walkman aus der Tasche und setzte die Kopfhörer auf. In meinem Rucksack hatte ich permanent eine kleine Auswahl von Kassetten parat und ich freute mich, dass ich die von Billy Idol mit dem Album »Rebel yell« dabei hatte. Direkt spulte ich zum Song *Catch my fall*, der passte zu meiner Stimmung. Ich schloss die Augen und ließ mich von Jochen und seinem kleinen Silberpfeil über die Autobahn in Richtung Eifel kutschieren. Bombe schlief die ganze Zeit und wurde erst wach, als Jochen bei einem Überholmanöver kurz vor der Abfahrt, am Ende der A 1, heftig in die Bremsen stieg.

Ich wollte zum Abendessen wieder zu Hause sein. Es war ein Samstagabend, meine Mutter hatte meinen beiden jüngeren Geschwistern Toast Hawaii versprochen. Da wollte ich gerne dabei sein, weil es mich an die Zeit erinnerte, als ich selbst noch in der Grundschule war und wir als Familie des Öfteren, gemeinsam mit meiner damals noch lebenden Oma, »Auf los geht's los« mit Joachim Fuchsberger geschaut hatten. Meine Oma und besonders meine Mutter schwärmten für »Blacky« Fuchsberger, so nannten ihn seine Fans. Mein Vater raunzte immer »Dieser arrogante Fatzke!« und verfolgte trotzdem stets die ganze Sendung. Ich konnte damals beide Seiten verstehen. Die legendären Toasts Hawaii von meiner Mutter gab es immer nachdem wir frisch gebadet waren und darauf warteten, im Schlafanzug auf der Couch Platz zu nehmen.

Meine Gefühlswelt war an diesem Samstag so durcheinander und ich erhoffte mir durch ein paar wohlige Kindheitserinnerungen ein wenig innere Ruhe, um meine Gedanken an Juliana in den Hintergrund drängen zu können. Nach dem gemeinsamen Abendessen wollte ich nicht mit den anderen vorm Fernseher sitzen, »Auf los geht's los«, gab es zu dieser Zeit eh nicht mehr. Das war aber nicht der Grund, es wäre mir dann doch ein bisschen zu viel Familienglück gewesen. In meinem Zimmer sitzen und weiter an Juliana denken hingegen war auch keine Alternative. Ich hatte an dem Tag schon genug an die potenzielle Räuberin meiner Unabhängigkeit gedacht.

Also ging es runter zur Busse. »Semmel und ein paar andere werden sicherlich schon dort sitzen und das ein oder andere Bier trinken«, dachte ich mir. Doch es war nur Semmel vor Ort.

Zu diesem Zeitpunkt spielten wir bereits seit fast zwei Jahren in unserer Band. Im Alter von knapp sechzehn Jahren gründeten wir »Action no words«, so der Bandname, und machten gemeinsam Musik. Der Kopf unserer Combo war Semmel. Er schrieb die Texte und komponierte die Musik unserer Songs. Gemeinsam mit Bombe organisierte er die Auftritte auf diversen Veranstaltungen. Semmel war schon damals ein wandelndes Musik-Lexikon. Sein Leben war Musik und ist es auch heute noch. Seine Schallplattensammlung hatte eine so beachtliche Größe, dass eine komplette vier Meter lange Wand in seinem Zimmer bis zur Deckenhöhe mit Schallplattenregalen gefüllt gewesen war. Oft saßen wir bei Semmel im Zimmer und hörten uns durch die einzelnen Plattenregale, allesamt ordentlich in unterschiedliche Musik-Genres aufgeteilt. Der Ablauf war dann jeweils derselbe: jeder, der dabei war, hatte drei Musikwünsche frei und musste danach etwas zu den einzelnen Songs erzählen. Die wenigsten konnten jedoch zu den ausgewählten Songs eine Geschichte beitragen, Semmel dagegen schon. Er hatte zu jedem Song zumindest ein paar Informationen, wenn nicht mehr, parat. Wo der Song entstanden ist, was der Interpret mit ihm ausdrücken wollte und so weiter. Wieso der Song erfolgreich gewesen ist oder warum nicht. Semmel wusste das alles – sogar ohne Internet. Was er sonst noch so alles wusste, das konnte man gar nicht genau einschätzen, da wir nicht auf derselben Schule waren. Semmel war auf der Berufsschule und machte eine Ausbildung im Holzbereich, doch sein Leben drehte sich tatsächlich nur um Musik. Wenn ich es nicht wüsste, dann würde ich denken, er wäre heute mit seiner Gitarre verheiratet. Ist er natürlich nicht, aber selbstverständlich hat seine heutige Lebensgefährtin auch mit Musik zu tun. Die beiden wohnen irgendwo in einem Dorf in Brandenburg. Das erzählte er mir, als ich ihn vor ein paar Jahren auf der Beerdigung eines gemeinsamen alten Freundes traf, der leider viel zu früh gestorben war. Warum Brandenburg? Irgendwann war es Semmel wie vielen jungen Erwachsenen zu langweilig in der Eifel geworden. Als damaliger Punkrock-Musiker waren die Entwicklungsmöglichkeiten hier in der Tat weniger als bescheiden. Es gab schlichtweg keine. Kurze Zeit nachdem die Berliner Mauer gefallen war, zog es ihn nach Berlin, in die große weite Welt. Nicht ungewöhnlich für einen Eifeler, viele zogen in jungen Jahren raus in die weite Welt, die dann meistens in Aachen, Trier oder Köln zu finden war. Manche kamen irgendwann in die alte Eifel-Heimat zurück oder ließen sich zumindest sonst wo auf dem Land nieder. Bei Semmel war es also Brandenburg.

Semmel und ich blieben zu zweit, wer weiß, wo all die anderen an diesem Samstagabend steckten. Wir sprachen über die anstehenden Auftritte mit der Band und natürlich endlos lange über Musik. Sein Thema an diesem Abend, die Entwicklung der Punkband The Clash und dem legendären »London calling«-Album, hin zum 1985 erschienen Album »Cut the crap«. Ich konnte nicht allzu viel zu dem Thema beitragen, außer dass ich das Album »London calling« genauso grandios fand, wie er. Doch mir war an dem Abend mehr nach The Smiths oder The Cure. Melancholisch sollte es an diesem Abend sein. Ist man melancholisch, wenn man verliebt ist? Mit dieser Frage ging ich nach Hause.

KAPITEL 22

Your eyes – Cook da Books (La Boum)

Es gibt so Tage, da läuft alles schief. Wir hatten den 30. April und zum »Tanz in den Mai« trafen wir uns schon am Nachmittag auf dem Dorfplatz. Dort waren die Junggesellen dabei, den Maibaum mit bunten Kreppbändern zu schmücken und aufzustellen. Es war eine riesige Fichte, die bis auf ihre Spitze entastet wurde. Samson war mit dem Traktor seines Vaters da. Als die Jungs den Stamm in den dafür vorgesehenen Stahlständer stellten, musste der Baum mit Hilfe von Seilen hochgezogen werden. Früher geschah das allein durch Männerhand und Muskelkraft, doch da waren in anderen Orten schon häufiger Unglücke passiert und der Baum beim Aufstellen wieder umgekippt. Heute war es zwar sonnig, aber windig. Also musste man besonders vorsichtig sein. In diesem Jahr gab es sogar eine Frittenbude und ein Bierzelt auf dem Fest. Der Dorfverein hatte außerdem den Raum an der Feuerwache zum Feiern ausgebaut und auch in ein paar Bänke investiert, die um die Dorflinde aufgestellt worden waren. Die Mädels und ich hatten freiwilligen Dienst in der Pommesbude und im Ausschank. Traditionell kam auch die Blaskapelle und ein Zelt, in dem getanzt werden konnte, war aufgebaut. Um Andreas und mich stand es nicht so besonders rosig. Immerhin war der Plan, den Uli und ich uns ausgedacht hatten, aufgegangen. Als Uli zum Dorfplatz kam, lief er sofort auf mich zu: »es hat geklappt!« »Was?«, fragte ich. »Unser Plan hat funktioniert. Bianca ist gestern mit mir an der Buche gewesen.« Er war wie ausgewechselt, fast euphorisch. »Und?« »Naja, ich habe mit ihr einen tollen Nachmittag verbracht und ich glaub, es hat auch ihr echt gefallen.« »Das ist ja super. Freut mich. Die Mädels und ich hatten auch Spaß beim Videoabend.« Es kam Kundschaft und ich musste die Pommes ins heiße Fett werfen. »Ich hab zwei Stunden Dienst, danach können wir quatschen.« Inzwischen hatten die Junggesellen mit Samsons Hilfe den Baum aufgestellt und befestigt. Als die Bläser und ihre Anhänger kamen, füllte sich der Platz schnell und ich hatte richtig viel zu tun. Zuerst sah ich Bombe, dann Markus und die blonde Kurzhaarige war auch wieder im Schlepptau. Markus sah mich und winkte mir zu. Noch keimte Hoffnung in mir auf, dass er nachher zu mir kommen würde, um mir seine Zusage für meine Party persönlich mitzuteilen. Doch zunächst passierte nichts, außer, dass sich der Himmel verfinsterte. Plötzlich begann es heftig zu schütten, ein kurzer Gewitterregen ging nieder und scheuchte die versammelten Menschen schutzsuchend ins Zelt. Simone, die mir in der Bude half, meinte: »Jetzt haben wir endlich mal eine kleine Pause, um selbst was zu futtern.« Der Regen prasselte aufs Dach der Pommesbude und die Markise hing von der Last des sich darin sammelnden Wassers durch. Zum Glück schien ein paar Minuten später wieder die Sonne. Uli kam mit Bianca zu uns und bestellte zwei Portionen Fritten. Er war dabei, Bianca etwas zu beeindrucken. Wir unterhielten uns kurz, bis die Pommes goldbraun frittiert waren und ich sie in die Schälchen schüttete. »Majo oder Ketchup?«, fragte ich. »Zweimal mit Majo, bitte.« Die beiden blieben essend vor unserer Bude stehen. Uli schien seine Portion verschlungen zu haben und warf das Schälchen in den Müll. Sein Blick ging gen Himmel, wo die grüne Markise sich nach unten wölbte. Ganz unbedacht sprang er hoch und versuchte, mit beiden Händen das Wasser nach oben zu drücken. Es gelang ihm. Die Markise schlug um und es ergoss sich der ganze Inhalt über Bianca, die mit ihrer hübschen Föhnfrisur wie erstarrt im kalten Wasserguss stand. Ich hielt die Luft an und sah das Geschehen wie in Zeitlupe ablaufen … Die hochtoupierte Frisur fiel in sich zusammen und die Haare hingen platt an ihren Wangen herab, ihr Gesichtsausdruck war wie zu Wachs erstarrt. Sie hielt ihr Frittenschälchen immer noch vor sich, doch inzwischen stand es randvoll mit Regenwasser. Ihre Kleidung war wahrscheinlich bis auf die Unterhose durchnässt. Für drei Sekunden lang passierte überhaupt nichts, dann presste Bianca hervor: »ULI!!!« Wir konnten nicht anders, als loszuprusten, doch das kam gar nicht gut bei ihr an. Die umstehenden Leute fielen ein ins Gelächter. Bianca warf ihr Frittenschälchen voller Wut auf den Boden, würdigte Uli keines Blickes mehr und zog von dannen. Uli realisierte erst da, dass er voll in der Tinte saß. »Ach du Scheiße, was hab ich da wieder angestellt!«, meinte er kleinlaut. Wir erholten uns nur langsam vom Gelächter. »Los, geh ihr nach!«, forderte ich meinen Kumpel auf und Uli lief los. Die beiden wurden vorerst nicht mehr gesehen.

Als unsere Dienstzeit in der Bude rum war, gingen Simone und ich auch ins Zelt. Wir bestellten uns gerade eine Cola, als Markus auf mich zukam. »Hallo Juliana!«, er lächelte mich an. Er trug Jeans, eine blaue Jeansjacke und ein weißes T-Shirt und sah recht lässig aus. Ich grüßte ihn zurück. Wir sprachen zum ersten Mal ein paar Sätze am Stück miteinander, doch Markus ging nicht auf meinen Geburtstag ein. Er fragte, ob ich Uli gesehen hätte, und ich erzählte ihm die Story von der Frittenbude und der Markise. Obwohl ich mich erst noch über seine offensichtliche Bereitschaft mit mir zu reden freute, stieg langsam Wut in mir auf. Warum tat er nur so freundlich? Ich war kurz davor zu fragen, ob er meine Einladung nicht erhalten hatte, aber dafür war ich zu stolz. Ich zog mich immer weiter in mein Schneckenhaus zurück. »Magst du ein Batida de Coco mit mir trinken?«, bot Markus an und ich wunderte mich über seine Zielstrebigkeit. Zum ersten Mal gab er mir das Gefühl, Zeit mit mir verbringen zu wollen. Doch ich lehnte dankend ab und sagte, dass ich heute wenig trinken wollte. Mein Herz schmerzte und ich hatte einen dicken Kloß im Hals. An Markus' Reaktion erkannte ich, dass er über meine abweisende Antwort überrascht war. Die anderen waren gut drauf und mir war richtig elend zumute. Auch Markus sah traurig aus und schaute mich irritiert an. Warum ich nicht sprach – ich weiß es nicht. Simone und Judith kamen zu uns und brachten uns ein Bier mit. Das nahm ich und trank einen Schluck. Markus sagte, dass er dann mal seine Freunde suchen ginge. Ein kurzer Blick in meine Augen reichte aus, um mich völlig durcheinander zu bringen. Aus seinen Augen sprachen Bedauern und Schmerz und – Unverständnis. Ich beschloss, die Traurigkeit der letzten Wochen durch Alkohol zu betäuben, wenigstens für einen Abend. Die Mädels tranken mit mir, doch da ich nichts vertrug, war ich nach wenigen Bier schon richtig betrunken. Dann lief der Schmusesong *Your eyes* von Cook da Books im Zelt, den wir alle wegen »La Boum – Die Fete« toll fanden. Ich setzte mich auf einen Barhocker und gab mir keine Mühe mehr, den anderen vorzuspielen, wie gut es mir ginge. Gegen Mitternacht ging ich nach Hause, die Vespa ließ ich stehen. Mir war ziemlich schlecht und als ich mich schlafen legte und die Augen schloss, drehte sich mein Bett. Zum Glück schlief ich bald darauf ein.

Ein Pochen weckte mich. Ich musste mich erst einmal orientieren und sortieren. Beim Blick auf den Radiowecker sah ich, dass es zwei Uhr nachts waren. Es klopfte noch einmal, aber offensichtlich nicht an meiner Zimmertür, sondern am Rollladen der Balkontür. Dann eine leise Stimme: »Juliana, mach mal auf, ich bin's, Andreas!« Noch wacklig auf den Beinen stand ich auf und zog den Rollladen leise hoch. Ich öffnete Andreas die Tür, der offensichtlich das Regenrohr hochgeklettert war, um auf meinen Balkon zu gelangen. Auf der Straße vor'm Haus sah ich im Licht der Straßenlaterne zwei weitere Jungs stehen und dort lag ein Maibaum. »Was ist denn hier los?«, fragte ich. »Wir bekommen den Baum nicht aufgestellt, kannst du von oben ziehen? Ich hab deinen Maibaum an einem Seil befestigt, wenn wir von unten drücken und du ziehst, werden wir ihn am Balkon anbinden können. Warum warst du denn so schnell weg?«, setzte er noch hinzu. »Mir war schlecht, hab das letzte Bier nicht vertragen«. Ich durfte gar nicht an Bier denken, sonst würde mir sofort wieder schlecht. Ich zog einen Pulli über, ging ans Geländer des Balkons und Andreas warf mir ein Seil zu. Die beiden anderen, es waren Uli und Samson, die offensichtlich noch mehr Stationen von Mädels abfahren wollten, halfen nun mit vereinten Kräften, die recht große Birke hochzuhieven. Ich zog, was das Zeug hielt und hatte vorher das Tau ums Balkongeländer gewickelt, um etwas mehr Kraft zu haben. Es gelang uns, den Baum aufzurichten und Andreas kletterte noch einmal das Regenrohr hoch. Ich hoffte, es würde nicht noch abreißen unter seinem Gewicht. Andreas gab mir einen Kuss und sagte, das hätte ich gut gemacht. Er befestigte den Baum, der voller pinker, rosa und blauer Bändel hing und recht schön aussah. So richtig freuen konnte ich mich allerdings nicht über meinen ersten Maibaum, denn dass Andreas nicht mehr richtig verliebt in mich war, lag auf der Hand. Die drei Jungs fuhren dann mit Samsons Traktor und dem Hänger weiter, auf dem noch vier weitere Bäume lagen. Uli würde sicher Bianca damit besänftigen wollen, ob das gelingen würde? Ich legte mich völlig ermattet wieder ins Bett und schlief ein.

Nicht nur für mich war die Zeit turbulent. Ein paar Stunden zuvor saß Bernie, der Briefträger aus Markus' Dorf, zu Hause am Esszimmertisch beim Abendessen mit seiner Familie und wunderte sich. »Gehst du heute nicht zum Tanz in den Mai?«, fragte er seine Tochter Karin. »Da sind doch sicher auch Markus und die Zwillinge?« Seine Tochter saß missmutig da und stocherte im Heringssalat. »Nein. Keine Lust.« Komisch, dachte er, dabei hatte er doch alle Briefe der möglichen Verehrerinnen von Markus verschwinden lassen und gehofft, dass seine Tochter, die offensichtlich unter Liebeskummer litt, gute Karten bei ihm haben würde. Doch manchmal klappte eben das »Amor spielen« nicht.

KAPITEL 23

The Queen ist dead – The Smiths

Der 30. April 1987 war ein Donnerstag und mit dem darauffolgenden Maifeiertag stand ein langes Wochenende bevor. Viel zu lange, um solch einen Liebeskummer wie ich ihn hatte auszuhalten. Nie zuvor hatte ich mich nach einem Montag gesehnt, der dieses grausame und scheinbar nie endende Wochenende aufhören ließ. Es war bewölkt und für die Jahreszeit eigentlich zu kühl, aber selbst bei dreißig Grad und Sonne hätte ich an diesem 1. Mai mein Zimmer unter keinen Umständen verlassen.

Heute weiß ich, damals war das mein erster richtiger Liebeskummer und es fühlte sich verdammt mies an. Was ich noch nicht wusste, es sollte nicht das einzige Mal in meinem Leben sein, dass ich die Qualen des Seelenschmerzes erleben musste. Doch auch die späteren Wiederholungen von verschiedenen Arten des gebrochenen Herzens machte es nicht erträglicher. Frauen konnten wunderbar sein und engelgleich. Doch so hoch wie Engel fliegen können, so tief konnte dich eine Frau auch fallen lassen. Der Aufprall beim ersten Mal tat am meisten weh. Besonders, weil die eigenen jungen Flügel noch nicht besonders stark waren. In der Zukunft musste ich mich dann an die verschiedenen Fallhöhen gewöhnen.

Juliana hatte es geschafft und mich für diesen Moment handlungsunfähig gemacht. Ob sie das wollte? Wahrscheinlich nicht, doch am Ergebnis änderte dies letztendlich nichts. Ich lag stundenlang regungslos auf meinem Bett, starrte an die Decke und hörte der Stimme von Steven Patrick Morrissey zu.

Das »The Queen ist dead«-Album von The Smiths lief an diesem Maifeiertag gleich mehrmals hintereinander bei mir und besonders *I know it's over* traf meine Stimmungslage auf den Punkt. Wieso war Juliana so seltsam und derart abweisend mir gegenüber gewesen. Waren alle Mädchen und Frauen so? Oder nur Juliana?

Am Anfang unseres Gesprächs wirkte sie noch offen und schien sich zu sogar zu freuen, dass ich sie angesprochen hatte. Aber von Minute zu Minute wurde Juliana reservierter, schaute immer wieder um sich und als ich sie auf einen Batida de Coco einlud, da winkte sie nur ab und meinte sie wollte heute Abend keinen Alkohol trinken. Für mich wirkte das umso verwirrender, da ich sie eine Stunde später mit ein paar Mädchen, von denen ich außer Kerstin keine kannte, an der Theke stehen sah. Sie hielt ein Bier nach dem anderen in der Hand und nach zwei Stunden machte sie keinen nüchternen Eindruck mehr. Morrissey sang »Some girls are bigger than others«, als meine Mutter mich zum Abendessen rief.

Das Mittagessen hatte ich schon mit der Ausrede, ich hätte eine Magenverstimmung, ausfallen lassen. Eine Nicht-Teilnahme am Abendessen hätte mich in größere Erklärungsnot gebracht. Meine Geschwister hatten viel zu erzählen und gaben mir damit ungewollt Rückendeckung. Denn somit musste ich nicht irgendwelche Diskussionen mit meinem Vater, die dann wie gewohnt in die Richtung von »Du wirst noch sehen, was du davon hast, wenn du dies oder das nicht machst!« endeten. Bei meinem Vater musste man ständig irgendetwas machen und wenn es nur »der Leute wegen« war. Denn was die Leute dachten, war eine permanente Bedrohung für ihn. Für wen und wofür habe ich allerdings bis heute nicht verstanden. Denken andere Menschen nicht sowieso, was sie wollen? Nach dem letzten Bissen verzog ich mich schnell wieder zurück in meine Höhle, mein Zimmer.

Der Plattenspieler machte eine Pause und im Radio lief *Hard to say I'm sorry* von Chicago. Ich zog den Stecker aus der Anlage, verkrümelte mich unter die Bettdecke und versuchte einzuschlafen. Erfolglos wälzte ich mich mindestens zwei Stunden in meinem Bett hin und her. Bis ich entnervt aufstand, mich an meinen Schreibtisch setzte und einen Songtext für unsere Band schrieb. Es wurde das wahrscheinlich traurigste Lied, das jemals geschrieben worden war. So traurig, dass man wahrscheinlich schon wie ein Schlosshund heulen musste, wenn man den Text nur in der Hand hielt. Dachte ich zumindest und warf ihn am nächsten Morgen in den Papierkorb. Soviel Traurigkeit wollte ich keinem anderen Menschen zumuten. Juliana, so wunderbar konntest du gar nicht sein, dass es mir deinetwegen so schlecht ging, dachte ich mir. Geholfen hatte mir die Ablenkung mit dem Songschreiben eh nicht. Es half da schon eher, dass wir am Samstagnachmittag eine Bandprobe hatten und ich mich danach mit Bombe und Niki verabredet hatte.

Nach der Probe gingen wir drei bepackt mit Erdnuss-Flips, Chips, Bier und einem Stapel von Musikkassetten zu Nicki nach Hause. Semmel ging, wie konnte es anders sein, rüber zur Busse und Max fuhr nach der Probe wieder nach Hause. Seit unserer Grill-Aktion in der Garage seiner Mutter war Max noch stiller als er sowieso schon gewesen war. Ich hatte das Gefühl, dass er sich in Nicki verguckt hatte. Als sie Anfang des Jahres dann für ein paar Wochen mit Jörg zusammen gewesen war, hatte das Max wahrscheinlich tiefer getroffen, als er sich selbst eingestehen konnte. Max und Nicki kamen allerdings nie zusammen, was ich damals wirklich sehr schade fand. Diese Mädels, sie konnten einem auch tatsächlich den Verstand rauben, ohne dass sie es selbst mitbekamen.

Mit Bombe und Nicki konnte ich offen sprechen. Beide hörten mir zu und sie kamen nicht sofort mit dummen Sprüchen, wie es die anderen aus der Clique oft taten. Es wurde ein langer Abend, sodass ich zwischendurch mit meinem Mofa rüber zur Tankstelle auf dem Weg zum nächsten Dorf fuhr, um uns noch ein paar Dosen Bier zu kaufen. Mein erstes eigenes Auto wartete ja noch in der Garage meiner Tante auf mich. Als ich zurückkam, unterhielten sich Bombe und Nicki sehr ernst. In dem Moment, als ich mich wieder zu ihnen setzte, sah ich, dass Bombe Tränen in den Augen hatte. Ich stellte die Bierdosen auf das kleine Tischchen neben Nickis Bett und sagte erst einmal gar nichts. Ich wollte das Gespräch zwischen den beiden nicht unterbrechen.

»Wenn ich meinen Eltern davon erzähle, ich weiß nicht, was passieren würde ...«, sagte Bombe zu Nicki.

Nicki legte ihren Arm um Bombe und meinte: »Vielleicht haben sie gar kein Problem damit.«

»Das denkst du. Meine Mutter hat mal vor einiger Zeit von ihrer Cousine erzählt, die mit ihrer Familie in der Nähe von Hamburg lebt und deren Sohn schwul ist. Weißt du, was sie da zu meinem Vater gesagt hat?«, fragte Bombe.

»Nee, natürlich nicht. Sag es!«

»Sie sagte im ernsten Ton zu ihm: ›Wenn unser Sven so eine Krankheit hätte, dann würde ich mit ihm in eine Klinik fahren und das wegmachen lassen. Aber meine Cousine hat ja noch nie richtig getickt. Kein Wunder, dass ihr Sohn so eine Krankheit bekommen hat‹«, erzählte Bombe traurig.

»Waaas?«, seufzte Nicki nur.

Ich saß daneben, hörte gespannt zu und sagte erst einmal überhaupt nichts. Ich konnte kaum glauben, was Bombe über seine Mutter erzählte. Schon seit längerem ahnte ich, dass Bombe anders war, als die Jungs aus der Clique. Er war immer so eloquent, konnte mit Mädchen genauso gut quatschen wie mit Jungs, liebte es, sich zu verkleiden und hatte aber nie ernsthaft Interesse an einem Mädchen. Und dann fiel mir die Sache mit Bombe und den Umkleidekabinen im Freibad ein. Ich stand auf, nahm Bombe einfach für einen Moment in den Arm und sagte zu ihm: »Du bist und bleibst unsere Bombe, vergiss das nie!« Dann drückte ich ihn für einen Moment fest an mich. Nicki kam dazu und auf einmal kullerten bei uns allen die Tränen und wir weinten miteinander.

Danach war die Atmosphäre im Raum so offen, dass ich ihnen die komplette Geschichte von Juliana erzählte. Dass sie mich seit Monaten Tag und Nacht in meinen Gedanken begleitete und ich nach der Sache auf der »Tanz in den Mai«-Party überhaupt nichts mehr verstand. Bombe und Nicki hörten mir aufmerksam zu. Was mich aber ganz besonders freute, Nicki schien kein Problem mehr damit zu haben. Noch vor ein paar Monaten, Anfang des Jahres, war das anders gewesen. Sie fragte nach, versuchte mir zu erklären, wie Mädchen schon mal sein können, wenn sie nicht weiterwissen und war sehr gefühlvoll mit mir. Und Bombe, na der machte seinem Namen wieder mal alle Ehre. Der war auch in dieser Situation, kurz nachdem er sich uns gegenüber absolut geöffnet hatte, so verständnisvoll und mitfühlend. Einfach wunderbar. Beide sprachen mir Mut zu und waren der Meinung, ich sollte Juliana doch einfach auf die Sache ansprechen. Es würde sich bestimmt alles klären. Ich hätte ja schließlich überhaupt nichts zu verlieren. Wenn sie etwas von mir wollte, dann würde sie mir die Situation erklären können, und wenn nicht, dann wüsste ich auch Bescheid. In dem Moment fand ich den Vorschlag zwar total süß von den beiden, aber ob ich dafür ausreichend Courage aufbringen würde, das konnte ich an diesem Abend nicht sagen. Wir saßen noch bis weit nach Mitternacht zusammen und redeten über das Erwachsenwerden, über Jungs und Mädels und wie anstrengend Liebeskummer sein konnte. Seit diesem Abend verband uns drei ein besonderes Band der Freundschaft. Deswegen habe ich auch bis heute nicht verstanden, warum Bombe ein paar Jahre später wie vom Erdboden verschluckt war. Und das, ohne ein Wort mit Nicki oder mir gesprochen zu haben.

Der Sonntag stand im Zeichen des bevorstehenden Abiturs. Ich musste einige Hausaufgaben fertig machen und mich besonders um Mathematik und Physik kümmern. Zu den Hausaufgaben gesellte sich ein weiteres Problem.

»Markus, Karin hat gestern zweimal angerufen und wollte dich sprechen. Ruf sie doch mal zurück, es klang dringend«, sagte meine Mutter, als sie kurz zu mir ins Zimmer kam.

Karin, die Tochter von Bernie. Innerlich schrie ich nur: »Nein, bloß nicht!« Was wollte die eingebildete Schnepfe denn von mir? Die konnte ich jetzt nun wirklich überhaupt nicht gebrauchen. Ich war schon froh, dass ich sie nicht auf der »Tanz in den Mai«-Party gesehen hatte. Denn ich war davon ausgegangen, dass sie mit den Hoffmann-Zwillingen dort aufgeschlagen wäre. »Ja, ja, mache ich später, Mama, ich muss jetzt erst einmal lernen«, sagte ich und rief Karin selbstverständlich nicht zurück. Meine Mutter ging leicht kopfschüttelnd wieder aus dem Zimmer.

Am späten Nachmittag rief Uli an und fragte, ob ich Lust hätte, mit ihm am frühen Abend rüber nach Belgien zu fahren um dort Pommes Frites zu essen. Ich befand das als einen guten Vorschlag und eine willkommene Belohnung für mein Lernen an diesem Sonntag. Auch hatte ich die Hoffnung, dadurch weitere Neuigkeiten von Juliana zu erfahren.

Uli holte mich gegen halb sechs mit seinem VW-Bus zu Hause ab. Wir tuckerten mit der Musik von Deep Purple und dem »Perfect strangers«-Album gemächlich im beginnenden Abendlicht über die Landstraße rüber in den ostbelgischen Teil der Eifel. Eine gute halbe Stunde Autofahrt und schon sollten wir am Ziel sein. In diesen Momenten empfand ich unseren Heimatort geografisch ideal gelegen, mit Landesgrenzen nach Belgien und Luxemburg. Zum Tanken ging es ins angrenzende Echternach ins Großherzogtum Luxemburg, und wenn es Gaumenfreuden in Form einer unglaublich leckeren Pommes sein sollten, dann war Ostbelgien das Ziel des kulinarischen Glücks.

Wie aus dem Nichts kam von Uli die Frage: »Sag mal, willst du was von Juliana?«

»Ähhh ... wie kommst du darauf?«, stotterte ich überrascht.

»Och, ihr habt euch auf der ›Tanz in den Mai‹-Party beide permanent angeschaut und auch die paar Male, als wir auf Juliana und Andreas getroffen sind, wart ihr irgendwie auffällig miteinander beschäftigt«, meinte Uli.

»Juliana ist doch mit deinem Kumpel Andreas zusammen. Sie sieht ganz nett aus. Mehr aber auch nicht«, versuchte ich mich aus der Bredouille zu manövrieren.

»Ich weiß nicht, ob ich dir das glauben soll.«

»Glaube doch, was du willst. Nur, weil Juliana ganz gut aussieht, musst du mir nichts unterstellen. Außerdem scheint sie seltsam zu sein, denn wenn man mit so einem Langweiler wie Andreas zusammen ist, dann stimmt doch mit ihr etwas nicht«, sagte ich trotzig zu Uli und verriet mich im selben Atemzug.

Uli war intelligent genug und bohrte nicht weiter nach. Dafür erzählte er aber, ohne dass ich gefragt hätte, von Andreas. Und dass Andreas und Juliana in der letzten Zeit eine Menge Stress miteinander hatten, die beiden wohl kein glückliches Paar mehr waren. Das glückliche Piratenduo schien also vor einer Trennung zu stehen. Ich saugte diese Information selbstverständlich sehr interessiert auf, versuchte mir aber nichts anmerken zu lassen. In dem Moment, als er erzählte, dass er eine Einladung zu Julianas Geburtstagsparty bekommen hätte, muss er mein kreidebleiches Gesicht allerdings registriert haben. Denn er fragte nicht mehr weiter, ob auch ich eine Einladung bekommen hätte.

»Juliana, die blöde Kuh«, dachte ich in dem Moment nur und ärgerte mich über mich selbst, weil ich mir den Kopf so sehr über sie zermarterte. Ich sollte sie einfach abhaken und vergessen. Das konnte doch nicht so schwer sein, es ist doch noch überhaupt nichts zwischen uns passiert. Einfach nicht mehr dran denken! Gedankenstopp! Es gab auch noch andere Mädchen und zum wiederholten Mal dachte ich für einen Bruchteil von einer Sekunde an Melindas Küsse im Dezember. Aber wenn ich ehrlich zu mir selbst war, dann wusste ich, dass ich nicht wirklich an Melinda dachte, sondern nur daran, intensiv zu küssen, und zwar nur Juliana.

Das mit dem Verliebtsein empfand ich als zunehmend seltsam. Ich konnte mit Melinda stundenlang herumknutschen, wollte aber doch eigentlich Juliana küssen. Juliana küsste Andreas, aber beide fanden das wiederum nicht mehr so gut wie am Anfang ihrer Zeit. Bernies Tochter Karin träumte davon, mich zu küssen, und ich bekam bereits bei der Vorstellung Lippenherpes. Wumms dagegen sitzt seit drei Jahrzehnten an immer derselben Theke und bereut, Gabriele nie geküsst zu haben, während Gabriele in der Zwischenzeit Männer wie am Fließband küsste. Bombe wollte nur noch

Jungs küssen, weil er Männerküsse besser fand und Nicki wollte auf keinen Fall mehr von Jörg geküsst werden. Max sehnte sich danach, seine Lippen auf die schönen Lippen von Nicki zu pressen, beließ es aber bei der reinen Sehnsucht. Uli wollte nur Bianca küssen und sie wusste von nichts. Meine Eltern küssten sich gar nicht mehr und wen darf überhaupt unser Pastor küssen? Dies schien alles eine sehr komplexe Angelegenheit, mit dieser Küsserei, dem Verliebtsein und der Liebe. »Wenn das schon jetzt in jungen Jahren so anstrengend zu sein schien, wie kompliziert ist das mit der ganzen Liebe wohl erst, wenn man mal vierzig Jahre oder älter ist«, dachte ich mir nur.

Zum Einschlafen hörte ich Radio. Ich hörte sonst nie Radio, aber an diesem Sonntagabend war ich innerlich so durcheinander, dass mich eine persönliche Musikauswahl überfordert hätte. Der Moderator schien mit Juliana unter einer Decke zu stecken und spielte *Sehnsucht* von Purple Schulz. Mein erstes Wochenende voll unerträglichem Liebeskummer ging zu Ende. Ich erinnerte mich daran, wie das als Kind manchmal war, wenn man Sorgen hatte. Wenn ich als Kind mit Sorgen ins Bett ging, dann hoffte ich ganz fest, dass im Traum eine Fee kommt und meine Sorgen einfach mitnimmt. Das funktionierte tatsächlich und man wachte am nächsten Morgen sorgenfrei wieder auf. Nur mit dem Älterwerden kam auch immer seltener eine Fee und somit waren die Sorgen am nächsten Morgen trotzdem noch da. Doch vielleicht kam in dieser Nacht die Sorgen-Fee noch ein letztes Mal zurück und nahm meinen ganzen Liebeskummer einfach mit. Mit dieser Hoffnung schlief ich ein.

KAPITEL 24

Dancing with tears in my eyes – Ultravox

Der letzte Tanzschulabend vor dem Abschlussball stand bevor und ich hatte noch nichts Passendes zum Anziehen. Meine Freundinnen sprachen schon seit Wochen von nichts anderem als von ihrem Ballkleid, das sie schon vor einiger Zeit gekauft hatten. Ich legte keinen so großen Wert darauf und es war mir fast ein wenig lästig, mich auf die Vespa zu setzen und shoppen zu gehen. So rief ich Andreas an, ob er Lust hätte, mit mir in die Kreisstadt zu fahren, um einzukaufen. Ich wollte ihn auch gleich fragen, ob er denn schon sein Outfit für den Abschlussball gekauft hätte. Seine Mutter nahm den Hörer ab und sagte, er wäre unterwegs. Ich versuchte es bei Uli. Er hatte selbst auch noch keinen Plan, was er tragen würde, daher fuhren wir gemeinsam zum Klamotten kaufen. »Wir können dann auch unsere Sachen etwas aufeinander abstimmen«, schlug ich vor. Schließlich sollten wir als Tanzpaar irgendwie zusammenpassen. Während der Fahrt in Ulis Bus unterhielten wir uns über das Unglück mit Bianca beim »Tanz in den Mai«. »Die redet seitdem nicht mehr mit mir!«, klagte mir Uli sein Leid. »Wenn ich sie anrufe, lässt sie sich von ihrer Mutter entschuldigen. Ich komme einfach nicht zu ihr durch.« »Und wenn du mal zu ihr hinfährst?« »Ach, lieber nicht. Sie hat sogar ihren Maibaum abbauen lassen. Das sagt doch schon alles.« »Wie bitte?« »Na, ein Kumpel von mir wohnt in ihrer Nachbarschaft, der erzählte, dass Biancas Bruder ihn zerstückelt hat. Er hat ihn beim Aufladen darauf angesprochen. Biancas Bruder Charlie hätte gelacht und geantwortet, seine Oma würde sich sicher über das Brennholz freuen. Er hat alles auf den Anhänger geladen und abtransportiert. Ich glaube, Biancas ganze Familie ist gegen mich.« Ich blickte Uli, der echt geknickt war, von der Seite an. Mir fiel gerade auch kein aufmunterndes Wort ein außer: »Mist!« Uli drehte genervt am Radiosender, denn nach Modern Talking stand uns gerade beiden nicht der Kopf, aber nirgends lief gute Musik. Mir war auch nicht nach Musikhören zumute. Schweigend fuhren wir weiter Richtung Stadt. »Bei mir läuft es auch nicht wirklich gut mit Andreas. Weißt du ja … Warum ist es nur so schwer einzusehen, wenn sich jemand nicht mehr für einen interessiert, und ihn dann einfach gehen zu lassen?« Uli dachte nach. »Na, weil es unsere Träume platzen lässt. Ich war meinem Ziel so nahe. Es war unser erstes Date.«

Wie oft würde uns das noch passieren, dass unsere Träume platzten? Unzählige Male. Und auch Jahrzehnte später tat es noch genauso weh, wie damals mit zarten Siebzehn. Die Menschen, die wir von Herzen liebten, und die sich urplötzlich für andere Partner entschieden und uns Adieu sagten, ohne mit der Wimper zu zucken, brachten uns bei, nicht mehr so blind zu vertrauen. Auch die beruflichen Pläne, die wir mit siebzehn Jahren noch hatten, zerplatzten wie Seifenblasen. Die Eltern hatten etwas anderes mit uns vor oder die Stelle oder der Studienplatz blieb unerreichbar. Die Erwartungen, die wir ans Leben hatten, lösten sich in Luft auf. Der Wunsch nach der Geborgenheit einer eigenen Familie und nach Kindern entpuppte sich im Laufe der Jahre als schwierige Aufgabe. Viele unserer Wünsche und Illusionen wurden mit der Zeit einfach zunichte gemacht und starben in uns. Und mit jedem Traum, der zerfiel, verschwand der Mut in uns, nach den Sternen zu greifen. Aber das wussten wir zu dem Zeitpunkt zum Glück noch nicht.

»Ja, weißt du, Bianca kenne ich seit dem Sandkasten. Ich bin praktisch mit ihr aufgewachsen. Sie ist wie eine große Schwester für mich. Und sie hat Temperament. Wenn sie etwas will, dann aber ganz und gar und sie setzt alles daran, es zu bekommen. Will sie es aber nicht, dann ist sie stur wie ein Ochse und niemand kann sie von ihrer Meinung abbringen. Aber vielleicht gibt es da doch noch eine Möglichkeit, an sie heranzukommen …« Uli schaute mich von der Seite hoffnungsvoll an. »Welche denn?« »Sie ist abergläubisch. Naja, so ein bisschen jedenfalls. Wenn eine schwarze Katze von rechts kommt, macht sie sich den ganzen Tag Gedanken. Meistens fällt sie dann vor lauter Vorsicht über ihre eigenen Füße. Hatten wir alles schon … So ein bisschen spooky ist ihr das schon.« »Ja – und?« »Wenn ich ihr nun sage, dass es ein schlechtes Omen ist, einen Maibaum abzubauen, dann wird sie ans Nachdenken kommen.«

»Wieso ein schlechtes Omen? Wofür?« »Mensch, Uli, denk doch mal nach. Ich sage ihr, dass man nie mehr einen vernünftigen Mann abbekommt, wenn man so etwas Verfluchtes tut wie einen Maibaum, der einem als Liebesbeweis geschenkt wurde, einfach abzubauen und als Brennholz zu verheizen.« »Aha. Und dann? Wie wird sie darauf reagieren?« »Na, ich bin auch keine Hellseherin, aber ich werde mit ihr reden. Ich werde ihr dann, wenn sie erst mal hellhörig geworden ist und von ihrer Sturheit ablässt, davon erzählen, wie sehr du darunter leidest, dass sie die Regendusche überbekommen hat und dass du seitdem völlig zerknirscht zu Hause sitzt, Trübsal blasend. Sie hat nämlich auch ein gutes Herz.« Uli schöpfte Hoffnung. »Na, dann versuch das mal. Wenn du es schaffst, dass sie wieder mit mir redet, hast du was bei mir gut!«

»Ich werde das schon hinkriegen. Spätestens auf meiner Party wirst du sicher mit ihr reden können. Wart's ab!« Gut, dass Uli selbst so einen Brassel mit Bianca hatte – das lenkte mich von meinen eigenen Problemen ab und ich war froh, ihm helfen zu können. Uli parkte den Bus und wir liefen in die Fußgängerzone.

Zuerst hielten wir im Kaufhaus nach Ballkleidern Ausschau. Mein Blick fiel auf ein grünes Kleid, doch Uli winkte ab. »Nee, das passt gar nicht zu dir. Guck mal, das dunkelrote hier. Probier das lieber mal an.« Uli entpuppte sich als guter Kaufberater und ich hatte am Ende ein blaues Kleid, das schlicht und schön war und zu meinen Augen sowie zu Ulis dunklem Anzug passte, den wir kurz darauf fanden. Uli war groß und schlank, ihm stand sein Outfit wirklich gut.

Am Abend fand dann das letzte Tanzen vor dem Abschlussball statt. Was mir an diesem Abend bevorstand, hatte ich zwar schon länger geahnt. Trotzdem war ich dann doch überrascht, als es passierte. Die letzte Probe vor dem Abschlussball verlief gut, Uli und ich beherrschten die Tänze inzwischen wie im Schlaf und hatten sogar Spaß dabei. Nach der Tanzstunde bat Andreas mich, mit ihm rauszugehen. Er schaute ernst und mein Herz begann zu wummern. An seinem Blick erkannte ich, dass er mir etwas Wichtiges sagen wollte. Ich folgte ihm mit wackligen Knien auf die Treppe. »Es ist etwas passiert, Juliana. Ich möchte dir nicht wehtun, aber ich habe mich verliebt. Du ahnst sicher, in wen. Es fällt mir schwer, dir das zu sagen.« Er machte eine Pause, um zu sehen, wie ich auf seine Worte reagierte. »Können wir Freunde bleiben?«

Ich stand da wie erstarrt. Freunde bleiben, Freunde bleiben. »Was soll der Scheiß«, dachte ich. Freunde bleiben bedeutet, dass du mich durch eine Neue ersetzt und ich die Klappe halten und kein Gezeter machen soll. Freunde bleiben bedeutet für dich, dass du es dir einfach machst, mich sitzen zu lassen. Innerhalb der nächsten Sekunden erlebte ich eine Welle der Angst, danach der Trauer und dann der Wut. Ich sagte nichts und ließ die Wut in mir hochkommen. »Ja«, sagte ich, mehr brachte ich nicht heraus. Was sollte ich noch sagen? Ich drehte ich mich um und ging wieder rein. Was sollte ich nun tun? Ich war wie in Trance. Zum Glück brach ich erst mal nicht in Tränen aus. Ich ging zu Uli, um ihm von Andreas' Entscheidung zu erzählen. Er schaute bestürzt drein, drückte mich kurz und sagte: »Dieser Idiot! Er macht da einen Riesenfehler. Aber ihm ist nicht zu helfen. Komm, wir fahren jetzt.« Uli sah meine Not, holte meine Jacke vom Kleiderständer, legte sie mir über die Schultern und begleitete mich hinaus. »Was sollen wir noch unternehmen?« Seine Stimme ließ mich aus meiner Lethargie aufwachen. »Unternehmen?« »Ja, irgendwas Schönes. Was wolltest du schon immer mal tun?«

Ich überlegte. »Ich weiß nicht …« Da liefen mir dann die Tränen die Wangen herab, Uli war so lieb zu mir. Was wollte ich schon immer mal tun? Jedenfalls jetzt nicht nach Hause gefahren werden. Davor hatte ich Angst. Allein im Bett liegen zu müssen mit meinem Schmerz, meiner Scham und den ganzen traurigen Gefühlen, das wollte ich auf gar keinen Fall. Überhaupt fühlte ich mich wie ein Blatt im Wind. Ein vertrocknetes, braunes Blatt im Herbst. Uli sah mich so aufheiternd und freundlich an, dass ich mich ein wenig zusammenriss und wirklich überlegte, was wir noch unternehmen könnten. »Erst mal was essen«, schlug ich schniefend vor. Über Ulis Gesicht glitt ein Lächeln. »Gute Idee. Wollen wir schauen, ob die Pizzeria noch offen hat?« »Ja, lass uns aber was mitnehmen, ich möchte mich nicht gerne dort hinsetzen.« Uli kaufte uns eine große »Vier Jahreszeiten Pizza«, ich wartete im Bus und hing meinen Gedanken nach. Im Radio lief *Forever Young* von Alphaville und ich dachte nur: Bloß nicht für immer jung sein, das ist auch nicht das Gelbe vom Ei. Marian Golds Stimme war so herrlich melancholisch und ich summte leise mit, als Uli einstieg, mir den heißen Pizzakarton auf den Schoß stellte und zielstrebig losfuhr.

Er parkte an einem Aussichtspunkt oberhalb eines Maars, in der Dunkelheit funkelten die Sterne und spiegelten sich auf der Wasseroberfläche. »Wie schön! Wenn wir nicht Liebeskummer hätten, wäre das hier eine vollkommen romantische Nacht«, sagte ich.

Uli hatte die Pizza in Stücke schneiden lassen, so dass wir sie in den Händen halten und essen konnten. Wir sprachen nicht viel. Jeder hing seinen Gedanken nach, doch es tat einfach gut, jetzt hier mit Uli zusammen zu sein. Später nannten wir die Pizza »Vier Jahreszeiten« die »Liebeskummerpizza«. Immer, wenn es in den nächsten Jahren irgendwelchen Trouble mit anderen Jungs oder Mädels gab, bestellten Uli und ich uns diese Pizza. Der Kummer schweißte uns zusammen. Es war herrlich unkompliziert mit ihm, denn es war uns beiden klar, dass wir kein Paar werden wollten. Es gab daher nie Probleme zwischen uns. Wie einfach das doch mit der Freundschaft war und wie kompliziert es wurde, wenn wir liebten.

»Hey, Juli, sei nicht so traurig, sei etwas selbstbewusster, du bist doch eine echt coole Socke und brauchst den Typ nicht!«, versuchte Uli mich aufzuheitern.

Plötzlich fiel eine Sternschnuppe vom Himmel und Uli stupste mich an: »Schnell, wünsch dir was Tolles!« Ich wünschte mir, dass ich Markus bald wiedersehen würde. Wir warteten noch eine ganze Weile, doch es zeigte sich keine weitere Schnuppe. Im Autoradio lief passenderweise *Dancing with tears in my eyes* von Ultravox und wir konnten uns ganz in unserem Leid suhlen. Plötzlich sprang Uli auf: »Los komm, ein Tanz im Mondschein, darf ich bitten?« Er kam auf meine Seite und zog mich hinter sich her auf die Wiese. Ich lehnte mich leicht an seine Schulter, er nahm meine Hand und legte seine andere behutsam auf meinen Rücken. Dann bewegten wir uns zu Ultravox, ich atmete dankbar die Frühlingsluft ein und war froh, nicht allein zu sein. Da er uns beide betraf, war der Herzschmerz besser auszuhalten.

Als ich zu gähnen begann, meinte Uli, er würde mich jetzt nach Hause bringen. »Ja, ich bin müde genug, um vielleicht doch schlafen zu können.«

In zwei Tagen würde meine Party stattfinden, da sollte ich ausgeschlafen sein. Bei dem Gedanken daran schlief ich tatsächlich ein.

Am Tag meiner Fete schleppten wir alle Utensilien in die Grillhütte. Ich verteilte etliche Dutzend weißer Kerzen im ganzen Raum. Wir stellten Bänke und Tische auf, schmückten diese und die Wände, platzierten einen Ghettoblaster und sorgten für jede Menge Nachschub an Batterien für die ganze Nacht. Nach und nach trafen unsere Freunde ein, jeder brachte irgendetwas mit. Ich hatte Fleisch besorgt und die Nachspeisen bereits auf den Buffettisch gestellt, der sich ganz schnell mit Salaten und Weißbrot sowie verschiedenen Dips füllte. Uli sorgte für die richtige Beschallung und Thomas war für den Ausschank der Getränke zuständig. Natürlich hatte es sich wie ein Lauffeuer herumgesprochen, dass Andreas mit mir Schluss gemacht hatte. Bianca, Judith und Simone hatten sich ein extra schönes Geschenk für mich ausgedacht. Sie schenkten mir ein Armband mit einem kleinen Herz daran. Die Jungs hatten zusammengelegt und mir rosa Leonardo-Gläser mitgebracht. Ich hoffte immer noch darauf, dass Markus erscheinen würde. Doch von ihm fehlte jede Spur. Ich war darüber sehr traurig, meinen Frust überspielte ich jedoch und setzte mich zu Bianca. Ich redete ihr ins Gewissen, dass das überhaupt keine gute Idee gewesen war, Ulis Maibaum zerstückeln zu lassen. »Du, du weißt doch, das bringt Unheil!«, sagte ich ihr. »Wieso?«, fragte Bianca genauso wie Uli. »Na, es bringt Unglück und ist ein schlechtes Omen, wenn man so ein Symbol für die Liebe einfach abreißt. Du wirst wahrscheinlich nie mehr einen netten Typen kennenlernen!« Bianca sah mich ein wenig verunsichert an. »Meinst du wirklich? Das ist doch sicher Unsinn?« »Na, wenn du es mir nicht glauben willst, dann wundere dich nicht, wenn du in den nächsten Jahren keinen Kerl mehr findest – ich hab dich vorgewarnt. Uli meint es echt gut mit dir, er liebt dich abgöttisch. So einen smarten Typ wirst du so leicht nicht mehr finden … und das Malheur mit dem Wasser – Schwamm drüber. Das kann doch jedem mal passieren. Guck, wie er da hinten in der Ecke rumhockt, der tut mir richtig leid. Du kannst ja sauer auf ihn sein, aber wenn du ihm nicht mal die Chance gibst, dass er sich entschuldigt, was meinst du, was DAS für ein Gefühl ist?«

Bianca guckte schon leicht betroffen drein. Ich kannte sie gut genug, um zu wissen, dass in ihr zumindest einmal das Gedankenkarussell angeschoben war. Um sie zu überzeugen, erzählte ich ihr die Geschichte des alten Hein aus dem Dorf. Er war ein schräger Vogel, lebte allein in einem uralten Fachwerkhaus und hatte das zweite Gesicht oder den siebten Sinn. Er verzichtete auf moderne Dinge wie Autos oder Kaffeemaschinen, fuhr überall mit seinem schwarzen 50er Jahre Herrenfahrrad hin, das nur einen Gang besaß, auch wenn es ewig dauerte. Immer trug er eine blaue Kappe, sein Markenzeichen, und abgewetzte Klamotten, mit Vorliebe Knickerbockerhosen und ein Cordjackett aus einer undefinierbaren Farbe zwischen Schlamm und Oliv. Er hatte die Gabe, alles Mögliche voraussehen zu können: Er sagte Unfälle voraus, kündigte Unwetter an und weissagte, was bestimmte Wolkenformationen zu bedeuten hatten oder was der Kaffeesatz in der Tasse nach sich ziehen würde. Auch konnte er als Heiler die Hand auflegen, Schmerzen wegzaubern und Warzen wegbeten. Ich hatte ihn einmal wegen einer Stachel-warze am Fuß besucht, die ich seit der Kindheit hatte. Er berührte mich nicht einmal, er saß mir nur gegen-über und murmelte ganz offensichtlich ein Gebet. Als ich nach etwa zehn Minuten ging, war ich mir ziemlich sicher, dass ein Besuch bestimmt nicht reichen würde, um meine Warze absterben zu lassen. Doch als sich nach ein paar Tagen die Haut an der betroffenen Stelle zu pellen begann und nach drei Wochen kaum mehr er-ahnbar war, wo die Warze fast ein Jahrzehnt lang gewe-sen war, war ich doch von seiner Heilkraft überzeugt. Auch wurde erzählt, dass er eine krebskranke Frau bis zu ihrem Tod behandelt hätte, die ohne Schmerzen in Frieden gestorben war. Die Dörfler fanden ihn irgend-wie seltsam, doch hatten sie auch Hochachtung vor ihm und seiner Heilkunst. Manch einer lief zuerst zu ihm, bevor er den Hausarzt aufsuchte.

Als Oma Schuber sich vor lauter Neugierde aus dem Fenster gebeugt hatte, um zu erlauschen, was die Nach-barin nebenan mit dem Briefträger tuschelte, hatte On-kel Hein schon einen Tag vorher davor gewarnt, dass in Kürze ein Unheil passieren würde. Oma Schuber verlor das Gleichgewicht und fiel in ihren Obstgarten. Zum Glück brach sie sich nur einen Arm, jedoch war danach jedem im Dorf klar, dass Onkel Hein den Schlamassel vorhergesehen hatte.

»Onkel Hein sagte zuletzt, bevor die Maibäume aufgestellt wurden, die seien ein Zeichen der Liebe. Und als die faulen Jungs aus unserem Nachbardorf die frisch geschlagenen Birken einer anderen Clique klauten, weissagte er, es würde sie der Schlag treffen. Du weißt ja, was im Nachbarort den Junggesellen dar-aufhin passiert ist … Beim Aufstellen des Dorfmaiba-ums flog ihnen das Ding um die Ohren. Sowas rächt sich immer. Du musst deinen Frieden mit Uli machen. Stell dir vor, du bist neunzig, blickst auf dein Leben zurück und denkst an die Chance, die du hattest, mit Uli, der Liebe deines Lebens, zusammen zu kommen, und es scheiterte an einer Dusche unter der Frittenbude, Mensch, Bianca! Würdest du dich dann nicht im Nachhinein ärgern?« Da prustete Bianca laut los. «Sag mal, was zahlt dir eigentlich Uli dafür, dass du mir das hier alles erzählst ...?« Da lachten wir beide. »Gar nichts. Ich schwör's! Ich mag euch nur nicht leiden sehen. Komm jetzt, wir gehen zusammen zu ihm. Ich besorg uns einen Amaretto, den mag er total gern, und dann stoßen wir mit ihm an.« Bianca kam zögernd hinter mir her zur Bar. Ich sah Ulis zweifelnden Blick, doch ich grinste ihm aufmunternd zu. Bianca nahm zwei Getränke, ich auch, und wir gingen rüber zu unserem Freund, der mit Thomas am Tisch saß und ebenfalls in grübelnder Stimmung war. »Hi, was ist denn hier für eine ›tolle‹ Partystimmung?«

Als ich sah, dass Uli und Bianca begannen, sich zu unterhalten, forderte ich Thomas zum Tanzen auf.

Dann ging die Party so richtig los, wir tanzten alle und verbrachten einen ausgelassenen Abend. Die unzähligen Kerzen versetzten den großen Raum in eine tolle Stimmung und später sah ich Uli eng umschlungen mit Bianca tanzen. Sie küssten sich und Uli sah überglücklich aus.

Es war schon Stunden nach Mitternacht, Bianca war nach Hause gegangen, und nur der »harte Kern« saß noch an der Bar. Uli gesellte sich zu mir und umarmte mich von hinten. »Du bist echt eine tolle Freundin! Danke dir! Wir sind jetzt zusammen. Bianca hat mir verziehen!« Er strahlte übers ganze Gesicht. »Das ist schön. Wenigstens ein Paar, das glücklich zusammengefunden hat.« »Was ist los, hast du Kummer, Juli?« Ich nippte an meinem Glas. »Ja, ich bin ziemlich traurig, dass Markus nicht gekommen ist. Du weißt doch, dass ich ihm eine Einladung mit Brief geschickt habe. Er war der Einzige, der weder zu- noch abgesagt hat. Ich verstehe das nicht …«

Uli dachte nach. »Das ist wirklich nicht seine Art. Der hätte sich doch bestimmt darüber gefreut. Markus ist total korrekt in solchen Dingen, der hätte dir zumindest eine Antwort gegeben.«

»Offensichtlich war ich ihm nicht wichtig genug, um mir eine Antwort zu geben.« Ich merkte, wie sich meine Augen mit Tränen füllten, die ich zu verdrängen versuchte. »Beim ›Tanz in den Mai‹ war er erst so nett zu mir und ich hatte den Eindruck, er würde sich wirklich gern mit mir unterhalten. Spätestens da hätte er sagen können, dass er nicht zu meiner Fete kommen will.«

Uli nahm mich kurz in den Arm. »Ich kläre das, verlass dich drauf. Und ich wette, da ist irgendetwas schiefgelaufen. Ich werde Markus morgen fragen, wenn ich ihn sehe.«

KAPITEL 25

Sweet surrender – Wet Wet Wet

Die Schule war für uns Abiturienten mehr oder weniger zu Ende und somit auch das elendige Pauken. Es war eine Zeit, in der man einerseits noch Schüler war und andererseits eigentlich nichts mehr für die Schule zu tun hatte. Ich hatte genügend Zeit und kümmerte mich um die Stelle als Zivildienstleistender in der Jugendherberge der Kreisstadt. Das Vorstellungsgespräch war keine große Sache und innerhalb von zehn Minuten erledigt. Ich bekam die Stelle und war somit Jörgs Nachfolger, den ich glücklicherweise bei meinem Termin dort nicht angetroffen hatte. Der Zivildienst sollte am 1. Oktober 1987 beginnen, bis dahin waren es noch ein paar Monate und für mich öffnete sich ein großes Zeitfenster voller Freizeit. Uli, Jochen, Ralf und ich wollten mit dem VW-Bus nach Frankreich und weiter mit der Fähre nach England, dann über Wales bis an die nördliche Küste Schottlands reisen. Wann genau, das wussten wir noch nicht. Erst einmal war es nur ein Plan und nicht alle Pläne müssen realisiert werden.

Ein ganz gewöhnlicher Mittwoch Ende Mai. Gegen Abend kam eine Spur von Langeweile auf. Anfangs war es ungewohnt, nicht mehr für die Schule lernen zu müssen. Probates Mittel gegen diese Langeweile war ein Besuch bei »De Mamm«, ich war schon länger nicht mehr in unserer Dorfkneipe gewesen. Denn in der wärmeren Jahreszeit trafen wir uns eher an der Busse. Geld für eine Kiste Bier bekamen wir in der Regel zusammen und meistens war einer mit dem Auto da, der den Einkauf erledigen konnte. Essen konnte man schließlich auch zu Hause. Also heute nochmal zu »De Mamm«. Dirk und Patrick standen am Flipper und zockten gegen den Klimperkasten. Die Musikbox war verstummt, an der Theke saß natürlich Wumms und neben ihm Josef, der Gemeindearbeiter aus unserem Dorf. Josef war Mitte fünfzig, überzeugter Junggeselle und außer seiner Mutter, die ihn einmal im Jahr aus dem Ruhrgebiet besuchen kam, durfte bei ihm keine Frau ins Haus. Aus Überzeugung oder Verklemmtheit, ganz genau konnte das keiner sagen. Als ich an die Theke kam, schimpfte er gerade über einen falsch abgerechneten Gehaltszettel und zu wenig Lohn im vergangenen Monat. Angeblich hatte der Bürgermeister ihm ein paar Stunden zu wenig angerechnet und fehlerhaft an die Gemeindeverwaltung übermittelt. Er hatte somit für diesen Monat weniger Geld auf dem Konto und das, wo er gerade jetzt eine einwöchige Pauschalreise mit dem Bus an die spanische Mittelmeerküste gebucht hatte. Darauf freute er sich bereits seit dem letzten Sommer. Denn normalerweise verreiste Josef überhaupt nicht. Einmal im Jahr ein Tagesausflug zum Weihnachtsmarkt nach Aachen oder Trier, mehr war nicht drin.

»So ein Mist!«, sagte Josef.

»Ich kann dir bis nächsten Monat gerne zweihundert Mark leihen«, sagte die Mamm zu ihm.

»Ich auch. Von dir bekommt man es ja auch zurück«, meinte Wumms.

»Mal schauen, vielleicht reicht es ja auch so«, antwortete Josef.

Ich bestellte mir eine große Cola und eine kleine Tüte Erdnüsse und ging wieder zu den Spielgeräten. Neuerdings hing in dem kleinen Flur zum Nebenraum ein Geldspielautomat, der permanent vor sich hin blinkte und darauf warte, irgendeinen Gast übers Ohr zu hauen. Es gab nur wenige, die darauf hereinfielen. Ich stand eine Weile mit Dirk und Patrick am Flipper, ohne selbst mitzuspielen. Plötzlich sah ich durch das große Fenster Ulis VW-Bus einparken. Wenige Minuten später kam Uli herein und freute sich, mich zu sehen.

»Was machst du denn hier?«, fragte ich ihn direkt.

»Ich war bei dir zu Hause und deine Mutter wusste nicht, wo du bist. An der Busse war kein Mensch und da dachte ich, ich schau mal hier nach dir.«

»Gut kombiniert!«, grinste ich.

Wir setzten uns an einen der runden Tische, die im Raum verteilt standen. Anders als der Schankraum, der ziemlich dunkel war und nur zwei kleine Fenster gegenüber der Theke hatte, war es hier regelrecht lichtdurchflutet. An der Längsseite des Raumes gab es ein riesiges Fenster Richtung Westen, das viel Licht hereinließ. Uli erzählte von Julianas Geburtstagsparty und dass sie total überrascht, sogar enttäuscht gewesen war, dass er, Markus, nicht gekommen sei.

»Und hast du der Superbraut gesagt, dass ich gar keine Einladung bekommen habe?«, fragte ich Uli zynisch.

»Ja, habe ich. Wir waren beide sehr überrascht, dass du keine Einladung bekommen hast. Und ich erst, denn Juliana sagte, sie hätte dir extra eine Einladung per Post geschickt«, antwortete Uli.

Ich war total überrascht und machte große Augen. Wieder einmal verstand ich nur Bahnhof.

»Ich habe aber nie eine Einladung bekommen!«, sagte ich daraufhin.

»Juliana hat mir geschworen, dass sie dir eine persönliche Einladung mit der Post geschickt hat. Deshalb war sie auch auf dem ›Tanz in den Mai‹ so irritiert und enttäuscht, weil du ihr gegenüber überhaupt nichts dazu gesagt hast.«

»Wie sollte ich denn, wenn ich von keiner Einladung wusste?«, erwiderte ich.

Jetzt erklärte sich Julianas Verhalten mir gegenüber. Ich glaubte Uli und eigentlich auch Juliana, dass
sie mir eine Einladung geschickt hatte. Warum sollte sie auch solch eine Geschichte erfinden, das ergab
überhaupt keinen Sinn. Aber warum ist sie dann nicht
bei mir angekommen? Mit achtzehn Jahren bekommt
man in der Regel nicht so viel Post, dass man eine Einladung übersehen würde. Hatten meine Mutter oder
mein Vater den Brief versehentlich mit ins Altpapier
gesteckt? Unwahrscheinlich. Mein Vater bearbeitete
akribisch die ganze Post. Selbst jeder Werbeprospekt
wurde durchgeblättert und gelesen. Ich verstand die
Sache mit der Einladung nicht. Aber ich begriff auch
nicht, warum Juliana mich nicht einfach darauf angesprochen hatte?

»Aber weißt du, was passiert ist?«, fragte mich Uli
und riss mich aus meinen Überlegungen.

»Nee, was ist denn so Besonderes passiert?«

»Juliana und Andreas haben sich getrennt! Kurz
vor Julianas Geburtstagsparty. Andreas hat Schluss gemacht wegen einer anderen.«

Daraufhin antwortete ich nur mit einem lang gezo-
genen »Oookay!«

»Ich dachte, das interessiert dich«, meinte Uli.

»Wieso? Soll ich jetzt etwa den Tröster spielen? Ist
mir doch ziemlich egal, wenn die beiden nicht mehr
zusammen sind«, raunzte ich Uli an und versuchte das
Thema zu wechseln.

»Ich dachte, ich erzähle es dir«, meinte Uli.

»Du bist doch ganz dicke mit Juliana. Gehst ja auch
mit ihr das Kleid für den Abschlussball aussuchen,
habe ich von Kerstin gehört. Da kannst du ja direkt alles klarmachen zwischen euch beiden. Jetzt ist sie doch
wieder zu haben«, fauchte ich ihn an.

Uli schaute mich bedröppelt an und meinte nur:
»Zwischen Juliana und mir ist es nichts anderes, als

zwischen Nicki und dir. Wir sind einfach nur ziemlich gute Freunde.«

Zwischenzeitlich ging ich rüber zur Musikbox, warf ein paar Münzen ein und drückte die Tasten für *Sweet surrender* von Wet Wet Wet und *Africa* von Toto. Es war mir für einen Moment zu ruhig im Raum. Aus der Kneipenküche strömte der Geruch von frisch gebratenen Zwiebel-Frikadellen bis zu uns in den Nebenraum. Uli kippte das Fenster.

Natürlich war es mir überhaupt nicht egal, was mit Juliana und Andreas war. Im Gegenteil, ich spürte eine gewisse Freude in mir. Mit der Trennung des ehemaligen Piratenglücks kam allerdings auch eine neue Sorge in mir auf. Für einen Moment hatte ich Angst, in die Rolle des Lückenbüßers geraten zu können. Auf keinen Fall wollte ich für Juliana nur Tröster oder Ablenkung sein.

Etwas später kamen noch Jochen, Bombe und Ralf in die Kneipe und verbrachten den Abend mit Kickern und Rumblödeln. Ich war relativ früh zu Hause und mir ging die Sache mit der verschwundenen Einladung nicht mehr aus dem Kopf. Wieso kommt gerade solch ein Brief nicht an? Das war doch äußerst seltsam.

Mein Vater lag schon im Bett und schlief, meine Geschwister sowieso. Nur meine Mutter saß noch im Wohnzimmer auf der Couch und las in einem ihrer geliebten Arzt- und Liebesromane, genauer gesagt waren es kleine Heftchen, die regelmäßig per Post ankamen. Die Hauptrollen in diesen Romanen spielten in der Regel Krankenschwestern, die sich in Doktoren verliebten. Manchmal waren es auch Bergdoktoren. Ich weiß es nicht mehr genau.

»Karin hat schon wieder angerufen. Du sollst dich doch bitte mal bei ihr melden«, sagte meine Mutter. Ich schaute sie überrascht und zugleich genervt an.

»Nun rufe sie doch endlich mal zurück. Sie hat jetzt schon mehrmals versucht, dich zu erreichen.«

»Och Mama, ich kann diese Karin nicht ausstehen und überhaupt, ich habe gar nichts mit ihr zu tun. Sag ihr doch einfach, ich hätte keine Lust, mit ihr zu sprechen«, sagte ich leicht gereizt, obwohl meine Mutter ja überhaupt nichts dafür konnte.

»Das kannst du mal schön selbst machen. Ich verstehe dich nicht Markus, Karin ist doch Bernies Tochter und ganz nett«, meinte sie.

Ich ging nicht weiter auf die Äußerung meiner Mutter ein. Mein Gedankenkarussell stoppte bei »Bernies Tochter«. Und stieß damit folgende Verknüpfung an: Bernies Tochter, Karin ist nicht auf der »Tanz in den Mai«-Party gewesen. Warum auch immer? Und seitdem versuchte sie mich mehrmals anzurufen. Vielleicht schien sich das Rätsel der verlorengegangenen Einladung zu lösen. War die Hand Gottes im Spiel? Hatte ihr Vater Bernie irgendetwas damit zu tun? Möglich war es. Doch Bernie darauf anzusprechen, das wollte ich auf keinen Fall. Er hätte eh widersprochen und ich hätte ja auch gar nichts beweisen können. Das Einzige, was ich davon gehabt hätte, ich hätte eine Rechtfertigung gehabt, warum ich seine Tochter nicht zurückrief. Ich hatte nun vielleicht die Lösung des Rätsels, musste diese aber doch für mich behalten.

Dieser bis dahin relativ durchschnittliche Mittwoch bekam kurz vor Mitternacht seinen unerwarteten Höhepunkt. Die Feuerwehrsirenen im Dorf heulten los und ein paar Minuten später düste das einzige Feuerwehrauto der Freiwilligen Feuerwehr mit einem Affenzahn durch den Ort. Feuer war aber nirgends zu sehen. Ein paar Minuten später folgten dann die Sirenen vom Polizeiauto, die immer näherkamen. Was war bloß los?

Meine Mutter stand am Fenster, schaute auf die Straße, sah aber weit und breit nichts. Ich war gerade dabei, mir die Zähne zu putzen und mich in mein Bett zu kuscheln. In meinem Zimmer lief *Photograph* von Def Leppard. Solch eine Aufregung mitten in der Woche bei uns im Dorf, das wollte ich mir nicht entgehen lassen, dachte ich. So zog ich meine Jeansjacke über, nahm meinen Helm von der Flurgarderobe und lief zu meinem Mofa, das über Nacht immer in einem kleinen Verschlag neben unserer Garage stand. Erst wusste ich gar nicht, in welche Richtung ich fahren sollte. Ein Unfall auf der naheliegenden Bundesstraße schien es nicht zu sein. Das Martinshorn vom Polizeiauto leuchtete aus Richtung Bauer Manderheim, der auf einem Aussiedlerhof am Dorfausgang wohnte. Also fuhr ich mit meiner Hercules durch die frühlingshafte Mainacht über holprige Feldwege Richtung Bauernhof. Unzählige Mücken flogen mir in die Augen. Auf Manderheims Hofgelände war zu dem Zeitpunkt bereits das halbe Dorf versammelt. Ein Polizeiauto und neben dem Feuerwehrauto aus unserem Dorf noch zwei weitere Feuerwehrfahrzeuge aus den Nachbardörfern. Hinter mir gab es plötzlich ein lautes Hupen und Blinken und das kurze Aufheulen einer Sirene von einem ankommenden Rettungswagen. Was war das für ein Aufruhr in unserem kleinen Ort! Soviel wie an diesem Abend war schon lange nicht mehr los gewesen bei uns. Polizei und Feuerwehr hatten ein Absperrband vor der Scheune und dem Hof gespannt. Hektisch liefen die Feuerwehrleute in die Scheune und wieder heraus. Der Rettungswagen machte eine Vollbremsung, die Reifen quietschten laut und verschreckten den alten Schäferhund derart, dass er Richtung Wald abzischte. Im Eilschritt lief der Notarzt direkt in die Scheune. Dann ein paar Minuten angespannte Stille. »Was war da wohl los«, fragte ich mich? Zumindest so viel, dass ich es zum ersten Mal seit Wochen für diesen Moment schaffte, Juliana zu vergessen. Und plötzlich ging das

Scheunentor auf und alle Helfer kamen entspannt, teilweise sogar lachend aus der Scheune. Der Notarzt ging kopfschüttelnd in Richtung Rettungswagen. Die Feuerwehrleute packten ihre Sachen wieder ein. Ein junger Polizeibeamter, der scheinbar nicht aus der Gegend kam, keiner von uns kannte ihn, rollte das Absperrband ein. Ich sah Jochen, der am Einsatz der Feuerwehr beteiligt war. Er kam lachend mit Manfred, einem älteren Feuerwehrmitglied über den Hof Richtung Feuerwehrauto.

»Hey Jochen, was ist hier los?«, rief ich zu ihm rüber, als er etwa drei Meter von mir entfernt war.

»Mann, Markus, das wirst du nicht glauben. Das ist so lustig!«, antwortete Jochen.

»Ja, erzähl doch!«, sagte ich, während sich um mich herum ein paar andere Dorfbewohner versammelten und unserem Gespräch gespannt zuhörten.

»Bauer Manderheim hat voller Aufregung die 110 gewählt und meldete einen Toten in seiner Scheune.«

»Uh ...«, raunte ich.

Und bevor ich was sagen konnte, redete Jochen weiter.

»Aber keine Sorge, da war kein Toter und von einer Leiche auch keine Spur. Es ragte lediglich ein Frauenarm aus dem Heu ...«

Die Leute um mich herum wurden immer unruhiger und stammelten so was wie »Das gibt es doch nicht!«

»Manderheim traute sich nicht weiter in die Scheune hinein, da er in der Dunkelheit nur den Schatten des Armes im Heu gesehen hatte. Dann hat er sofort um Hilfe gerufen. Wir sind rein in die Scheune, haben Licht gemacht und haben den Arm herausgezogen. Am Ende war es nur eine verdammt gut gemachte Gummipuppe, die da im Heu lag«, erzählte Jochen weiter.

In dem Moment fingen alle um uns herum hemmungslos an zu lachen. »Eine Gummipuppe im Heu vom Manderheim. Das gibt's doch nicht!«, rief einer, den ich nur vom Sehen kannte. »War sie nackt?«, fragte ein anderer aus der Menge und wollte damit besonders witzig sein. Was ihm nur teilweise gelang.

»Da würde ich ja mal gerne wissen, wer die dort vergessen hat?«, sagte ich in Richtung Jochen. »Bestimmt der Josef. Der hat ja noch nie eine Frau gehabt!«, rief einer der herankommenden Feuerwehrleute ungefragt. Es war Karl-Heinz, einer der Älteren aus der Freiwilligen Feuerwehr. Ich mochte Karl-Heinz nicht, denn er lästerte ständig über andere aus dem Dorf. Es passte, dass gerade er so eine dumme Vermutung äußerte. Ich ärgerte mich und sagte nur »Das ist dämlich, so einen Verdacht auszusprechen!« Es schien aber keiner mehr hören zu wollen und somit ging bereits am nächsten Tag das Gerücht durchs Dorf, Josef hätte seine Gummipuppe bei Bauer Manderheim in der Scheune versteckt. So konnte Dorfleben auch sein. Wurde ein dummes Gerücht erst einmal in die Welt gesetzt, dann machte es rasch die Runde und am Ende wusste keiner mehr, was wahr und was erfunden war. Die Gerüchteküche auf dem Land war früher mindestens so schnell wie das heutige Internet. Gut, dass Josef jetzt erst einmal eine Woche in Spanien ist, dachte ich mir und fuhr nach Hause. Und damit war auch Juliana wieder in meinen Gedanken. Es war nur eine kurze Verschnaufpause vom Liebeskummer gewesen.

KAPITEL 26

My name is Luca – Suzanne Vega

Es war Samstagmorgen, meine Eltern waren zum Einkaufen gefahren. Am Wochenende gab es immer Brötchen, die der Bäcker morgens durchs Dorf fuhr und vor die Haustür der Kunden warf. Im Radio lief Suzanne Vegas *My name is Luca* und die Sonne schien durchs Fenster. Fabelhafter Tagesbeginn, dachte ich, drehte die Musik lauter und sang lauthals mit, während ich in meinem rosa Baumwollpyjama durch die Küche tanzte. Ich beschmierte mein Brötchen mit Nutella, aber ohne Butter, denn die veränderte den Geschmack der Schokolade, wie ich fand. Noch im Schlafanzug hatte ich alle Zeit der Welt, ich genoss die Ruhe im Haus. Das Telefon klingelte und ich nahm den Hörer ab. Eine freundliche Frauenstimme meldete sich mit »Surmann«. Ich zuckte zusammen. War das der Zufall einer Namensgleichheit oder die Mutter von Markus? »Bist du Juliana, die Nachhilfe gibt?« »Ja, genau.« »Ich hörte von Bekannten, dass du auch Englischnachhilfe gibst und ich wollte fragen, ob du meine Tochter Sylvia ein- bis zweimal die Woche bei ihren Aufgaben unterstützen kannst?« Hatte Markus eine Schwester namens Sylvia?

»Ja, gerne, in welchem Schuljahr ist sie denn?« »Sie besucht die sechste Klasse.« »Ja, das könnte ich gerne tun. Montags, dienstags und donnerstags hätte ich nachmittags Zeit. Möchten Sie Ihre Tochter zu mir bringen oder soll ich zu Ihnen kommen?«

»Wenn du mobil bist, wäre es wunderbar, wenn du zu uns kommen kannst. Ich zahle auch das Spritgeld.« Sie gab mir ihre Adresse, die tatsächlich im Dorf von Markus lag, und wir vereinbarten den ersten Termin für montags um vier Uhr. Mit klopfendem Herzen legte ich auf. Inzwischen lief der Song *Solitude standing* von Suzanne Vega, der gerade im Mai erschienen war. Vega war eine mega Songschreiberin und Sängerin, und in ihrem Stil hatte ich einige Songtexte verfasst, die ich aber noch niemandem gezeigt hatte. Sie schlummerten in meinem Songbook, vor den Augen der Öffentlichkeit versteckt. Sie handelten immer von Liebe und zumeist waren es melancholische Texte, die ich oft in englischer Sprache, manchmal auch auf Deutsch verfasste. Ich war mir sicher, dass sie irgendwann einmal gebraucht werden und es kamen von Zeit zu Zeit neue Zeilen dazu. Auch ab und an ein Gedicht, das ich in einem Moment des Glücks oder der Traurigkeit geschrieben hatte.

Aber zunächst rief ich Uli an und fragte ihn neugierig, ob Markus eine Schwester hätte, die in der Sechsten war. Uli bejahte und meinte, wie ich denn darauf kommen würde. »Na, der soll ich Nachhilfe in Englisch geben.« »Puh, das ist ja lustig! Kommt sie zu dir?« »Nein, ich bin dorthin bestellt worden.« »Na, dann kannst du ja auch direkt mal mit Markus reden!«, schlug er vor. »Mal sehen, ob er da sein wird. Au Mann, jetzt bin ich aber doch ziemlich neugierig …« Uli lachte. »Noch besser kann es doch gar nicht kommen. Markus' Mutter lädt dich zu ihnen ein!« »Mal sehen, jedenfalls erzähl's ihm mal noch nicht weiter …«, beschwor ich Uli.

Am Montag fuhr ich mit meiner Vespa zu Markus nach Hause. Ich war gespannt, wie seine Eltern und seine Geschwister sein würden und wie es bei ihm zuhause aussah. Mit feuchten Händen klingelte ich und seine Mutter öffnete. Wir gaben uns die Hand und nach ein paar Worten der Begrüßung führte sie mich ins Zimmer ihrer Tochter. Sylvia hatte ein gemütliches Zimmer und bereits ihre Englischsachen auf den Schreibtisch gelegt. Sie begrüßte mich mit den Worten: »Hi, ich bin Sylvia und ein hoffnungsloser Fall … ich sag's dir lieber gleich.« Sie war mir sofort sympathisch.

»Das kriegen wir schon hin. Ich bin Juliana, du kannst mich gern Juli nennen.«

»Dann lasse ich euch jetzt mal in Ruhe lernen!«, sagte Frau Surmann und schloss die Tür.

Sylvia, das merkte ich sofort, war an sich ein schlaues Mädchen, jedoch hielt sie nicht allzu viel vom Vokabellernen, was ihr nun allmählich zum Verhängnis wurde. Die englische Grammatik kapierte sie auf Anhieb. So begann ich, mit ihr alle Vokabeln zu wiederholen und übersetzte mit ihr den Text der Unit 8 im Englischbuch. Mir machte es Spaß, mit ihr zu üben, denn sie kapierte flott. Allerdings war ich auch recht nervös wegen der Tatsache, dass Markus womöglich gleich auftauchen könnte. Da Sylvia so ein aufgeschlossenes Mädel zu sein schien, wollte ich sie auf ihren Bruder ansprechen, aber ich traute mich nicht so richtig. So beschloss ich, wieder auf ein Zeichen zu achten. Würde sie die nächste Vokabel, die ich abfragte, wissen, wäre das das Zeichen, dass ich sie fragen könnte. Wenn sie die nächste nicht wüsste, würde ich es lassen, über Markus zu reden. Die nächste Vokabel war »Mantel«. Sylvia überlegte kurz und sagte: »Coat, da bin ich mir ziemlich sicher.« Um sicher zu gehen, ließ ich sie die Vokabel noch aufschreiben, sie schrieb fehlerfrei. »Gut machst du das. Sag mal, hast du zufällig einen Bruder, der Markus heißt …?«, begann ich vorsichtig das Gespräch. Sylvia zog die Stirn kraus und dann ein Augenlid nach oben. »Ja, kennst du ihn etwa?« »Ja, flüchtig zumindest.« Sylvia fand, das war ein Thema, das wichtiger war als die Vokabeln und eine willkommene Ablenkung vom Lernen. »Woher kennst du ihn?« »Von ein paar Partys und durch einen gemeinsamen Freund, den Uli!« »Ach, klar, den kenn ich auch. Gerade hängt Markus bei seinen Bandleuten, die proben für ihre Riesenfete. Markus ist mein Lieblingsbruder, weißt du, aber er ist schon manchmal ein bisschen verrückt.«

»Wieso?« »Na, weißt du, er ist in manchen Dingen echt … SPEZIELL.«

»Das verstehe ich nicht. Was tut er denn?« Ich war mir bewusst, dass Markus das hier nicht gut gefunden hätte, aber die Neugierde trieb mich an, weiter zu bohren.

»Aaach, wenn er seine Haare wäscht, dann macht er immer ein richtiges Ritual daraus. Er wäscht die Haare immer einen Tag, bevor er einen wichtigen Termin oder ein DATE hat und geht dann abends mit einem Häubchen ins Bett …«

Sie kicherte vor sich hin. Ich musste loslachen. »Was für ein Häubchen?« »Na, er zieht so ein enges Kopftuch um und legt sich damit schlafen.« »Du machst Witze, oder?«

»Nein, im Ernst! Frag ihn! Er macht das nämlich, weil er sonst Locken hätte. Und die mag er nicht, die sehen ihm zu mädchenhaft aus. Er will die Haare glatt tragen. Morgens zieht er dann das Käppi wieder ab und die Haare liegen top.«

Ich hätte mich am liebsten vor Lachen geschüttelt, hielt mich aber ein wenig unter Kontrolle.

»Na, das ist ja eine lustige Story.« Sylvia merkte, dass sie mich mit ihrer Geschichte gut unterhielt und war gleich in der nächsten Episode. »Und er ist auch so ein bisschen verschroben oder wie man das nennt.« Sie machte eine längere Pause, »halt so belesen.« »Was liest er denn?« »Ach, er macht da immer eine so ganz ernste Miene, nimmt sich ein Buch mit geschlossenen Augen aus dem Regal, weil er denkt, das Buch müsse ihm etwas ›SAGEN‹, dann verschwindet er damit hinten im Wald. Ich bin ihm mal nachgeschlichen, um zu sehen, was er da tut.« Die Kleine war so drollig, ich hätte sie umarmen können … »Ja, und dann? Was passierte?«

»Ja, weißt du, eigentlich gar nichts. Er setzte sich an einen Baum, unter dem Moos wuchs, und lehnte sich mit dem Rücken gegen den Stamm. Dann packte er sein

Buch aus der Tasche und las stundenlang.« »Was liest er denn?« »Hermann Hesse zum Beispiel. Stufen und so ein Zeugs.« »Ach, wieso, das ist doch ein schönes Gedicht.« »Er liest auch noch peinlichere Sachen … Erich Fromm. Hast du von dem auch schon gehört? Einer seiner Lieblingsautoren. Natürlich gibt er das nie öffentlich zu. Bei seinen Freunden tut er ja immer so unheimlich cool. Dabei liest er immer gerne so Sachen wie ›Die Kunst des Liebens‹ und ›Die Kunst des Lebens‹!« »Na, wenn er schon darüber liest, hoffentlich kennt er sich damit auch wirklich aus«, dachte ich schmunzelnd bei mir.

»Und dann geht er irgendwann nach dem Lesen wieder nach Hause«, fuhr Markus' Schwesterchen fort. »Und danach ist er immer ganz ›aufgeräumt‹, so erwachsen halt. Ich hab den Kram auch mal gelesen und fand daran alles ziemlich langweilig … aber er ist so ein bisschen wie unser Onkel, der verschlingt auch jeden Tag ein Buch und lebt inmitten seiner Bücherregale.«

»Komm, lass uns jetzt noch den kleinen Abschnitt hier übersetzen und dann sind wir für heute fertig.« Sylvia war am Ende ganz zufrieden, dass sie nun zumindest einmal den englischen Text gut verstanden hatte, über den sie eine Klassenarbeit schreiben würden. Sie versprach mir, die Vokabeln der Unit 8 fleißig jeden Abend zu wiederholen. »Weißt du, wenn du abends vor dem Schlafengehen etwas lernst, dann festigt es sich ganz von alleine nachts im Schlaf. Und dann sind die Vokabeln morgens alle im Kopf. Probier es aus. Und dann erzählst du mir beim nächsten Mal, wenn wir uns wiedersehen, ob es geklappt hat, ja? Das ist wie Zauberei!«

»Ja, mache ich!« Sie sprang auf und rief ihre Mutter, »wir sind feeertig, Mama!« Frau Surmann kam aus der Küche und gab mir mein Geld. »Hat sie mitgemacht?« »Ja, klar, sie muss nur an den Vokabeln arbeiten, dann bekommen wir das schon hin.« »Kannst du am Donnerstag nochmal wiederkommen?« Ich vereinbarte, dass ich um vier wiederkommen würde.

Als ich aus dem Haus trat und auf die Straße lief, um auf meine Vespa zu steigen, fiel mein Blick auf einen mir bekannten schwarzen VW-Bus.

Justament stiegen Uli und Markus aus, die vor dem Haus geparkt hatten. Markus' Gesicht, als er mich erblickte, werde ich erstmal nicht mehr vergessen. Und Ulis Grinsen, der natürlich von der Nachhilfestunde gewusst und es bestimmt so eingefädelt hatte, dass Markus mir begegnen musste, war auch ein Foto wert. »Juli … Juliana«, stieß Markus überrascht hervor und strich sich schnell durch sein verwuscheltes Haar. »Was machst du hier?« Ich hatte ja den Vorteil, dass ich darauf vorbereitet war, Markus heute womöglich über den Weg zu laufen, aber er war wirklich völlig ahnungslos. Uli hatte ihn also garantiert unter einem Vorwand genau zur richtigen Zeit hierhergefahren. Ich blieb an meinem Roller stehen und starrte Markus an. »Ich habe deiner Schwester Nachhilfe gegeben«, brachte ich mühsam heraus. »Hast du noch etwas Zeit?«, fragte Markus verlegen. »Ja, schon.« »Ich fahr dann mal!«, rief Uli und stieg in den Bus.

»Möchtest du mit mir noch zur Eisdiele fahren? Ist nicht weit, fünfzehn Kilometer.« »Ja, gern. Wir können auch mit der Vespa fahren.« »Ja klar.«

»Dann fahre ich hintendrauf mit, wenn du magst?«, schlug ich vor. »Gut.« Markus stieg auf, ohne Helm, denn das hätte ihn zu viel unnötige Zeit gekostet, und ich setzte mich hinter ihn, zog meinen Helm an und hielt mich an ihm fest. »Los geht's!« Die kurze Fahrt über die Landstraße werde ich nie vergessen. Ich war ihm so nahe wie noch nie. Sein Bauch fühlte sich fest und muskulös an und sein Haar, das mir ins Gesicht wehte, duftete. Überhaupt duftete alles gerade unheimlich gut nach frischem Heu, das trocknend auf dem Feld lag, und nach Sommer. Die Farbe des Himmels erschien mir blauer denn je und das Grün des Waldes intensiver als ich es je wahrgenommen hatte. Überhaupt empfand ich die Fahrt wie in Zeitlupe. Meine Sinne nahmen mehr Gerüche wahr und ich spürte alles viel tiefer als sonst. Ich schmiegte mich mutig an seinen Rücken und bekam eine Gänsehaut. Als wir an der Eisdiele ankamen und abstiegen, waren wir beide etwas verlegen und sprachen nicht viel. Markus schaute mich von der Seite an, sein Blick war immer noch voller Überraschung. Es waren schon einige Tische auf der Terrasse besetzt. Markus bat mich, einen Platz auszusuchen. Wir bestellten ein Tartufo und einen Joghurt-Erdbeerbecher.

Markus begann zögernd: »Juliana, es tut mir leid. Uli hat mir erzählt, du hättest mir eine Einladung zum Geburtstag geschickt, doch die ist nie bei mir angekommen. Ich hätte zu gerne mit dir Geburtstag gefeiert und hatte mich schon gewundert, warum Uli eingeladen war und ich nicht.« »Ja, ich weiß … und ich ärgere mich die ganze Zeit darüber, dass ich dich nicht darauf angesprochen habe.« Markus schaute mir tief in die Augen, »Es ist mir wichtig, dass du das weißt.« »Lass uns das Ganze vergessen.« »Ja, das tun wir.« Wir aßen schweigend unser Eis.

»Sag mal, hättest du Lust, mich zum Candlelight Dinner zu begleiten? Ich habe doch auf der Karnevalsparty mit Andreas den Gutschein gewonnen und … naja, sicher hast du es schon gehört. Er hat mit mir Schluss gemacht. Ich würde ihn gerne mit einem besonderen Menschen einlösen.« Hoffnungsvoll blickte ich ihn an. Seine Mundwinkel gingen nach oben und er lachte mich an. »Klar, das würde ich gern tun. Wohin gehen wir denn essen?«

»Zum Italiener« »Gut … ach übrigens … wir machen eine große Party, wenn ich achtzehn werde. Mit zwei Freunden zusammen in der Lavagrube. Nächste Woche Samstag – kommst du?« Er packte ein paar Zettel aus seiner schwarzen Jeansjacke und reichte mir einen davon rüber. »Gerne. Was wünschst du dir zum Geburtstag?« »Nichts. Einfach, dass du kommst.«

»Ja, das wird klappen. Ich habe noch nichts vor am Samstag. Was ist geplant?«

»Wir haben eine Band, die heißt ›Action no words‹. Wir werden ein paar rockige Stücke zum Besten geben. Und ansonsten – lass dich überraschen!«

»Was für eine außergewöhnliche Idee, in einer Lavagrube zu feiern. Ich bin sehr gespannt!«

»Bist du noch geknickt wegen Andreas?«, wollte Markus wissen.

»Nein, es war am Anfang schwer, da ich mir so blöde vorkam. Aber verliebt waren wir schon länger nicht mehr. Es war nur der Ärger darüber, als er mit der anderen abgehauen ist. Man kommt sich vor, wie der allerletzte Mensch.«

»Na, das bist du ganz bestimmt nicht. Du bist ein tolles Mädchen.« Aufheiternd, fast zärtlich blickte mich Markus an und bezahlte unser Eis. Die Heimfahrt zu ihm war wieder wunderschön. Wir standen uns etwas unsicher gegenüber, weil wir nicht wussten, wie wir uns verabschieden sollten. So umarmte ich ihn kurz und sagte: »Danke fürs Eis und – wir sehen uns! Am Donnerstag bin ich wieder bei deiner Schwester zum Lernen.« »Ciao!«, sagte Markus als ich losfuhr.

KAPITEL 27

Is this love – Whitesnake

Ich kam von einem Treffen mit Jochen und Ralf, wir hatten unsere große Geburtstags-Lavagruben-Party ausführlich besprochen und komplett durchorganisiert. Mehr als 150 junge Menschen aus der gesamten Eifel waren eingeladen. Es sollte eine der größten Partys der Region werden.

Es war Mitte Juni und ein warmer sonniger Tag ging seinem Ende entgegen. In der Luft duftete es nach frisch gemähter Wiese und ganz wunderbar nach Sommer. Aufgeladen mit Glücksgefühlen fuhr ich nach unserem Treffen noch weit über eine Stunde ziellos mit meinem Mofa querfeldein über die Felder auf den Sonnenuntergang zu. Ich fühlte mich frei und zugleich in Julianas Fängen verheddert. Nun fühlte es sich auf einmal alles anders an, als noch vor ein paar Tagen und Wochen, in denen ich gar nicht wusste, wie ich mit diesen Gefühlen für Juliana umgehen sollte. Nachdem wir uns, dank Uli, scheinbar zufällig über den Weg gelaufen waren und die Möglichkeit gehabt hatten, unter vier Augen miteinander zu sprechen, schien mir alles klarer zu sein. Ich fühlte mich nahezu unbesiegbar und war voller Tatendrang. In Gedanken sah ich uns beide schon mega verliebt Hand in Hand über eine Blumenwiese hüpfen. Wir können nicht aufhören, uns zu küssen, können nicht aufhören uns zu sagen, wie sehr wir uns lieben, können nicht aufhören uns gegenseitig durch die Haare zu streifen und immer wieder küssen zu wollen. Eine plötzliche Vollbremsung und ein kleiner Sturz ins Weizenfeld rissen mich jäh aus meinen Gedanken. Im letzten Moment konnte ich den Traktor von Bauer Manderheim noch im Gegenlicht erkennen, bevor ich kopfüber im Feld landete. Außer einem heftigen Schrecken passierte mir glücklicherweise nichts. Aber meine Gedanken und Träume waren damit von einem Moment auf den anderen beendet. »Pass doch auf, Jung, und zieh dir das nächste Mal einen Helm an!«, hörte ich Bauer Manderheim nur noch in meine Richtung brüllen und schon verschwand der Traktor Richtung Dorf.

Meine Gedanken wechselten von Glücksgefühlen in eine gewisse Aufregung. Denn der Schreck hatte mich an das anstehende Candlelight-Dinner mit Juliana beim Italiener erinnert. Meine Vorfreude, mit Juliana essen zu gehen, verwandelte sich umgehend in ein Gefühl von Unsicherheit. Was, wenn Juliana gar nichts von mir wollte? Wenn sie gar nicht mich meinte und wenn sie einfach nur den Gutschein mit einer passablen Begleitung einlösen wollte? Wenn sie sich doch nur mit mir trösten wollte? In mir kamen erneut Zweifel auf.

In der beginnenden Abenddämmerung setzte ich mich an den Rand des Weges, schaute runter ins kleine Tal und kramte meinen Walkman aus der Tasche meiner Jeansjacke. Ich hatte das neue Album von Deacon Blue auf einer Kassette dabei, die Semmel mir erst vor ein paar Tagen bei der letzten Probe gegeben hatte. Bis dahin hatte ich noch keine Zeit, es zu hören. Ein passender Moment, dachte ich mir. *Love's great fears* brachte mich schließlich noch mehr zum Nachdenken. Ich stoppte die Musik.

Auf der Fahrt nach Hause war ich komplett versunken in meinen Gedanken und Selbstzweifeln, die Glücksgefühle schwanden immer mehr dahin. Dieses Verliebtsein schien ein Karussell von ständig wechselnden Eindrücken zu sein. Von den viel besagten Schmetterlingen im Bauch spürte ich bis dahin nicht viel. War das jetzt schon wieder Liebeskummer? Und macht diese Qual Lust auf Süßigkeiten? Ich wusste es nicht. Auf jeden Fall schmierte ich mir zu Hause noch drei Brote mit einer dicken Schicht Schoko-Nusscreme. Um genauer zu sein, mit Nutella. In den 80ern teilten sich meiner Meinung nach Familien in drei Gruppen auf. Es gab welche, die Nutoka aßen, dann solche, die sich für Nusspli entschieden und die dritte Gruppe waren die, die Nutella aßen. Meine Familie gehörte zur Nutella-Fraktion. »Zu welcher Schoko-Nuss-Creme-Gruppe gehört wohl Juliana und ihre Familie?«, fragte ich mich.

Ich setzte mich mit den Butterbroten auf mein Bett und las ein paar Seiten in einem Buch von Carlos Castaneda, welches ich von meinem Onkel Bertram zum Geburtstag bekommen hatte. Onkel Bertram liebte Bücher und verbrachte jede freie Minute damit, zu lesen. Zeitgleich las er mindestens fünf Bücher. Es gab kaum einen Platz in seinem Haus, an dem nicht irgendein Buch herumlag. Einmal hat er mit der Begründung, ein Buch beinhalte brandheiße Informationen, dieses sogar im Kühlschrank abgelegt. Er wollte nicht, dass die darin enthaltenen Informationen sich selbst entzündeten. Okay, vielleicht war mein Onkel ein bisschen verrückt, aber bis heute habe ich keinen Menschen mehr getroffen, der so urteilsfreie und tiefgründige Gespräche führen konnte wie er. Er beleuchtete alle Themen stets aus unterschiedlichen Perspektiven und nie war irgendetwas nur gut oder nur schlecht. Auf mich wirkte die Atmosphäre in seinem Haus immer sehr beruhigend. Ich fühlte mich umgeben von den ganzen Geschichten und Protagonisten aus seinen Büchern. In seinem Schlafzimmer durften allerdings nur Bücher mit positiven Geschichten liegen. Er wollte nicht, dass irgendwelche Schurken aus düsteren Geschichten in der Nacht ihr Unwesen in seinem Schlafzimmer trieben. Dort lagen eher Bücher wie der »Kleine Prinz« von Antoine de Saint-Exupéry oder »Die Möwe Jonathan« von Richard Bach. Somit war sein Zuhause voller Leben, obwohl er doch ganz alleine wohnte. Er konnte im Geiste stets selbst entscheiden, welche der Geschichten er gerade zum Leben erwecken wollte und welcher Protagonist ihn durch den Tag begleiten sollte. Vielleicht genoss Onkel Bertram deshalb sein Leben als Einzelgänger so sehr, denn er fühlte sich nie alleine und hatte darüber hinaus immer den passenden Ansprechpartner um sich herum.

Karin hatte die letzten Wochen nicht lockergelassen und meine Eltern mit ihren permanenten Anrufen drangsaliert. Wahrscheinlich arbeitet sie heute im Telefon-Vertrieb und verkauft irgendwelche Artikel, die kein Mensch tatsächlich braucht. Das Talent dazu hatte sie damals schon. Irgendwann hatte ich keine andere Möglichkeit mehr, als sie zurückzurufen. Ich musste meine Eltern einfach vor weiterem Telefonterror schützen. Doch direkt nach dem Telefonat ärgerte ich mich über meinen Anruf. Denn in dem Gespräch mit Karin wickelte sie mich so um den Finger, dass ich einer Verabredung zum Eis essen nicht aus dem Weg gehen konnte. Unangenehme Dinge brachte ich gerne schnell hinter mich und schon ein paar Tage nach dem Telefonat stand das unvermeidliche Treffen an.

Auch wenn es für mich mit Aufwand verbunden gewesen war, so wählte ich eine Eisdiele aus, die etwa fünfzehn Kilometer von unserem Dorf entfernt lag. Dort war die Gefahr am geringsten, dass mich einer aus der Clique mit Karin sehe würde. Diese Schmach wollte ich unbedingt vermeiden. Das musste ich auch schon alleine wegen Juliana. Wäre ja zu blöde gewesen, wenn durch solche eine Sache das nächste Missverständnis im Raum gestanden hätte.

Auf dem Weg durchs Dorf Richtung Bundesstraße sah ich Josef am Dorfplatz eine Bank streichen. Im Vorbeifahren grüßte ich ihn und dachte an die Geschichte mit der Gummipuppe in der Scheune von Bauer Manderheim vor ein paar Wochen zurück. Als Josef von seiner Pauschalreise zurückkam, da hatte das Gerücht mit der Gummipuppe bereits im gesamten Dorf die Runde gemacht. Ich war mir nicht sicher, ob Josef die Geschichte überhaupt mitbekommen hatte. Wahrscheinlich tuschelten alle nur hinter seinem Rücken und keiner traute sich, ihn direkt darauf anzusprechen. Schließlich hätte er dann ja auch die Gelegenheit gehabt, die Sache aufzuklären. Das Gerücht war generell meist viel zu unterhaltsam, um es aufklären zu wollen. An der wahren Geschichte hatte irgendwann eh keiner mehr Interesse. Der Unterhaltungswert frisst wie so oft die Wahrheit auf.

Josef war kein Eifeler und hatte es deshalb zusätzlich schwer, im Dorf akzeptiert zu werden. Mit Ende dreißig war er aus dem Ruhrgebiet, ich glaube aus Duisburg, zu uns ins Dorf gekommen. Er war damals glücklich, die gerade freigewordene Stelle als Gemeindearbeiter bekommen zu haben. Josef sprach nicht wie die Menschen aus der Eifel, sondern wie einer aus dem Ruhrpott. Und wer diese Sprache aus dem Pott kennt, der weiß, wie derb, direkt und zugleich herzlich diese ist. Einmal fragte ich ihn, warum er denn gerade in die Eifel gekommen sei? Und Josef antwortete mit dem für ihn üblichen Ruhrgebiets-Charme: »Woanders ist auch scheiße!« Lange dachte ich darüber nach, wie er das genau meinte. Eine wirkliche Antwort darauf habe ich bis heute nicht gefunden. Josef kam zwar aus Duisburg, trotzdem kam mir bei ihm, wenn ich ihn sah, oft die zweite Strophe von Herbert Grönemeyers *Bochum* in den Sinn:

Du bist keine Schönheit
Vor Arbeit ganz grau
Du liebst dich ohne Schminke
Bist ne ehrliche Haut
Leider total verbaut
Aber g'rade das macht dich aus.

Auf jeden Fall war Josef ein guter und vor allem ehrlicher Typ. Stets etwas mürrisch, aber trotzdem immer hilfsbereit und fleißig. Er machte mehr im Dorf als er hätte machen müssen – trotz alledem hatte er es nicht leicht mit den Dorfbewohnern. Denn schließlich war »er ja nicht von hier«. Da kann der Eifeler schon beinahe gnadenlos sein. Damals konnte jemand fünfzig Jahre oder länger im selben Dorf leben, doch wenn er nicht auch in diesem geboren war oder noch schlimmer, nicht einmal aus der Eifel stammte, dann war er für immer ein »Auswärtiger«. Bei meiner Oma zum Beispiel kamen sogenannte Auswärtige immer in irgendwelchen Erzählungen oder Gerüchten vor, wenn diese negativ, peinlich oder seltsam waren. Dann pflegte sie zu sagen: »Kein Wunder, das ist ja auch keiner von hier. Das ist ja auch ein Auswärtiger«. Damit vermittelte sie, dass der Eifeler ja stets korrekt ist und niemals diese oder jene Dummheit machen würde. Das war den Auswärtigen vorbehalten. Ein Weltbild, das zumindest für eine subjektive Klarheit bei ihr sorgte. Heute ist das nicht mehr so einfach mit dieser subjektiven Klarheit. Natürlich konnte damals auch der Eifeler ganz viel Mist bauen und seltsame Dinge tun. Manchmal war er darin sogar besonders gut.

Karin saß bereits an einem kleinen runden Tisch in der Ecke der Terrasse des Eis-Cafés und wartete auf mich. Sie beobachtete, wie ich mein Mofa abschloss und meinen Helm an den rechten Außenspiegel hing. Ich fuhr mit meiner Hand durch meine mittellangen schwarzen Haare und setzte mir meine schwarz gerahmte Sonnenbrille auf. Dann ging ich rüber zu ihr. Auch wenn ich sie nicht sonderlich mochte, gut aussehen wollte ich trotzdem. Sie trug ein pinkfarbenes Shirt mit Schulterpolstern und roch nach viel zu viel My Melody-Parfüm. Sie hatte einen rosafarbenen Lippenstift aufgetragen und dazu glitzernden Eyeliner. Von allem ein wenig zu viel. Und wenn sie gewusst hätte, dass mir so etwas überhaupt nicht gefiel, dann hätte sie sich wahrscheinlich ziemlich deplatziert gefühlt. Nun gut, dann hätten wir beide uns zumindest deplatziert gefühlt.

»Hi Markus«, rief sie mir schon auf dem Weg zum Tisch entgegen.

»Hallo Karin«, sagte ich und ging einer Umarmung zur Begrüßung aus dem Weg, indem ich mich direkt hinsetzte.

»Ich bin ja so froh dich zu sehen und dass wir uns endlich miteinander verabredet haben. Das ist sooo toll!«, meinte sie voller Begeisterung. Mit der Betonung auf dem Wörtchen »so«.

»Ich habe aber nicht viel Zeit«, sagte ich gleich darauf.

»Was hast du denn noch vor?«, fragte sie mich leicht enttäuscht.

»Ich muss noch zu Nicki, wir schreiben gerade an einem neuen Songtext für unsere Band«, antwortete ich in der Absicht, ihre Laune direkt in den Keller zu schicken. Was mir durchaus gelang, denn schließlich wusste ich, dass Nicki und Karin sich nicht ausstehen konnten. Karin war einfach leicht zu durchschauen.

»Okay!«, kam lediglich von ihr zurück und dabei wirkte sie frustriert. Hatte sie bereits aufgegeben, mich zu erobern? Ich hoffte es sehr.

Erwartungsgemäß wollte das Gespräch zwischen uns zu keinem Zeitpunkt Fahrt aufnehmen. Karin langweilte mich mit Tratsch- und Klatschgeschichten und diversen Belanglosigkeiten, die mich alle nicht sonderlich interessierten. Ich schaltete in den sogenannten Wumms-Modus und stellte ihr keine einzige Frage. Lediglich hier und da nickte ich mal. Nach einer halben Stunde setzte ich der trostlosen Veranstaltung dann ein abruptes Ende, ich hielt es einfach nicht mehr aus.

»Mist, ich muss los. Ich habe meiner Mutter versprochen, ihr noch etwas in der Apotheke zu besorgen. Das habe ich ganz vergessen«, schummelte ich sie an, um einfach nur schnell wegzukommen. Bei meiner hektischen Flucht vergaß ich sogar, mein Eis zu bezahlen.

»So schnell?«

»Ja, tut mir leid. Ich muss rechtzeitig bei der Apotheke sein. Bis dann!«, sagte ich nur und sprang von meinem Stuhl auf.

Enttäuscht sah sie mich an und sagte nur: »Na dann, tschüss.«

Als ihr bewusst wurde, dass ich sie weder zur Verabschiedung umarmte noch zurückschaute oder vor der Abfahrt kurz winkte, wurde ihr wohl endlich klar, dass ich kein Interesse an ihr hatte. Einen Moment lang tat sie mir leid, aber ich war auch erleichtert, nun hoffentlich für Klarheit gesorgt zu haben. Von diesem Nachmittag an gab es keine Anrufe mehr von Karin. Bernie schien mir gegenüber ebenfalls zurückhaltender.

Meine Gedanken waren wieder bei Juliana. Wo auch sonst? Ihre Augen hatten mich die ganze Zeit angestrahlt, als wir miteinander gesprochen hatten. Ihr tat es unendlich leid, dass mich die Einladung zu ihrer Geburtstagsparty nicht erreicht hatte. Ich ärgerte mich, dass ich sie auf der »Tanz in den Mai«-Party nicht einfach gefragt hatte, warum sie so komisch war. »So etwas Blödes«, dachte ich mir. Eine kurze Frage von mir und alle weiteren Missverständnisse wären gar nicht aufgekommen. Gut, sie hätte mich ja auch fragen können, aber damit wollte ich mich nicht zufriedengeben. Juliana sah wunderschön aus, als wir uns sahen. So natürlich. Juliana braucht weder Schminke noch einen Lippenstift oder gar Eyeliner oder diese lächerlichen Schulterpolster. Juliana war perfekt, genauso, wie sie war. Ihre Natürlichkeit berührte mich sehr, ihre Stimme und ihre wundervolle Erscheinung rundeten dies ab. Wenn sie mich anschaute und sprach, dann konnte ich kaum auf die Worte achten, die über ihre Lippen huschten. Ihre Haut wirkte zart und weich. In ihren Augen versank ich wie ein untergehendes Schiff im tiefen Ozean. Gerne hätte ich meine Wange an ihre geschmiegt, sodass wir gegenseitig an uns hätten schnuppern können. Ob sie auch an mir schnuppern wollte? Ob sie mich riechen mag? Ich stellte mir Fragen über Fragen und auf keine fand ich eine passende Antwort.

Das Warten bis zum Candlelight-Dinner kam mir endlos lange vor. Natürlich hatte ich Juliana nach unserem Gespräch auch zu unserer Party eingeladen. Das bedeutete, bevor wir uns wieder nur zu zweit trafen, würden wir uns auf der Party sehen. Normalerweise war ich nicht besonders aufgeregt, wenn wir einen Auftritt mit »Action no words« hatten, aber vor dem Auftritt im Rahmen unserer Geburtstagsparty in der Lavagrube war das ganz anders, denn ich wusste ja, dass auch Juliana zuhören würde. Es waren noch zehn Tage bis zum Partyauftritt und wir hatten noch zwei Proben, die ich so ernst wie nie zuvor nahm. Mein Inter Mailand-Trikot lag bereits sorgfältig gefaltet in meinem Schrank. Die Auswahl meiner Klamotten sollte für diesen Abend gut durchdacht sein. Ich zog meine Lieblingsjeans, eine Levis 501, bereits drei Tage vor der Party an, damit sie ein wenig eingetragen war und nicht komplett frisch gewaschen aussah. Zu dem dunkelblau-schwarz gestreiften Trikot passte meine schwarze Jeansjacke hervorragend, dachte ich mir. Auch, weil sie entgegen der blauen Jeansjacke keinerlei Sticker von irgendwelchen anderen Musikbands trug und schön eng saß. Einen Abend vorher dann Haare waschen mit meinem Spezial-Programm. Es war alles vorbereitet für eine große Party und einen perfekten Bandauftritt.

Bis zum Candlelight-Dinner mit Juliana sollte ich auch endlich mein erstes eigenes Auto bekommen. Den alten Peugeot 104, der bei meiner Tante in der Scheune stand und seit dem Tod meines Opas darauf wartete, von mir über die Landstraßen der Eifel gefahren zu werden. Am frühen Abend fuhr ich zu meiner Tante und verbrachte den restlichen Abend damit, mein Auto zu putzen, von innen wie von außen. Eine der ersten Fahrten sollte schließlich gemeinsam mit Juliana stattfinden. Ins Kassettenfach des Autoradios steckte ich ein Mix-Tape mit hauptsächlich rockigeren Titeln wie zum Beispiel *Is this love* von Whitesnake. An der Tankstelle besorgte ich mir ein gelbes Duftbäumchen und hängte es an den Innenspiegel, aber das sollte sich ein paar Tage später als großer Fehler herausstellen. Nach der Zeit in der Scheune roch das Innere des Autos unangenehm, ich musste mir also etwas einfallen lassen, wie ich den Geruch neutralisieren konnte, bevor Juliana einstieg. Ich glaube, bis heute habe ich nie mehr ein Auto so sauber gewischt. Das Putzen meines Peugeots beschäftigte mich zwar, brachte aber nicht die gewünschte Ablenkung. Meine Gedanken kreisten um Fragen von, ob Juliana mich selbst riechen konnte, bis zu was aß sie wohl lieber, Nusspli oder Nutella? Damit fingen bereits die ersten Probleme an, noch bevor es um ausgedrückte Zahnpastatuben oder sonstige Scharmützel unter Paaren ging, so wie man es in diversen Frauenzeitschriften immer wieder lesen konnte. Der Zustand des Verliebtseins produzierte also viele Fragen. Die meisten davon sollten sich nach dem ersten Zungenkuss von selbst erledigt haben, nur bis dahin war es noch ein weiter Weg – wenn es auch nur noch drei Tage bis zur großen Party waren.

KAPITEL 28

Feels like heaven – Fiction Factory

Am Donnerstag fuhr ich mit meiner Vespa wieder zur Nachhilfe zu Sylvia. Als sie mir die Tür öffnete, sah ich eine Zeitung im Briefkasten stecken. Ich holte sie heraus und drückte ihr das Blättchen in die Hand. »Hi, wie geht's?« fragte ich meine Schülerin. »Gut, wir haben einen Vokabeltest geschrieben und was glaubst du, was ich habe?« »Mmm, eine 3?« »Nein, eine 2 plus!« »Na, das ist doch schon mal eine gute Nachricht.« Wir setzten uns in ihrem Jugendzimmer an den Schreibtisch, auf dem jede Menge Einzelteile eines Zauberwürfels lagen. »Was hast du damit gemacht?« »Najaa, mein Bruder hat mir den Zauberwürfel geschenkt. Mir ist das aber viel zu kompliziert, ihn nach der seitenlangen Anleitung zusammenzufriemeln. Habe nun eine Lösung gefunden, wie ich ihn wieder so zusammensetzen kann, dass jede Seitenfläche nur eine Farbe hat.« Sie schmunzelte, »Markus wird staunen, wenn er sieht, dass ich es doch noch geschafft habe.« Ein Moncchichi saß auf der Lampe ihres Schreibtisches und grinste uns an. Wir nahmen die nächsten Vokabeln und Texte im Buch durch, die in der anstehenden Klassenarbeit vorkommen sollten, und ich überprüfte, ob Sylvia die Grammatik richtig verstanden hatte. Dann schrieb ihr Geha Füller nicht mehr. »Moment mal, Markus hat noch Patronen.« Sie verschwand im Nebenzimmer. Zu gern hätte ich mal einen Blick in seine »Höhle« geworfen. Als sie mit der Füllerpatrone wiederkam, hatte sie einen Zettel in der Hand. »Guck mal, der lag zerknautscht neben seinem Mülleimer. Scheint ein Songtext zu sein, den er geschrieben hat …« Sie strich das Blatt glatt, auf dem mit einer schön geschwungenen Handschrift ein Text geschrieben stand. Sylvia trug ihn theatralisch vor:

Schmetterlinge

Wie ein Schmetterling in der Frühlingssonne.
Fliege ich dem Aufbruch und dem Licht entgegen.
Ich bin frei und leicht.
Schmetterlinge sind die Adler der Leichtigkeit
Schmetterlinge sind die Krieger des Lichts
Schmetterlinge liegen im Himmel voller Herzen
Wie ein Schmetterling fliege ich über blühende Blumenwiesen
Setze mich hier auf die schönste Blume, die ich je gesehen habe.
Entspanne meine Flügel.
Schmetterlinge sind die Adler der Leichtigkeit
Schmetterlinge sind die Krieger des Lichts
Schmetterlinge fliegen durch einen Himmel voller Herzen
Wie ein Schmetterling wähnte ich mich im größten Glück
Von einem Moment zum nächsten ist das junge Glück bereits vorbei
Die scharfen Messer des Rasenmähers zerstören in Sekundenschnelle
Schmetterlinge waren die Adler der Leichtigkeit
Schmetterlinge waren die Krieger des Lichts
Schmetterlinge waren im Himmel voller Herzen
Keine Flügel mehr, keine Blumen mehr
Am Boden das jäh abgeschnittene Glück
Die Fragen der Blüten vertrocknen.
Nicht mehr, nur Dunkelheit und der fade Geruch von Ende
Schmetterlinge waren die Adler der Leichtigkeit
Schmetterlinge waren die Krieger des Lichts
Schmetterlinge waren im Himmel voller Herzen

Eine Gänsehaut überzog meine Arme. »Und sowas Tolles wirft der weg!«, sagte Sylvia. »Das hört sich wirklich sehr traurig an, finde ich, aber auch schön.« Ich war beeindruckt von so viel Gefühl. Warum wollte er den Text nicht verwenden?

Während sie den Füller aufschraubte, fragte sie: »Bist du auch am Samstag auf der Riesenparty?« »Ja, bin auch eingeladen.« »Aaach, weißt du, wie gerne ich auch dabei sein würde? Ich darf aber noch nicht, Mama erlaubt es nicht! Das ist so gemein.« »Naja, da sind ja auch nur Große, das wäre dir sicher sowieso zu langweilig ohne deine Freundinnen. Ich weiß nur noch gar nicht, was ich ihm schenken kann. Hast du keinen guten Tipp für mich?«

Sylvia überlegte und meinte dann: »Irgendwas mit Musik.« »Okay, da lasse ich mir mal was einfallen.« Als ich rausging, stand Markus' Zimmertür offen. Er hatte ein großes Zimmer, einen aufgeräumten Schreibtisch und ein ordentlich gemachtes Bett. Es lagen nicht mal Schuhe rum oder Klamotten. Entweder, er hatte gerade aufgeräumt, oder er war äußerst ordentlich. An der Wand hing ein großes Foto seiner Band. Offensichtlich war Markus der Sänger. Er stand in der Mitte, hielt ein Mikro in der Hand und trug eine E-Gitarre. Er kniete und schien voll in seinem Element zu sein. Neben ihm stand ein blonder Typ namens »Semmel«, was ich aus der Unterschrift herauslas, die mit dickem schwarzen Edding auf dem Foto zu lesen war. Er spielte die Leadgitarre. Das Mädel mit dem ganz kurzen, hellblonden Haarschnitt, das ich schon mal mit Markus gesehen hatte, war offensichtlich die Bassistin. Auf dem Foto stand »Nicki«, und der Schlagzeuger hatte mit »Max« unterschrieben. »Wie eine große Autogrammkarte«, dachte ich und als Überschrift stand in großen Buchstaben der Bandname »Action No Words«.

Mir fiel wieder ein, dass Markus gesagt hatte, sie würden am Samstag auch mit ein paar Rocksongs auftreten. Auf der Heimfahrt kam mir eine geniale Idee. Ich setzte mich zu Hause auf den Balkon, nahm mir einen Stift und mein Songbook in die Hand und begann, ein Liebeslied zu schreiben. Ich strich vieles durch und schrieb wieder neu, verwarf den Refrain und entdeckte einen neuen. Beschrieb den Beginn einer Liebe, das ständige Denken an den Schwarm. Mein Text handelte von Zweifel und Hoffnungen, von der Sehnsucht nach Nähe und von Liebeskummer, bis am Ende doch vielleicht der Wunsch erfüllt würde.

Ich schrieb den Song nochmal sauber auf meinem schönen blauen Briefpapier ab und flämmte danach die Ränder des Blattes mit dem Feuerzeug ab, damit es besonders cool aussah. Mit dem Ergebnis war ich zufrieden, wusste aber noch nicht, ob ich mich wirklich trauen würde, Markus das Lied zu schenken. Damit gab ich ja auch etwas von mir und meinem »Innenleben«, meinen Gedanken und Gefühlen preis. Und ich wusste nicht, ob sich Markus mit seiner Band womöglich darüber lustig machen könnte. Damit ich im letzten Moment noch auf einen Plan B wechseln konnte, kaufte ich ihm ein schwarzes Bandana-Kopftuch. Als ich es einpackte, musste ich grinsen, denn er konnte ja nicht ahnen, dass ich vom kleinen Geheimnis seiner »Haarbehandlung« durch seine Schwester erfahren hatte.

Am Samstag war das Wetter top, die Sonne schien und es war drückend heiß. Ich trug mein neues, rosa-weiß gestreiftes Shirt, meine blaue Jeansjacke und meine Jeans. Aufgeregt war ich, steckte den Songtext in einem blauen Briefumschlag in meine Jeans und das Kopftuch in die Jackentasche. Bianca und Uli würden auch auf der Party sein. Die Beiden hatten sich ausgesprochen, wieder zusammengerauft und schwebten auf Wolke sieben. Als ich in der stillgelegten Lavagrube ankam, waren sicher schon hundert Partygäste da. Von oben blickte ich auf das ganze Feld. Rechts hatte man einen Dieselgenerator aufgestellt, daneben war aus Paletten eine Bühne gebaut und die Instrumente platziert. Ein paar riesige Boxen standen neben der Bühne. Als ich näherkam, sah ich eine Stereoanlage, die von Uli bedient wurde. Er legte heute wohl wieder die Musik auf. Es lief gerade *Sunday, bloody Sunday* von U2, die meisten Leute standen an der »Bar«, die aus Paletten und alten Tischen bestand, oder am Lagerfeuer. Auf der Einladung war ja vermerkt, dass sich jeder etwas zum Grillen mitbringen sollte. Das mitgebrachte Grillgut lag auf einem großen Rost. Ein Duft von Sommerabend, Grillfleisch und diversen Parfums lag in der Luft. Die Musik war unheimlich laut und ich fragte mich, ob das nicht die Polizei oder andere Ordnungshüter auf den Plan rufen würde. Aber zum Glück war die Lavagrube weit genug vom nächsten Dorf oder der Hauptstraße entfernt. Ich suchte Markus, den ich nach einigen Minuten im Gewusel entdeckte. Er unterhielt sich mit seinen Bandmitgliedern. Zögernd ging ich zu ihm und lächelte ihn an. Als er mich sah, hörte er auf zu reden, lachte und entschuldigte sich bei Semmel und Bombe. Rasch kam er auf mich zu, ich umarmte ihn. »Herzlichen Glückwunsch zum Geburtstag, Markus!« Auch er hatte seine Arme um mich gelegt, die Umarmung dauerte lange und eine besondere warme Energie strömte durch mich hindurch. »Schön, dass du da bist, Juliana.« Der Empfang war so herzlich, dass ich mir einen Ruck gab und den Brief herausnahm. »Ich habe dir etwas geschrieben.« Neugierig nahm er mein Geschenk an. »Was ist es? Ein Brief?« »Schau einfach rein.« Er faltete das Blatt auseinander, auf dem stand:

»Julianas Song – Ein Song für Dich.«

Mein Blick in den Himmel
ich liege ich im Gras
Ein warmer Sommertag
Weiße Wolken ziehen vorbei,
die eine gleicht einem Herz
Wo bist du,
was tust du gerade,
siehst du diese Wolke auch?

Das Leben ist hier, doch wo bist du?
Die Sehnsucht ist in mir
Was sind deine Wünsche
Was nennst du Glück
Wär ein Wunder, wenn du an mich denkst.
Wär ein Wunder, das ich mir wünsch'

Ein Vogel im Himmel
Ich kenn seinen Weg
Ein warmer Sommertag
Er kreist in der Luft
Auf der Suche nach Beute
Dann zieht er fort und
Fliegt gen Süden und ich frage mich
Ob du ihn wohl auch siehst,
wenn du gerade draußen bist.

Das Leben ist hier, doch wo bist du?
Die Sehnsucht ist in mir
Was sind deine Wünsche
Was nennst du Glück
Wär ein Wunder, wenn du an mich denkst.
Wär ein Wunder, das ich mir wünsch'

Eine Birke im Wind
Ich kenn sie seit Jahren
Ein warmer Sommertag

Der Wind bewegt die Blätter
Ich horche dem Rauschen
Das deinen Namen flüstert
Ob du wohl auch einem Baume lauschst
und an mich denkst
wenn Blätter flüstern?

Das Leben ist hier, doch wo bist du?
Die Sehnsucht ist in mir
Was sind deine Wünsche
Was nennst du Glück
Wär ein Wunder, wenn du an mich denkst.
Wär ein Wunder, das ich mir wünsch'

Der Mond am Abend
Ist voll und hell
Eine warme Sommernacht
Die Sterne funkeln
und der große Wagen steht dort
Ob du ihn wohl siehst
Und an mich denkst?
Was tu' ich nur
Wenn Deine Gedanken einer anderen gehören
Und der Mondschein dich an sie erinnert?

Das Leben ist hier, doch wo bist du?
Die Sehnsucht brennt in mir
Was sind deine Wünsche?
Was nennst du Glück?
Wär ein Wunder, wenn du an mich denkst.
Wär ein Wunder, das ich mir wünsch'

Er las den Text bis zum Ende. Dann blickte er mir in die Augen. »Das ist wunderbar! Ganz große Klasse, Juliana! Ich wusste gar nicht, dass du Liedtexte schreiben kannst.« Er las noch einmal, mir kam es so vor, als wäre es mucksmäuschenstill um uns herum, doch tatsächlich tobte die Partymusik. Für einen kurzen Moment waren wir wie in einer Seifenblase gefangen.

Es war ein wunderbares Gefühl, zu sehen, dass er meine Zeilen verstand. Er umarmte mich noch einmal und sagte: »Das ist ein sehr besonderes Geschenk, das mir viel bedeutet. Wir werden es in eine Melodie einbauen und ich werde es dir dann vorsingen.«

»Das ist toll, ich freu mich!« Dann nahm ich noch das Bandana heraus und gab es ihm. »Und das hier ist auch noch für dich.« Markus packte es aus, grinste und setzte es auf. »Das kann ich sehr gut gebrauchen!«

Es stand ihm gut, er sah wieder ein wenig wie ein Pirat aus. Nun kamen Bianca und Uli auf uns zu. »Wir treten gleich auf und ich sing heute nur für dich!«, flüsterte mir Markus noch zu. Er gab mir einen Kuss auf die Wange. Danach platzte unsere Seifenblase wieder, aber nicht meine Träume. Ich schwebte im siebten Himmel.

Uli, Bianca und ich holten uns etwas zu trinken und es lief *Feels like heaven*, was super zu meiner Stimmung passte. Ich hatte mich getraut, ihm den Text zu geben und er hatte sich wirklich darüber gefreut. Uli stupste mich an: »Na, Juli, auch verliebt, mmh?« Ich konnte es nicht leugnen. Als das Lied endete, traten die Bandmitglieder auf die Bühne. Markus nahm das Mikro und begrüßte die Gäste, dann kündigte er den ersten Song an. Die Jungs und Nicki waren echt klasse. Als Markus zu singen begann, pfiffen die Jugendlichen begeistert, sie coverten Bryan Adams und *Summer of 69*, hatten aber auch viele eigene Stücke. Die Stimmung war fantastisch. Wir tanzten zur Musik, es war eine gigantische Akustik und die Sonne ging in strahlendem Orange-Rot unter. Wie in einem Werbefilm von Coca-Cola, dachte ich. Als der letzte Song endete, gab es einen langen Applaus. Markus kam verschwitzt und glücklich auf mich zu. »Das war total super!«, sagte ich und das war nicht übertrieben.

Die Party lief noch Stunden weiter. Als der Morgen schon fast graute, waren die meisten Gäste gegangen. Uli, Bianca und ich setzten uns mit den Bandmitgliedern ums Lagerfeuer. Semmel nahm die Leadgitarre und begann, ein paar Lagerfeuerlieder zu spielen, die einige von uns leise mitsangen. Markus saß neben mir, ich lehnte mich an ihn und legte meinen Kopf an seine Schulter. Ich nahm seinen Duft wahr und bemerkte, dass er es genoss, wenn ich ihm nahe war. Nach einer Weile nahm Markus den Briefumschlag mit dem Songtext aus der Tasche und faltete das Blatt auseinander. »Welche Melodie passt dazu?«, fragte er mich. »Denk dir eine aus.« »Semmel, guck mal, fällt dir hierzu etwas ein?« Semmel nahm das Blatt und las den Text. »Hey, das ist gut, dazu fällt mir gleich ne Begleitung ein, warte mal …« Schon begann er, ein paar Akkorde zu greifen. »Klingt gut!«, meinte Markus. Nachdem Semmel, der wirklich Talent hatte, die Takte immer wiederholte, nahm Markus den Songtext und summte vor sich hin. Würden die jetzt hier einfach so mein Lied singen? Natürlich hatten alle genug Alkohol getrunken, um locker zu sein. Markus begann die ersten Zeilen zu singen, was ihm recht gut gelang. Seine Stimme klang hier ohne Mikro noch besser, schön sanft und dunkel. Die erste Strophe klappte schon recht gut. Er wiederholte sie noch einmal, ich summte leise mit. »Das können wir beim nächsten Auftritt, ich schwör's!«, Semmel war recht euphorisch. Als der letzte Ton verklungen war, stand ich auf. »Das ist der Hammer! Einfach toll, doch ich muss mich nun langsam auf den Heimweg machen.« Wir konnten nicht mehr Auto oder Roller fahren, so dass alle beschlossen, zu Fuß nach Hause aufzubrechen oder im Dorf die Eltern anzurufen, damit sie uns abholten. Ein heller Streifen erschien am Horizont, die Sonne würde bald aufgehen. Am Wegesrand lag Tau auf den Grashalmen. In den Tälern lagen Nebelschwaden und die ersten Vögel begannen ihren Gesang. Ein besonderer Duft erfüllte die Luft, es war der Geruch nach Gras, nach frischer Erde, nach Aufbruch und Neuanfang und die Verheißung eines wundervollen Sommers.

KAPITEL 29

Kayleigh – Marillion

Die beiden Geburtstagsgeschenke von Juliana hatten mich wirklich sehr überrascht. Einerseits der wunderschön geschriebene Songtext und dann das Kopftuch. Woher sie bloß wusste, dass ich Kopftücher mag oder war es einfach nur ein Geschenk, das sie auf Verdacht gekauft hatte? Das wollte ich Juliana auf jeden Fall beim Candlelight-Dinner fragen, wenn sich die Möglichkeit ergeben sollte. Nach der grandiosen Geburtstagsparty in der Lavagrube und der dortigen Begegnung mit Juliana war ich nicht mehr ganz so nervös wie noch vor ein paar Tagen und Wochen. Obwohl keiner von uns beiden den letzten Schritt gewagt hatte, so spürten wir das Kribbeln füreinander. Wir mochten uns nicht nur, da war etwas mehr zwischen uns. Der Funke war übergesprungen, aber die Flamme noch nicht entzündet.

Ich musste vor unserer Verabredung unbedingt noch diesen unangenehmen Geruch von dem Duftbäumchen aus meinem Auto bekommen. Denn dieser war noch scheußlicher als der alte Geruch vom Auto. Das Auto stand immer noch bei meiner Tante in der Scheune, es fehlte lediglich die Anmeldung und ein gültiges Kennzeichen. Um die Autoversicherung hatte mein Vater sich gekümmert, in solchen Dingen war er echt klasse. Damit ich aber Juliana für unser Candlelight-Dinner mit meinem Auto abholen konnte, musste ich zum Straßenverkehrsamt. Bevor ich zur Scheune ging, sollte ich noch bei Nicki vorbei und meine Gitarre von der Partynacht abholen. Nicki hatte sie für mich mit nach Hause genommen, weil ich in der ganzen Aufregung mit Juliana tatsächlich vergessen hatte, mein Instrument einzupacken. Nicki war einfach eine tolle Freundin. Das Wetter war toll, ich entschloss mich, zu Fuß zu ihr zu gehen, es war ja nicht weit. Zu Fuß gehen war als junger Erwachsener in den 1980ern eine ziemlich uncoole Angelegenheit. Das war ja fast wie spazieren gehen und Spaziergänger waren damals ausschließlich ältere Menschen, bestimmt aber keine Jugendlichen. Versunken in meinen Gedanken lief mir ungefähr auf der Hälfte der Wegstrecke Bernie in die Arme. Er war an diesem Tag wohl etwas in Zeitverzug und hatte noch nicht alle Briefe zugestellt. Vor dem Haus von Fienchen Meyer hatten wir einen Fast-Zusammenstoß an der Mauer direkt neben dem Hauseingang.

»Mach langsam!«, sagte Bernie energisch.

»Ups, sorry. Ich war in meinen Gedanken«, entschuldigte ich mich direkt.

»Schon gut, kann ja passieren«, sagte er freundlich.

»Das passiert halt, wenn man zu Fuß geht«, meinte ich nur.

Bernie grinste mich an.

»Aber gut, dass ich dich hier treffe, Markus. Vielleicht ist das ja auch kein Zufall«, meinte Bernie bedeutungsvoll.

Mir schwante Schlimmes. Er wollte wohl nicht mit mir über seine Tochter Karin sprechen, bloß nicht! Fluchtgedanken kamen in mir auf.

»Was ist denn?«, fragte ich ihn verunsichert.

»Ich müsste mal kurz mit dir sprechen, Markus«, sagte er mit einem ernsten Ton.

»Okay, können wir machen«, antwortete ich in der Hoffnung, die Sache schnell erledigen zu können. Schließlich bevorzugte ich ja, unangenehme Dinge schnell hinter mich zu bringen. Bernie schaute sich besorgt um und tat sehr geheimnisvoll.

»Lass uns lieber in mein Auto setzen, dann sind wir ungestört.«

»Okay!«, sagte ich kurz und fragte mich, was nun kommen würde.

Wie üblich stand sein Auto mit laufendem Motor und offener Fahrertüre halb auf dem Bürgersteig und qualmte wie ein Kohleschlot im Ruhrgebiet, was damals aber keinen Menschen interessierte. Wir setzen uns in sein Auto, schlossen die Türen und Bernie machte tatsächlich den Motor aus. Das wird wohl hoffentlich nicht länger dauern, dachte ich in diesem Moment.

»Markus, kann ich dir vertrauen und versprichst du mir, keinem von dieser Sache hier zu erzählen?«, fragte er mich.

Was wollte Bernie mir denn jetzt erzählen? Vielleicht, dass er die Gummipuppe beim Manderheim in der Scheune versteckt hatte, oder dass Karin ohne mich nicht leben könnte, fragte ich mich.

»Klar kannst du, Bernie«, erwiderte ich.

»Gut! Denn wenn das rauskommen sollte, dann bekomme ich große Probleme, nur dass du das weißt.«

»Ja, ich verspreche es dir und gebe dir mein großes Ehrenwort.«

Zuerst druckste Bernie herum und fragte mich, wie es in der Schule läuft und was ich nach dem Abitur machen möchte. Er kam einfach nicht zur Sache, das konnte ich förmlich spüren. Irgendetwas schien ihn arg zu belasten. Dann erzählte er mir von seiner Tochter Karin und wie stolz er doch auf sie sei. Das lief in eine seltsame Richtung, dachte ich mir. Dann machte er eine längere Sprechpause, atmete tief durch und erzählte mir, dass er den Brief mit der Einladung zur Geburtstagsparty von Juliana aus der Zustellung gefischt hatte. Für einen Moment stockte mir der Atem und ich hatte das Gefühl, meine komplette Gesichtsfarbe zu verlieren. Erst hätte er das gar nicht machen wollen und es wäre eine Art Reflex gewesen, rechtfertige er sich. Aber der Brief sei ihm aufgefallen, weil er so eine schöne Handschrift hatte, doch keinen Absender und dann ist er neugierig geworden, öffnete den Umschlag und las den Brief. Er erzählte mir, dass Karin unsterblich in mich verliebt gewesen sei und ständig von mir erzählte. Und dass er die Vorstellung nicht ausgehalten hatte, dass ich zu der Party von dieser Juliana gehen würde und mich dann vielleicht sogar in sie verlieben würde. Denn wer so eine schöne Handschrift hatte und so gefühlvoll schreiben konnte, der musste einfach auch ein sehr begehrenswertes Mädchen sein, dachte er sich. Deswegen hat er, nach kurzem Zögern und Zweifeln den Brief einfach nicht zugestellt und seitdem begleitete ihn ein schlechtes Gewissen. Und als Karin dann vor ein paar Tagen beim Abendessen plötzlich meinte, »Markus ist ein total arroganter Schnösel und so Typen kann ich eigentlich gar nicht leiden«, kam neben dem schlechten Gewissen auch noch die Erkenntnis, wie sinnlos diese Aktion gewesen war. Er wollte mir all das sagen, weil er nicht wollte, dass Missverständnisse zwischen Juliana und mir entstehen. Und vielleicht würde diese Juliana ja auch total gut zu mir passen.

»Die Missverständnisse gab es bereits, dafür ist es schon zu spät. Aber okay!«, sagte ich für mein Alter sehr abgeklärt zu ihm.

»Es tut mir leid, Markus, wirklich. Blöderweise habe ich den Brief auch noch vernichtet, sonst hätte ich ihn dir wenigstens jetzt noch geben können.«

»Nee, ist gut. Juliana und ich habe die Sache bereits geklärt. Hättest du mir das vor drei Wochen erzählt, dann wäre ich wahrscheinlich ziemlich sauer gewesen.«

»Na dann bin ich wenigstens beruhigt«, meinte Bernie. »Verzeihst du mir, Markus?«

»Ich finde es schon ziemlich mies, sich in die Angelegenheiten anderer Leute einzumischen. Aber okay, ändert ja jetzt auch nichts mehr,« antwortete ich in einem verärgerten Tonfall.

»Und ich bin froh, dass es raus ist, ich mag dich ja, du bist echt ein guter Junge.«

Dann unterhielten wir uns noch einen Moment und ich verabschiedete mich. Er startete sein Auto und fuhr weiter zum nächsten Haus.

Nach dieser Sache, die ich nun von Bernie erfahren hatte, fragte ich mich, was wohl mit »de Mamm« und dem Vorhaben war, Gabriele und Wumms zusammenzubringen. Hat ihm die Sache mit der Einladung von Juliana vielleicht erst einmal die Lust genommen, sich in weitere Liebesthemen einzumischen? Oder hielt er sich zukünftig gar ganz aus den Geschichten anderer Menschen raus? Zumindest würden die beiden den Plan eh ändern müssen. Das wusste ich, denn bei einem meiner letzten Kneipenbesuche bei de Mamm habe ich an der Theke einen Gesprächsfetzen mitbekommen, in dem de Mamm so etwas wie »Gabriele kann in diesem Sommer nicht zum Notar« am Telefon hinter der Theke sagte. Mehr hörte ich nicht, dafür war es zu laut in der Kneipe, und wäre ich länger stehen geblieben, wäre aufgefallen, dass ich zugehört hatte.

Zwei Stunden später stand ich in der Scheune meiner Tante und bewunderte mein Auto. In ein paar Tagen konnte ich die nächste Stufe der mobilen Freiheit genießen. Mit meinem ersten eigenen Auto, dem zwölf Jahre alten grünen Peugeot 104, ich strahlte über alle vier Backen.

Von Nicki hatte ich ein kleines Lavendelkissen bekommen. Sie meinte, damit ginge der üble Geruch von altem Auto und auch dem penetranten Duftbäumchen weg. Es funktionierte tatsächlich und ich hatte das Gefühl, dass mein Auto jetzt nicht nur nach Mittelmeerküste roch, sondern dass dieser Duft auch eine leicht beruhigende Wirkung hatte.

Seit Tagen nervte mich meine kleine Schwester Sylvia mit ihren ständigen Bemerkungen bezüglich Juliana. »Die ist voll okay!« oder »Juli ist viel zu hübsch für dich«, lauter solche Sprüche musste ich mir von der kleinen Göre anhören. Was wusste sie überhaupt von Juliana und mir? Was hatte meine kleine Schwester Juliana wohl beim Nachhilfeunterricht alles von mir erzählt? Ich antwortete ihr mit ein paar derben englischen Redewendungen, die ich von Punk-Songtexten kannte. Wahrscheinlich verstand sie nicht gleich, was ich ihr sagte, und kommentierte meine Äußerungen mit, »Du kannst ja Juli fragen, was das heißt. Sie kann doch so gut Englisch«, und grinste. Natürlich hoffte ich, dass sie dies nicht tun würde, denn so manche Redewendung oder Ausdrucksweise hätte Juliana wahrscheinlich verschreckt oder ein komplett anderes Bild von mir abgegeben.

Es war inzwischen Ende Juni, ein früher Samstagabend. In einer Stunde sollte ich Juliana zu Hause abholen, um mit ihr ins »La Felicità« im Nachbarort zu fahren. Dort hatten wir vor, den Gutschein für das Candlelight-Dinner einzulösen. Meine Haare hatte ich bereits am Abend zuvor gewaschen und mit meiner eigenen Spezial-Kopftuchmethode behandelt. Nun musste noch ein wenig Wachs an die ein oder andere Stelle. Schließlich wollte ich auf keinen Fall spießig aussehen. Ich entschied mich für meine schwarze Jeans, dazu ein dunkelrotes T-Shirt und meine schwarzen Dr. Martens Stiefel. Eine Jeansjacke war eigentlich nicht notwendig, denn es war für Eifel-Verhältnisse sehr warm an diesem Abend. Trotzdem wollte ich meine dunkle Jacke dabeihaben. Ich wusste ja nicht, wie das Date verlaufen würde, außerdem war die Jacke ideal, um ein paar Dinge wie meinen Autoschlüssel in die Tasche zu stecken. Kurz vor dem Herausgehen sprühte ich mir etwas von meinem selten benutzten Calvin Klein Parfum, das ich mal zu Weihnachten geschenkt bekommen hatte, unter die Arme. Hinter meinem Rücken sah ich, dass Sylvia mich durch den Türspalt aus ihrem Kinderzimmer heraus beobachtete. »Lern du mal schön Englisch«, rief ich ihr zu und ging aus dem Haus.

Auf der Fahrt zu Juliana hörte ich unter anderem *Livin' on a prayer* von Bon Jovi und *I've been in love before* von Cutting Crew. Dies war nach der Autoabholung meine erste Fahrt im eigenen Wagen. Berauscht von Gefühlen wie Vorfreude, Spannung und Sehnsucht fuhr ich über die Landstraße vorbei an Feldern, grünen Wiesen, weidenden Kühen und durch kleine Waldstücke. Alles war eingetaucht in ein warmes, orangefarbenes Abendlicht. Ich war in diesem Moment einfach nur glücklich und in der freudigen Erwartung auf den bevorstehenden Abend mit Juliana.

Juliana stand bereits am Jägerzaun vor dem Haus und erwartete mich. In ihrem dunkelgrünen, weit geschnittenen T-Shirt, einer Karottenhose und darüber einem breiten schwarzen Taillengürtel, sah sie wirklich umwerfend aus. Am linken Arm trug sie mehrere Armbänder in verschiedenen Farben. Einen hauchzarten Lidschatten konnte ich erkennen, aber ansonsten war Juliana an diesem Abend ungeschminkt. Das gefiel mir richtig gut. »Wie lange werde ich noch warten müssen, um dieses Mädchen endlich küssen zu dürfen?«, dachte ich.

Ich stieg aus, um sie zur Begrüßung kurz in den Arm zu nehmen. Oben am Fenster sah ich, dass uns Julianas Mutter hinter den Gardinen heimlich beobachtete. Als sie bemerkte, dass ich sie entdeckt hatte, tat sie so, als würde sie die Gardine geraderichten und verschwand. Juliana schaute genervt Richtung Fenster, doch ihre Mutter war nicht mehr zu sehen. Dann setzten wir beide uns ins Auto und fuhren los. Es war anders als an dem Abend in der Lavagrube. Wir saßen nebeneinander und waren nun unter uns. Keine Ablenkung, die unsere Nervosität hätte verdecken können. Keiner, der dazwischen plaudern konnte. Anfangs tauschten wir lediglich Belanglosigkeiten aus und keiner von uns traute sich den anderen direkt anzuschauen. Als im Radio passenderweise *All I need is a miracle* von Mike & the Mechanics lief, schauten wir uns beide an und mussten laut lachen. Ab diesem Moment war das Eis zwischen uns gebrochen. Die Aufregung war zwar nicht ganz weg, konnte uns aber nicht mehr davon abhalten, unsere Unterhaltung richtig zu beginnen und die Belanglosigkeiten außen vorzulassen. Bis zum Italiener war es von Julianas Zuhause eine halbe Stunde Autofahrt. Die letzten zehn Minuten vergingen wie im Rausch und schon standen wir auf dem Parkplatz vom »La Felicità«. Ich parkte den Peugeot unter einer großen Buche am Rand des Parkplatzes.

Angelo, der Inhaber des Lokals, erwartete uns bereits und begrüßte uns in einer typisch italienischen Art. Dann lotste er uns zu einem mit roten Herzen kitschig dekorierten Zweier-Tisch, in der hintersten Ecke vom Saal. Das Ganze mit einem überzogenen Getue, welches die komplette Aufmerksamkeit der anderen Gäste auf uns zog. Wir beide gingen Angelo mit hochroten Köpfen hinterher. In diesem Moment wollte ich einfach nur raus aus der peinlichen Situation. Es fühlte sich ein bisschen so an wie damals vor dem Auftritt beim Seniorennachmittag im Pfarrheim. Nur dass es hier nicht nach alten Menschen und Zwiebel-Frikadellen roch, sondern nach frischen Pizzen, Oregano und Rosmarin duftete. Nachdem wir an unserem Tisch Platz genommen hatten, schwand die Aufmerksamkeit der anderen Gäste. Nicht, dass wir uns von nun an am Tisch komplett unbeobachtet gefühlt hätten – nein, aber wir waren nicht mehr im Mittelpunkt der Aufmerksamkeit. Nur

Angelo und seine Kellnerinnen sorgten immer wieder für Aufsehen und behandelten uns mit einer leicht übertriebenen Freundlichkeit. Im Hintergrund lief ein italienischer Musik-Mix. Ich erkannte Songs von Eros Ramazzotti, Gino Paoli, Pino Daniele und Gianna Nannini.

Wir waren froh, dass das Menü bereits im Gutschein vorgegeben war und wir somit keine Entscheidungen mehr bezüglich des Essens treffen mussten. Das wäre uns wahrscheinlich auch nicht gelungen, wir waren einfach zu beschäftigt mit uns selbst. Die Nervosität war von einem Moment auf den anderen wie weggeblasen. Wir haben nur noch uns erlebt, es fühlte sich an wie in einer Raumkapsel zu sitzen. Kleine Störungen gab es nur in den Momenten, in denen verschiedene Teller und Gläser in die Raumkapsel gereicht wurden. So wie als würden Sternenstaub oder kleine Meteoriten gegen die Hülle scheppern. Selbst der aufgedrehte Angelo wirkte aus unserer imaginären Raumkapsel heraus mit seiner lauten, temperamentvollen Stimme nur noch gedämpft. Als hätte ihm jemand einen Wattebausch in den Mund gestopft. Wir glitten durch den Abend, es gab nur uns beide. Wir sprachen über alles, was uns bewegte, warfen uns Blicke zu, die sich wie sanfte Berührungen anfühlten. Dann ertastete ich vorsichtig Julianas linke Hand, als diese für einen Moment auf dem Tisch lag. Ganz vorsichtig. Sie zog ihre Hand nicht weg und ich legte meine Rechte darauf. Für eine Zeitlang lagen unsere beiden Hände verschlungen miteinander auf der weißen Tischdecke. Es war ein wahnsinnig schönes Gefühl, ihre warme Hand zu spüren.

Mit einem »Bella coppia, wir schließen!«, sprengte Angelo unsere Raumkapsel und wir befanden uns als letzte Gäste im eben noch gefühlt proppenvollen Restaurant. Beim Herausgehen lief *Ora* von Eros Ramazzotti im Hintergrund und Angelo verabschiedete uns herzlich mit einer Umarmung vor der Eingangstür. Danach klappte er die Werbetafeln mit den Tagesgerichten ein und verschwand mit diesen unter dem Arm im Lokal. Wir hörten noch das Drehen des Schlüssels im Türschloss, dann gingen wir wortlos, aber Händchen haltend bis zum Auto. Es war bereits nach Mitternacht und außer dem beleuchteten Werbeschild vom »La Felicità« war es dunkel um uns herum. Ein sternenklarer Himmel stand über uns, irgendwo in der Ferne hörte man einen Hund bellen. Ansonsten herrschte völlige Stille. Juliana lehnte sich gegen die Beifahrertür vom Auto und schaute in die Sterne.

»Welchen Stern würdest du gerne besuchen?«, fragte sie mich und unterbrach damit das Schweigen.

Ich schaute nach oben und antwortete: »Den auf dem du zu Hause bist!«

»Da bist du doch schon!«, sagte sie keck zu mir und zupfte mich kurz an der Seite, so als wollte sie mich an sich heranziehen.

»Ist das so?«, fragte ich zurück.

»Ich denke schon!«, antwortete sie mir mit einem auffordernden Blick.

Melinda hatte ich einfach nur so geküsst, einfach, weil ich Lust dazu gehabt hatte. Ich wollte nur Spaß haben und hatte mir gar nichts dabei gedacht. Mit Juliana war das etwas komplett anderes, das fühlte ich bereits länger. Jetzt war der Moment gekommen, auf den ich eine gefühlte Ewigkeit gewartet hatte.

Wir standen uns gegenüber, nur wenige Zentimeter trennten unsere Gesichter voneinander. Der Hund in der Ferne bellte nicht mehr. Es war so still in diesem Moment, dass man nur noch das Surren der Mücken an der immer noch beleuchteten Werbetafel des Restaurants hörte.

Ich nahm meine Hände und umschloss ganz zart ihre Hüften. Ich spürte, dass sie mich noch ein Stück näher an sich heranzog. Dann schloss ich meine Augen und küsste sie. Ich weiß nicht, wie lange der erste Kuss zwischen Juliana und mir dauerte, aber es fühlte sich unendlich lange an. Es war ein unbeschreibliches Gefühl! Wir beide schienen mit unserer Raumkapsel in diesem Moment von einem Stern zum nächsten zu fliegen. Es blieb nicht bei dem einen Kuss, es sollten unendlich viele weitere folgen. Einer schöner als der andere! Wir standen in dieser Nacht noch lange auf dem dunklen Parkplatz unter der großen Buche. Erst als die Vögel die aufgehende Sonne mit einem wilden Piepsen begrüßten, spürten wir die Kühle der sternenklaren Nacht und ich fuhr Juliana nach Hause. Sehnsüchtig schaute ich ihr hinterher als sie die Haustüre hinter sich schloss und das Licht im Hausflur anknipste. Einen Augenblick später ging das Licht schon wieder aus. Am kleinen Kinderspielplatz unweit vom Julianas Zuhause lag am Eingangstor bunte Kreide, die die Kinder vergessen hatten. Ich hielt an und parkte mein Auto mit dem Vorderreifen auf dem Bürgersteig. Dann malte ich ein riesiges Kreideherz direkt auf die Straße vor Julianas Haus. In das Herz schrieb ich unsere Anfangsbuchstaben. Auf der Rückfahrt lief *Kayleigh* von Marillion im Autoradio. Damals wussten wir noch nicht, dass das unser Song werden sollte.

KAPITEL 30

I want to break free – Queen &
Kayleigh – Marillion

Juliana

Ende Juni fand Markus' Abifeier statt. Dafür hatte Sylvia ein englisches Gedicht auswendig gelernt, das sie vortragen sollte. Ich hatte es in unseren letzten Nachhilfestunden mit ihr ausgesucht und eingeübt. Sylvia fand es ganz super, dass sie ihrem Bruder zum Schulabschluss noch ein Geschenk machen konnte. Sie gab sich wirklich Mühe, alles richtig auszusprechen und flüssig aufzusagen. »Du musst unbedingt auch kommen, Juli, Markus findet das sicher auch cool!« »Ja, ich überlege mal.« »Du MUSST einfach kommen, wenn ich meinen Auftritt habe. Versprichst du es?« »Ja.«

Ich überlegte noch hin und her, ob ich da wirklich etwas verloren hätte, aber dann entschied ich mich dafür. »Bombe wird auch noch auftreten, das wird bestimmt total lustig.«

Markus

Ich freute mich, Juliana auf der Abschlussfeier zu sehen. Juliana hatte mir vorher nichts von ihrem Kommen erzählt, aber da meine kleine Schwester Sylvia keine Geheimnisse für sich behalten konnte, wusste ich trotzdem Bescheid. Außer Nicki wusste bis dahin noch keiner aus meiner Clique, dass Juliana und ich nun ein Paar waren. Ich saß mit allen anderen aus meinem Jahrgang in der ersten Reihe und wartete gespannt darauf, vom Rektor nach oben gerufen zu werden, um mein Abiturzeugnis zu bekommen. Vorher gab es noch ein kleines Programm, in dem auch meine Schwester Sylvia auftrat und ein englisches Gedicht vortrug. Gute

261

Arbeit hatte Juliana da mit ihren Nachhilfestunden ge-
leistet, denn Sylvia machte das wirklich klasse. Nach
der Übergabe der Abiturzeugnisse sang der Musikchor
der Schule noch drei Stücke. Dann kündigte der Rektor etwas geheimnisvoll den musikalischen Höhepunkt
zum Abschluss der Feierlichkeiten an.

Wir saßen mit unseren Abizeugnissen in der ersten
Reihe und fragten uns, was es denn mit diesem musikalischen Höhepunkt auf sich hatte? Dann fiel mir auf,
dass Bombes Platz leer war. Nur sein Abschlusszeugnis
lag in einer Klarsichthülle auf dem leeren Stuhl. Damit war offensichtlich, die Ankündigung musste mit
Bombe zu tun haben. Innerhalb von wenigen Minuten
machte die Neuigkeit im Saal die Runde und alle tuschelten aufgeregt miteinander. Ein »Bombe tritt auf«
ging durch die Stuhlreihen. Unsere Eltern saßen alle
in der hinteren Hälfte des Saales und waren schick gekleidet. Sie wussten natürlich überhaupt nicht, was das
bedeuten sollte: »Bombe tritt auf«? Nur wir nannten
Sven so.

Der Musikchor verließ die Bühne und der Rektor versuchte witzig zu sein, als er einen britischen
Rockstar ankündigte. Die ganze Anmoderation wirkte
unbeholfen und peinlich. Und dann kamen die ersten
Takte von I want to break free von Queen aus den Boxen der Schulanlage. Plötzlich stand Bombe auf der
Bühne der Aula. Komplett im Freddie Mercury-Out-
fit, wie in dem gleichnamigen Musikvideo. Schwarze
Pumps an den Füßen, einen schwarzen Minirock und
rosafarbenes Strick-Top. Eine Perücke in schwarz und
dazu einen Staubsauger in der Hand. Natürlich sang
Bombe, der gar nicht singen konnte, nur Playback. Sein
Outfit blieb unvergessen für alle, die an der Abschlussfeier teilnahmen. Hatte Bombe schon beim Maskenball
mit seinem Puck-die-Stubenfliege-Kostüm den ersten
Platz abgeräumt, so setzte dieses Outfit seinen Verklei-

dungskünsten die Krone auf. Als Bombe sich dann zum Schluss mit einer Verbeugung beim Publikum bedanken wollte, plumpste ihm eine Apfelsine aus der Bluse und kullerte genau vor die Füße des Rektors, der mit uns in der ersten Reihe saß. Was für eine Anspielung, dachte ich mir und erinnerte mich an die Geschichte mit dem »Eis am Stiel«-Video und Ralf. Der Saal tobte, alle klatschten minutenlang und riefen »Zugabe, Zugabe«. Das war bis heute der erste und zugleich letzte Auftritt, den ich von Bombe mitbekommen habe, nur wusste ich das damals noch nicht.

Zum Abiball am selben Abend durfte Juliana nicht kommen. Sie hatte nach unserem Candlelight-Dinner und der »durchgemachten« Nacht großen Ärger bekommen. Ihre Eltern hatten sich Sorgen gemacht und die ganze Nacht wachgelegen, bis Juliana nach Hause kam. Mir war das ganz recht. Denn der Abiball war eine eher förmliche Veranstaltung, an dem ja neben meinen auch die Eltern von den Freunden aus meiner Clique teilnahmen. Das war einfach kein geeigneter Rahmen für frisch Verliebte, die eh nur eins im Sinn hatten und zwar stundenlang rumzuknutschen.

Vor dem Abiball gab es noch einigen Ärger für Bombe. Denn der hatte sich für seinen Freddie Mercury-Auftritt ein paar Schminksachen, das rosafarbene Top, die pinken Ohrringe und die peinlichen Pumps von Sandra, Andreas' neuer Freundin, ausgeliehen. Nur Sandra wusste davon nichts, denn Andreas hatte ihre Sachen einfach an Bombe weitergegeben. Allerdings hatten die Jungs vergessen, dass Bombe eine andere Konfektionsgröße als Sandra besaß und der schwarze Minirock geplatzte Nähte hatte. Dumm gelaufen für Andreas, aber auch typisch für ihn.

Der Ballabend lief an mir vorbei, ich hatte nur den vor mir liegenden Samstagabend bei Juliana zu Hause im Kopf. Jetzt spürte ich auch endlich diese Schmetterlinge in meinem Bauch, von denen ich vorher immer nur gelesen oder gehört hatte. Was für ein irres Gefühl! Kaum auszuhalten, weil sie so wild in mir herumflatterten, dass mir flau im Magen war. Aber dann auch so schön, dass ich dachte, ich könnte gleich mit ihnen gemeinsam zur nächsten Blumenwiese fliegen.

Ich stand so lange unter der Dusche, bis mein Vater an der Badezimmertür klopfte, und meinte, das Wasserwerk hätte schon wegen eines auffallend hohen Wasserverbrauchs angerufen. Was natürlich absoluter Unsinn war, alleine schon deshalb, weil an einem Samstagabend keiner im Wasserwerk arbeitete.

Ich entschied mich für dasselbe Outfit wie beim Candlelight-Dinner, schließlich hatte es sich schon einmal bewährt. Nur meine Haare machten mir etwas Sorge. »Bloß keine Locken!«, dachte ich. Während der Autofahrt zog ich das Bandana, welches mir Juliana geschenkt hatte an, um eventuell aufkommende Wellen vielleicht noch im Keim zu ersticken. Ich schob meine Marillion-Kassette ins Tapedeck und hörte *Kayleigh*, *Lavender* und *Heart of Lothian*.

Juliana

Ziemlich aufgeregt erwartete ich den Samstagabend. Markus würde zum ersten Mal zu mir nach Hause kommen. Zum ersten Mal seit langem hatte ich mein Zimmer nochmal richtig aufgeräumt und auch gestaubsaugt, das Bett frisch bezogen und meine Plüschtiere im Schrank verschwinden lassen. Dann nahm ich frische Räucherstäbchen heraus, steckte sie in den Halter und zündete sie an. Süßlicher Vanilleduft stieg im Zimmer auf und vernebelte die Luft. Die Tropfkerze, die aus einer grünen dickbauchigen Flasche bestand, über deren Bauch schon das Wachs sehr vieler verschiedenfarbiger Kerzen gelaufen war, zündete ich ebenfalls an und stellte sie auf das kleine viereckige Tischchen neben meinem Bett. Ich stellte eine Flasche Cola und zwei Leonardogläser bereit, sprühte mir ein wenig My Melody Parfum auf den Puls und rieb auch etwas davon hinter meine Ohrläppchen. Das Wichtigste war jedoch die richtige Musik. Ich wählte aus meiner Schallplattensammlung das aktuelle Lieblingsalbum aus – »Misplaced Childhood« von Marillion – und legte die Scheibe auf den Plattenspieler. Während ich meine neue 501-Jeans und mein rosa-weißes Streifen-T-Shirt aus dem Schrank nahm, ließ ich *Lavender* laufen und stimmte mich auf den Abend ein.

Als es an der Haustür klingelte, stürmte ich mit klopfendem Herzen die Treppe hinunter, aber meine Mutter kam mir zuvor. Markus stand da, hatte offensichtlich seinen Trick mit den Haaren wieder angewendet, denn seine Frisur lag top. Er sah super aus in seinem dunkelroten T-Shirt, den schwarzen Jeans und Dr. Martins Stiefeln. Eigentlich war er schlicht gekleidet, doch gerade das machte ihn so attraktiv. Er duftete nach Parfum von Calvin Klein, begrüßte meine Mutter und hielt etwas Smalltalk mit ihr. Mit seinem umwerfenden Lächeln hatte er auch sie gleich um den kleinen Finger gewickelt. Sie mochte ihn offensichtlich sofort. Dann kam er mit mir die Treppe herauf in mein Zimmer. Als ich die Tür hinter uns schloss, nahm er mich in den Arm und ich fühlte seinen warmen Atem an meiner Wange. Er löste sich von mir und schaute sich um. »Wow, du hast aber viele Mixed-Kassetten! Zwei Meter Musik, wie behältst du denn da den Überblick?« »Ich hab mir eine Übersicht mit der Schreibmaschine getippt«, ich nahm die Blätter vom Schreibtisch. »Hier steht in alphabetischer Reihenfolge der Sänger oder die Gruppe, der Song, dahinter die Nummer der Kassette. So finde ich alle Lieder direkt wieder.« »Super!«, fand Markus.

Ich schenkte uns Cola ein und wir setzten uns aufs Bett, als Fish begann, *Kayleigh* zu singen. Er legte den

Arm um meine Schultern und blickte mir tief in die Augen. Mein Blick glitt hinab zu seinen Lippen, die schön geschwungen und voll waren. Er öffnete sie leicht. Dann sog ich seinen Geruch ein, er duftete nach Sommerwind, holzig-frisch, leicht salzig mit einer Prise von Zitrone. Ich schloss die Augen und fühlte, wie sein Atem näherkam und er ganz behutsam meinen Mund mit seinen Lippen berührte. Sie waren warm und weich, ein sanftes Glücksgefühl breitete sich in meinem Körper aus. Ich ließ mich vollkommen fallen, die Zeit schien stillzustehen. Erst als sich meine Lippen von seinen lösten, drang wieder die Musik in mein Bewusstsein. Wir waren beide ziemlich benommen, doch als die Türklinke herunterging, zuckten wir zusammen und rutschten schnell ein wenig voneinander ab. Mein Vater kam herein, guckte sich im Zimmer um und fragte nach einem Locher. Ich guckte ihn entgeistert an. Ich stand auf, ging zum Schreibtisch und gab ihm das Teil. Leicht vorwurfsvoll sah ich ihn an und fragte, »sonst noch was?« »Nein, nein.« Mein Vater zog wieder ab. »Der hat vielleicht Nerven!«, brachte ich heraus. »Bestimmt hat Mama ihn geschickt, er soll mal gucken, was wir hier machen!« Markus lachte.

»Zum Glück ist er nicht eine Minute vorher hereingekommen«, meinte er schmunzelnd. Sein Blick fiel ins Regal. »Sind das alles Fotoalben?« »Ja, einige aus meiner Kindheit und manche aus den letzten Jahren.« Markus stand auf und nahm ein türkisfarbenes Album heraus, »ich möchte wissen, wie du als Kind ausgesehen hast. Darf ich?« Ich nickte und er setzte sich neben mich. Das Album begann mit meiner Einschulung im Sommer 1976 und einem Foto, auf dem ich in weißen Kniestrümpfen und blauem Marinekleidchen samt pinker Schultüte vor unserem Haus stand. Mit einigen Zahnlücken lächelte ich in die Kamera. Ich trug eine Frisur wie Mireille Mathieu. Markus blätterte durch meine Kindheit hindurch. Ein Foto mit meinem Hund und eines beim Reiten auf dem Pony, das unserer Nachbarin gehörte. Auf den nächsten Seiten hatte ich die Urlaubsfotos aus den Sommerferien in Italien eingeklebt. Markus stockte plötzlich. Er wendete die gerade umgeblätterte Seite noch einmal um. »Sag mal – wo ist das?« »In Bussana in Ligurien war das, da waren wir ganz oft in Urlaub.« Markus schaute mich an. »Bussana? Bei Sanremo?« »Ja, kennst du das?« »Als ich klein war, waren wir dort auch oft in Urlaub. Meine Eltern lieben Italien und in Bussana gibt es einen tollen Strand, an dem wir ein paar Mal im Sommer gewesen sind.« »Wir auch. Hier sind Bilder vom Strand und unserem Hotel.« Markus zog sich das Fotoalbum heran und schaute sich die Bilder genauer an. Plötzlich stockte sein Atem erneut. Ich fragte: »Was ist?« »Siehst du den Jungen da?« »Welches Bild meinst du?« »Da, wo du die Sandburg baust, der Junge im Hintergrund.« Die beiden schauten sich einen Moment an und Markus sagte: »Das bin ich! Guck mal, meine dunkelblau-grün gestreifte Badehose mit dem orangenen Seepferdchen-Abzeichen.« »Dann bist du der Junge mit der Muschel?« »Und du das Mädchen? Wir haben die Muschel gemeinsam unter der Kiefer vergraben!«

Markus und ich redeten von nichts anderem mehr. Ich erzählte ihm, dass ich nach seiner Abreise mit dem Gedanken gespielt hatte, die Muschel wieder auszugraben, doch mich dagegen entschieden hatte. Sie müsste noch dort liegen. »Ob wir den Ort wiederfinden, an dem sie vergraben liegt?«, fragte ich.

Markus sagte: »Lass uns nach Italien fahren und die Muschel ausgraben. Wenn sie noch immer daliegt, sind wir für einander bestimmt.«

- ENDE -

Titelliste aller Songs die im Roman vorkommen

Umberto Tozzi – *Ti amo*
Heinz Rudolf Kunze – *Dein ist mein ganzes Herz*
Starship – *We built this city*
Falco – *Jeanny, Part I*
Limahl – *Never ending story*
Van Halen – *Jump*
Genesis – *Mama*
Genesis – *Home by the sea*
Genesis – *Follow you, follow me*
Münchener Freiheit – *Ohne Dich*
Münchener Freiheit – *Liebe auf den ersten Blick*
Bryan Adams – *Summer of '69*
F. R. Davids – *Words*
The Cure – *Close to me*
The Cure – *Friday, I'm in love*
The Cure – *Just like heaven*
Reinhard Mey – *Über den Wolken*
Moody Blues – *Nights in white satin*
Simon and Garfunkel – *Scarborough Fair*
BAP – *Do kanns zaubere*
Duran Duran – *Save a prayer*
Kim Carnes – *Bette Davis' eyes*
AC/DC – *Highway to hell*
Samantha Fox – *Touch me*
Kate Bush – *Hounds of love*
Modern Talking – *You're my heart, you're my soul*
Modern Talking – *Cheri cheri lady*
The Exploited – *Punks not dead*
Purple Schulz – *Sehnsucht*
Simple Minds – *Don't you forget about me*

Rick Springfield – *Celebrate Youth*
Tina Turner – *What's love got to do with it*
Tears for Fears – *Everybody wants to rule the world*
Peter Gabriel – *In your eyes*
The Cure – *A forest*
The Cure – *Boys don't cry*
Bronski Beat – *Why*
The Clash – *London calling*
Iron Maiden – *The number of the beast*
Nik Kershaw – *Wouldn't it be good*
Irene Cara – *What a feeling*
Richard Sanderson – *Dreams are my reality*
Ram Jam – *Black Betty*
Opus – *Live is life*
Elton John und France Gall – *Les aveux*
France Gall – *Ella, elle l'a*
The Bangles – *Manic Monday*
Prince – *Kiss*
U2 – *New year's day*
Kim Wilde – *You keep me hanging on*
Gianna Nannini – *Bello e impossibile*
Spandau Ballet – *Through the barricades*
Talk Talk – *Such a shame*
Mr. Mister – *Kyrie*
a-ha – *Take on me*
Van Halen – *Why can't this be love*
Scorpions – *Still loving you*
Scorpions – *Rock you like a hurricane*
Eros Ramazzotti – *Adesso tu*
Chaka Khan – *I feel for you*
Wham! – *Wake me up before you go-go*
U2 – *Pride*

Kajagoogoo – *Too shy*
Yes – *Owner of a lonely heart*
Höhner – *Echte Fründe*
Alison Moyet – *Is this love?*
Gary Moore – *Empty rooms*
Vangelis – *I will find my way home*
Foreigner – *I want to know what love is*
Bronski Beat – *Smalltown Boy*
Cyndi Lauper – *Girls just want to have fun*
Cyndi Lauper – *True Colors*
Camouflage – *Love is a shield*
David Bowie – *Loving the alien*
Billy Ocean – *Loverboy*
Phil Collins – *Easy lover*
The Police – *Every breath you take*
Dexys Midnight Runners – *Come on Eileen*
Billy Idol – *Eyes without a face*
Billy Idol – *Catch my fall*
Cook da Book – *Your eyes*
The Smiths – *The Queen is dead*
The Smiths – *I know it's over*
Chicago – *Hard to say I'm sorry*
Ultravox – *Dancing with tears in my eyes*
Alphaville – *Forever young*
Wet Wet Wet – *Sweet surrender*
Toto – *Africa*
Def Leppard – *Photograph*
Suzanne Vega – *My name is Luca*
Suzanne Vega – *Solitude standing*
Whitesnake – *Is this love*
Deacon Blue – *Love's great fears*
Herbert Grönemeyer – *Bochum*

Fiction Factory – *Feels like heaven*
U2 – *Sunday bloody Sunday*
Marillion – *Kayleigh*
Bon Jovi – *Livin' on a prayer*
Cutting Crew – *I've been in love before*
Mike & the Mechanics – *All I need is a miracle*
Eros Ramazzotti – *Ora*
Queen – *I want to break free*
Marillion – *Lavender*
Marillion – *Heart of Lothian*
INXS – *Listen like thieves*
Pino Daniele – *Quando*
Gino Paoli – *Sapore di sale*
Billy Idol – *Rebel Yell*
Kim Wilde – *You keep me hangin' on*

Die komplette Playlist gibt es auch hier: